婉约/著

风住尘香
梦如故

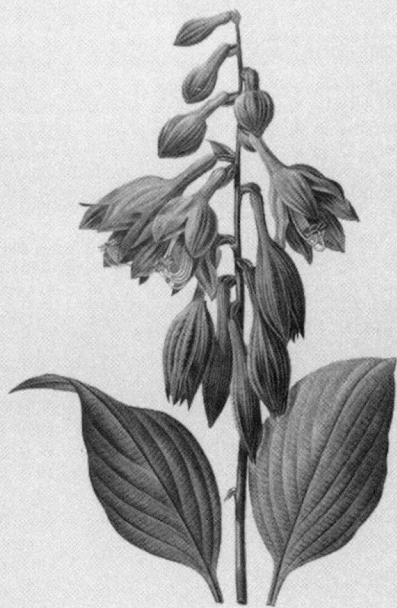

天津出版传媒集团

百花文艺出版社

图书在版编目（ＣＩＰ）数据

风住尘香梦如故 / 婉约著. -- 天津：百花文艺出版社，
2016.5

ISBN 978-7-5306-6898-6

Ⅰ. ①风… Ⅱ. ①婉… Ⅲ. ①散文集–中国–当代
Ⅳ. ①I267

中国版本图书馆 CIP 数据核字(2016)第 080830 号

责任编辑:刘　洁　　　　装帧设计:蔡露滋

出版人:李勃洋
出版发行:百花文艺出版社
地址:天津市和平区西康路 35 号　邮编:300051
电话传真:+86-22-23332651（发行部）
　　　　　+86-22-23332656（总编室）
　　　　　+86-22-23332478（邮购部）
主页:http://www.baihuawenyi.com
印刷:天津市永源印刷有限公司
开本:787×1092 毫米　1/16
字数:178 千字　　插页:2 页
印张:15.5
版次:2016 年 5 月第 1 版
印次:2016 年 5 月第 1 次印刷
定价:35.00 元

目 录

卷三 / 旅行·约定

自序

风知道

　　多年前，曾经喜欢过一首歌——《风的方向》，如今，已经找不到歌的链接地址，但我一直记得那个清丽哀婉的声音，记得沿着风的方向就能找寻到尘封的记忆，记得站在风里，所有，都无需想起。

　　那些住在心里的温暖与柔软，遇见风，是一种缘定。

　　喜欢风，因为风是行走的。

　　"不知细叶谁裁出，二月春风似剪刀"，风是如此格调清新，活泼舒畅，如曼长袅娜的柳条；是风拂过冬雪，春天悠然而诗意的舞步。"天苍苍，野茫茫，风吹草低见牛羊"，彼时的风又是如此深邃广远，敕勒川，阴山下，风的豪迈从古流到今。

　　那一年，我一个人行走在古墙下，漫天的柳絮飞来，缠住了我的发梢，伸出手，接住一片软软的花，有风在指尖漫过，身边的老人说，满城飞花的日子要持续一个月。那一刻，我的笑容里，风是如此的煦暖。

喜欢风,因为风里有尘香。

唐代有一个叫崔护的书生,在桃花林里与心爱的姑娘一见钟情。第二年清明,他故地重游,只见桃花依旧,无语迎人,不觉怅然若失,于是有了"人面不知何处去,桃花依旧笑春风"的诗句,读来,令人仿佛望见一片灿然的桃花林,在暖暖的微风里颔首。还有那句"随风潜入夜,润物细无声",诗人笔下的雨温柔多情,是因为雨夜的晚风悄悄然,恰似身居草堂的一缕恬淡。

多么美,风,在故事里,所以,风是美的。而这份美,隔了岁月也是倾城的。

在曹雪芹的梦境里,宝玉走到沁芳闸桥下边的桃花树下读《会真记》,正看到"落红成阵",一阵风过,树上桃花吹下一大斗来,落得满身满书满地皆是花瓣。正是此时,黛玉扛着花锄,花锄上挂着纱囊,手内拿着花帚款款而来。他说,把这些花瓣扫起来放到水里吧。她回道,还是把它放进绢袋,埋在花冢里,日久随土化了,岂不干净。

如花美眷,似水流年,风去处,闲愁万种。宝黛之爱纯净得打动了静园角落里的风,为此,才会陪时光流转百年,又送到今朝痴男怨女的怀中,为一句"花谢花飞花满天,红消香断有谁怜"而慨叹。

风来的时候,梦,也会来。

那一夜,听李玉刚的《新贵妃醉酒》,梦回大唐爱情的一刹那,我不知道自己感受到的是百花亭前酒入愁肠的妩媚,还是京韵戏腔里流淌的一把清风。

或许,风知道。

从欧洲回来,翻看厚厚的照片,见到在法国天使湾的自己:一袭长裙,一抹粉纱,靠在蔚蓝色的海岸边裹着飘飞的长发,醉在金色的阳光里。想起拍照时,我本想梳理一下头发,儿子说,妈妈,快站好,风来了。

是啊,风来了,有些来不及,只好任风吹乱了,只是,乱得惊心,乱得欢喜。

真是喜欢风,喜欢它在我的生活里。

怎能忘,江南小巷深处,风把氤氲的雨丝吹到我的脸上,那时,它懂得我骨子里的情怀;怎能忘,塞北的深秋,风紧紧地追随着我的脚步,那时它懂得我内心的温热。

凛然,轻暖,在我必经的路上,与我相遇。这就是风。

岁末年初的阳光里,一个人静静地坐在案头,梳理文集。抬起头,窗外的枯枝还在风里摇摆着冬的寒冷,而桌上的水仙花已开了十九朵。清冽的香气里,我笑了,风住尘香梦如故,爱情、生活和旅行,这般的幸福,谁知道?我想,风会知道。

嗯,风知道。

原来遇见你，是为了多年后的冬日，任刹那的念想把自己伫立成阳光下的风景。情场痴心，那些惊艳与华美纵若山水匆匆，来与去，只与你欢好。

卷 一

爱情·修行

愿得一人心

你是我的传说

在意大利，有一个美丽的地方叫西西里。在西西里的一个小镇上，有一个少年用眼睛与想象告诉自己：玛莲娜是他生命中的最美，是他遥不可及的传说。

那一天，他和其他少年一样，坐在海岸边的堤堰上看着她走过来，海风轻拂她的卷发，她的白裙，她的窈窕身姿……12岁的少年莫名的不知所措，有了最初的萌动。

自此，他像是被魔鬼附了体，经常一个人骑着单车跑到她家院落的对面，等她出现。甚至多次幻想着和她说话，触摸她的柔肌净肤。然而，所有的一切都只是想象，她每天都出现在小镇的街上，却从没看见一个少年的倾慕。

她的丈夫去了前线，独居在家的寂寞更是平添了她的韵致。镇上的女人都嫉妒她，镇上的男人无不对她垂涎三尺。所以，当她丈夫阵亡的消息传来，人们开始用唾沫中伤她的风情万种。他暗暗发誓："等我长大吧，我就是你终身的守护人。"她一直都不知道，只要他听到人们议论她，就会以一个少年的方式去惩罚那些人的可恶。

海岸边的小镇，因为多了一个美丽的寡妇而风生水起。无论是男人还是女人都不肯放过她，甚至连她的父亲都对自己的女儿避而不见了。只有他，悄悄地躲在隐蔽处，品读着她的妩媚和悲伤。当然，他也曾悄悄地偷了她的黑色内裤，趁着夜色趴在墙上透过一个孔洞偷窥她的生活……恰恰是这样的一份执迷，使他撞见了男人们的丑陋和她的楚楚可怜。

深夜，一个牙医和一个军官在她的门前大打出手，却恬不知耻地把她告上法庭。没有人同情她，更多的唾沫想淹死她。她的律师辩护说："她错在命运乖舛、孤独无依，她的罪只是长得太美。"

他不明白，太美也是一种罪过吗？

然而，当他偷窥到胜诉的她被那个道貌岸然的律师强暴时，他愤怒了，不慎从高墙跌下来，摔伤了身体也弄伤了心。

与此同时，战争愈发白热化，人们的温饱亦陷入窘况。集市上的婆娘不卖食物给她，男人因惧内也不敢雇用她。她很久没在小镇的街上露面了……他写信给她，表达内心的思念，但从没寄出过。写了撕撕了写，只有岸边的礁石和海水知晓他的无奈和痛楚。

终于，她又出现在那条街上，刚刚剪过的红色短发迷人而妖娆。迫于生活的艰辛，她彻底沦陷了，就像这场战争，是一个千疮百孔的残局。

他哭了,在她隐藏的忧伤里。

世事弄人,战争结束了,雀跃欢呼的人群不忘把她拉上街围殴,唾骂、撕打,连她仅有的尊严也夺去。女人们发泄着熊熊燃烧的妒火,男人们也没有伸出怜惜的手。她不得不离开,在他长不大的眷恋与深情里。

不久后,小镇上出现了一个断臂人,人们惊讶地发现,他是玛莲娜的丈夫。人去屋空,没有人告诉他妻子的下落,人们甚至蔑视这个幸存的战争英雄。只有一个小小少年写字条给他:请相信你的妻子,你是她唯一深爱的人……

一年后,她和丈夫挽着手出现在小镇的街上,低着头,走得很慢。注目的人群中,一个少年和一个女孩在一起。女孩问:"她是谁?"他说:"没什么。"阳光下,一丝不易察觉的微笑挂上唇角,他欣慰地看到,她回家了。

战后的小镇似乎恢复了人情和慈悲,看到她走在集市上,有人在嘀咕着:"她有鱼尾纹了,也胖了,但她依旧美丽……""要有足够的勇气才能回来,放过她吧……"

和从前一样,熙熙攘攘的人流中,他骑着单车,目光追随着她。忽然,她的橘子散落一地,他忙冲上去,帮她捡起,并轻轻说:"玛莲娜夫人,祝你好运。"

海风中,他第一次和她说话,她也是第一次凝视了这个少年。

后来,他爱上过很多女人,但他说,唯一从来没有忘记的,是玛莲娜。

当长长的镜头将她的背影放在海岸边的阳光里渐行渐远,我在想:或许,《西西里的美丽传说》讲述的不是一个少年对一个少妇的迷恋,而是通过一双年少的眼睛控诉战争对一个女人的伤害以及人性的摧残。不过,拨开战火与硝烟,我更愿意相信,如果一个女人成为一个男人的传说,那将是爱情的最动人之处。

意迟迟

他喜欢她,说,这小妮子,这倔脾气,看着就让人喜欢。

她不喜欢他,当然不,他那么老,和自己的父亲一样,而且他太自以为是,好像整个世界都是他的,包括她。

她不相信,今生的某些惊艳与华美若山水匆匆,来与去,只与他欢好。

大上海的旧街头,有一棵树,夜半时分,树的叶子片片都是红的。她喜欢那树,那叶,经常徘徊在树下,仰视那一树的风情。那一夜,她闭着眼,伸出手,臆想着渐渐触碰到那一片美丽。于是,她竟真的慢慢地慢慢地升起来,手指触动叶尖儿的一刹,她低下头,他正笑微微地抱着她:"记住,你是唯一一个比我高的人。"

她一点都不惊慌,也没有受宠若惊,在她眼里,他就是万丈尘嚣的一分子,即便是能够左右上海滩的风云,也只是和他自己有关。

可是她不知道,自那以后,他常常一个人在树下徘徊,想着她的喜欢,自言自语地寻思:"怎么能让这树变矮了呢?"

在那个年月,一个歌女与一个老板的交往,不可能不惹人非议。当有人在他耳边说,看到她去老中医那里拿堕胎药,他眉头一紧,心也一疼。他不可能不在乎,关于她的所有,他都在乎。他找到她居住的那条小巷时,她正端着蛋糕坐在门前的台阶上吃着,他不知道,那是她心底深爱的人送她的。

他慢慢走过去,像一个父亲对女儿般疼爱地说:"别坐在地上,会着凉。"然后,还把自己的衣服披在她的身上,埋怨她不爱惜自己的身体。

她并不知晓有人冤枉她，却真切地感受到一个男人宽厚的爱。可她还是嘴硬地说："用你管？"

是啊，他是谁啊？就算他喜欢自己那又怎样？她心底爱的是那个仪表堂堂的俊朗学生。他的爱，她不稀罕。

他心里清楚她的不稀罕，但是他忍不住稀罕她，哪怕是被她骂几句，他的心也是甜的。所以，当她的外婆生病，他冒着生命危险救治时，她被感动了，流着泪说："只要治好我外婆的病，我就嫁给你。"他满眼疼惜地帮她系好衣服的盘扣，柔声说："答应我，别这么轻易地把自己给出去。"

他爱，他想要，但他不允许爱有细微的伤害和薄凉。

她不得不与自己心爱的人诀别，说："我要报恩。"她以为，她不会爱上他，内心深处的痛提醒着，她的爱恋已成风雨，飘摇在无人的心窗外，肆虐着。她答应了他的求婚，却并不快乐。所以，当他执意往她的咖啡杯里放糖的时候，她烦躁地打了他的手。

他怕苦着她，而她坚持不放糖，只因心底有个人曾告诉她，黑咖啡就是这么喝的。

爱，是卑微的，也总是敏锐的。一个细小的动作，击伤了他的自尊。他并不懂她的深意，但他明白了她本能的拒绝。新婚前夜，他去澡堂搓澡，想把自己的污秽都洗掉，还担心背上的伤疤会吓到她。而她，一个人跑出去淋雨约会旧人，回来时和他说了谎。他看穿了却没有说破。或许爱一个人，就是给她想要的，即便那是自己最不愿意的，又如何？

情场痴心遇冷风，没有人看好这样的婚配。然而，情场如江湖，黎明前的大上海，翻滚着惊涛骇浪。他和她的爱，也在起起伏伏中，终于游向了彼岸。

血雨腥风里，他总是把她挡在身后，不管她是否记得他的温软，她始终是他的晴阳脉脉。她亦越来越清晰地发现，他的身上有一股定心的力量。别说是乱世，即便是和平年代，一个男人能让一个女人心安，那也定是她寻了很久的归宿。

光影淡去，他和她又一次坐在咖啡馆里，她拿起一块糖放进他的杯子，还有自己的杯子，也放进一块。她不再坚持，那些暗藏的烟雨花事，婉转情意，均在与他的朝夕相处中静默。一场爱的开篇，原来可以沉潜如此多的担待与寥落。

世上有很多爱，有如花火，在一刹那燃烧。然而，这世上也有一种爱，仿佛那倦怠的春日，不慌不忙，一点点抽芽，当稚嫩等来馥郁的季节，芬芳会被蝴蝶的翅翼带到很远很远的地方……

多年后，他已不在。她孤身一人来到旧上海的街头，仰望满树的相思，她看见，自己又一次被他轻轻抱起。泪眼婆娑中，她喃喃着："你要是在多好。"他深情地问："我离开过吗？"

一如从前，在他的温柔呵护中她巧笑嫣然，映衬在眉间眼底的忧伤和暖香，消隐在灯火阑珊处，《像火花像蝴蝶》，倾醉了大上海的霓虹。

我知道你是谁

暴风雨，真的要来了吗？

窗外电闪雷鸣，人们慌乱而纠结。她，眯起眼睛，在即将离去的季节尾声中，慵然起舞。当然，以缄默寡语的风姿。

最美不过光阴。

她的本杰明在讲述，暖梦低回，一枝孤影，却宛如花间莺啼。

他与众不同，从出生的那一刻起。医生说，他患有白内障，几近失明，双腿关节炎，仿若老者。生活还没开始，他的身体已经衰退，像是一个八十多岁将进坟墓的老人。是的,他面容枯槁,皱纹叠嶂,皮肤没有弹性,手脚硬化,没有谁会喜欢他,包括他的亲生父亲。可是捡到他的黑人养母却温柔地说:"你丑得像只旧罐子,可你仍是上帝的孩子。"

养母相信他是个奇迹,一直在他身旁鼓励他,告诉他:"每个人对自己的感受都不一样,但我们的终点是一样的。你有你的道路,你永远也不知道接下来会发生什么。"在这座人们只关心天气和洗澡水温的老房子里,他和老人们一起生活着,他不知道自己是个孩子,可他对这个世界充满了好奇。

那一天,她出现了,旋转着舞步飘进他的生命,他惊呆了,说:"我永远忘不了那双蓝眼睛。"而她,看他的眼光与旁人不同,觉得他没有看上去那么老,拉着他一起缠着奶奶讲故事,夜半时分,一起钻到桌子下面说悄悄话。她每个周末都来,那是他的幸福时光。

此间,他经历了很多,在那所能听见呼吸的房子里,有人离开,有人故去,有人教他弹钢琴,有人带他出海。在他 17 岁那一年,他收拾行装和大家告别。他对她说:"无论在哪儿,都会寄明信片给你。"

多年以后,她成为一名芭蕾舞演员,他是一名水手。她有她的故事,他有他的奇遇。她风华正茂,而他亦越来越年轻,身体像野草一样生长着。然而,一次车祸,让她不能再跳舞,伤心欲绝的她拒绝了他的爱。她不知道,他每天都徘徊在医院的门前,在她的窗下守候。他想,有时候我们的人生轨道会和别人交错,无论是意外还是天意。

无论是意外还是天意,有些事情是躲不掉的。那一年,她回到了小镇上,一袭黑衣,妩媚依旧。人到中年,他 49 岁,她 43 岁,两个相爱的人终于在人生的中点相遇。他们在爱巢的床前野餐,骑着摩托车去郊外兜风,相拥湖边静看落日云霞。那是他们最快乐的时光,他深情地对她说:"没有人是完美无瑕的,我喜欢你的皱纹,每一条都爱。"

春天里的某一天，寻常的一天，他们的女儿降生了。他焦虑不安，生怕孩子像他，更怕自己越活越年轻，担负不了一个父亲的责任。面对她的沉醉与向往，他则忧心忡忡："你无法养大两个孩子，孩子需要的是父亲，不是玩伴。"她心痛不已却无法挽留。在一个清晨，他给她和孩子留下生活所需，还有一颗眷恋的心，只身离开。

不相见的日子里，他每年都给女儿寄生日明信片，就像当年无论走到哪里都会寄给她一样。世上有些事，永远都不会忘记。然而，不曾忘记也不能再拥有。当他久别后归来，看到她和女儿过得好，安心许多。在那间小小的旅馆里，她轻抚他年轻的面庞，伤神地说："没有什么是永恒的。"他温柔似水地拥住她："我爱你，从没变过。"缠绵、梦呓，他看着她离开的刹那，有些记忆浅浅地淡出了。

她没想到，再一次相见时，他已经是一个孩童，记不清很多事情，在那个最初的老房子里，他伏在钢琴上，茫然地望着她，他说："我好像活得很久了，却不记得过去的生活。"她心疼地抚摸着他的头，轻声说："没事的。认识你很高兴。我叫黛西。"

他相当于 5 岁的时候，她搬来老房子和他一起住，仿佛当年的初相识。岁月一点点流逝，她越来越老，而他越来越小。她拄着拐杖，领着蹒跚学步的他走在从前的林荫道上，风起处，拂动了过往，他们的背影苍凉亦温暖。

那一天，她坐在躺椅里，慈爱地怀抱着他，而他眨着一双澄澈的眼睛望了望她，缓缓闭上，好像是睡着了。

她说："我相信，那一刻他认出了我。"

暴风雨，在窗外飘摇着。

他的黛西躺在病榻上，回首向来萧瑟处，也无风雨也无晴。她知道，有些人生来就会音乐,有些人是艺术家,有些人生来就是舞者,有些人是妈妈。而她的本杰明,有如老车站倒着走的那座钟,注定是《返老还童》的一生。

时光若有情,纵不能日日与君好,唯愿有梦,夜夜栖芳草。

晚安,本杰明。晚安,黛西。

晚秋,不晚

一天里,看了两部电影,有关爱,有关错过,有关爱的秋天。

她品学兼优,他自嘲地说:"不要爱上我哦,我是风中一匹孤独的狼。"

她傲气地一仰头:"放心,我不喜欢笨男生。"

自此,为了追上她,他发奋读书,偶有懒惰,她会隔着书桌用笔端戳他的后背。渐渐的,习惯了被她弄疼,有时会故意摆出懒惰的样子,在她的笔端就要戳到自己的时候轻轻一闪,回头狡黠地一笑。

一次考试前,他和她用成绩赌头发,要么他把头发剃掉,要么她梳起马尾辫。他当然会输。看到他摸着光头的窘样,她得意地大笑。只是,他没想到,第二天,赢了的她竟梳起了马尾辫。他和几个男生一起呆住,阳光下走来的她真的好美。

他不明白,她赢了为什么还会梳马尾辫。她却知道,他喜欢自己一甩一甩的样子。

就像影片中说的,男生总是比女生成熟的晚,所以他不懂得她的爱。

年少的爱情是明朗的,也是遗憾的。多年以后,她成为别人的新娘,邀他和几个同学一起来喝她的喜酒。当她盘起长发,挽着新郎走过他的眼前,心内酸涩的他终于明白,若真心爱一个人就会祝福她。

同学们起哄要吻新娘,新郎不答应,谁知道他出其不意搞了一个恶作剧……如同当年一样,她没有生气而是笑弯了腰。

他也笑了,看着那个穿婚纱的女子,想起《那些年,我们一起追的女孩》,光阴的眼中,爱走过了四季。

《晚秋》,她和他相逢在去西雅图的路上。

她不怎么说话,他总是想逗她笑。他把电话号码给她,她丢进了垃圾箱。

原来,她是监狱的在押人员。七年前,与丈夫发生情感纠葛,将其误伤致死。因母亲病故,她获释三天参加葬礼。三天之后,她必须回到高墙内。

三天里,在西雅图的小镇上,陌生的他仿若熟悉的阳光,一直陪在她身旁,将她内心看不见的冰川一点点融化……

他送她回监狱的路上起了雾,大巴车不得不临时停在一个小地方。雾气中,他得知自己被人诬陷杀了人……薄薄的凉气里,他终于第一次紧紧地抱住了她,拥吻的喘息中他动情地说:"你出狱后我们还在这里相见吧。"

雾散了,大巴车就要上路了,她忽然发现他不见了,她手里端着的两杯热咖啡洒落了一地……她知道,他也是一个有故事的人,但她不知道,他能否再出现。

两年后,她一个人来到分别的地方,要了一杯咖啡,无言地慢慢地搅动着……小小的咖啡馆里人很少,身后的门轻轻一响,她便微微侧目……也不知过了多久,窗外飘起了雨,她淡淡一笑,对着空气说:"你好,好久不见……"

爱情,从来都是唯美的。她梳着马尾辫绽放的晴好笑容,她在阴冷的雨丝中徘徊的孤独身影,不同的时空画面一样的动人心弦。

两部影片都以"很文艺"的形式铺展,将经年的情感一点点过滤成浅浅的惆怅。

爱情,又从来都是年轻的。很多往事就像秋天,在经历了稚嫩和炽热之后,一份成熟暖在心底,并将陪着岁月历久弥香。深秋一样的爱,尽管没有承诺也会沉甸甸的,无论天涯或是咫尺都是生命的柔软。

总是要经历疼痛才会知道,爱会一直在记忆里。总是要走过季节才会明白,晚秋,不晚。

或许,倚在人生的秋天回望从前,那些遗落的梦都会是时光河流上最美的相遇,那些美丽的遇见也最终会定格成秋日的远景:

唯美,饱满;深邃,忧伤。

不能说出的秘密

她唤他"孩子"。

是啊,他还不到 16 岁,有一张稚气的脸,纯净的眸子后面有着闪躲的心思。她看得出,他情事初开,小小的心湖泛起羞怯的涟漪……

他在喉咙里咕噜着一句话:"你好美。"

她吻他的肩,他的背,他的每一寸肌肤。他的肌肤是那样富有弹性,贴上去,她感觉自己也变得年轻了。

一次邂逅,让他们沉溺在性爱里如痴如醉。

她喜欢听他朗读他的课本,在他们做爱的床上。就那样赤裸着,柔和的光线里,他轻轻地读,她静静地听,从她喜欢的眼神里,自以为并不优秀的他知道了,原来自己是可以做得很好的。

周末,他约她骑单车去郊游,金色的田野里,她的碎花连衣裙飞扬着青春的气息。他们在一个小镇的街角共进午餐,阳光下,女老板对他说:"希望你母亲吃得开心。"

她一定是听见了,脸上掠过一丝不易察觉的尴尬,而他,轻轻一笑,走过去,迎上她的唇,吻得很温柔很倾心……

爱,就是彼此的欢愉。在她的欣赏里,他越发俊朗;在他的朝气里,她越发阳光。

有一天,他们激情过后,他捧着书读到:"据说堤岸上出现了一个新面孔……到处是星光和灯光的反光,在岸边闪烁着,颤动着……"她并不知道他的身边出现了一个喜欢他的女生,但她似乎感知到一些细微的变化,比如,他开始约会迟到,他们在一起的时候他偶尔会抱怨……

那一天,是他的生日,承欢后,她紧紧地抱着他,似乎不舍,却说:"回你的朋友们那儿去吧。"他犹豫着走了,坐在同学们的欢声笑语里却心神不宁,终于,他按捺不住心头的慌乱,跑回她的家,推开门,已是人去屋空。

他躺在做爱的地方,抚摸着一侧的空床,那里还有她的气息……

到这里,或许他们的爱还不能算是爱,只是一种情,一种来自于原始的本能。然而,命运总是喜欢捉弄有故事的人。

几年后,他成为一名法学院的学生,在一次旁听课上,他惊愕地发现,她是被审判的纳粹分子。这怎么可能?

她说,那一年党卫军招聘,她就去申请了职位。

没有人相信,因为当时她是有轨电车的检票员,而且刚刚被提职。只有他知道,她离开原来的生活,是因为他。

受害人说,她与集中营的其他工作人员不同,她喜欢挑一些年轻文弱的女学生读书给她听……

他听不下去了,一个人跑出法庭,一支烟接一支烟地吸着,往事像画面一样在大脑中闪回:她赤裸着身体躺在他身旁,出神地听他读;她无论多喜欢他的书却几乎不翻阅书页;还有,那唯一的一次郊游,她看过菜单,说:"你点吧,我和你一样。"

　　原来,原来她是文盲,原来决然离开是因为自卑。

　　他的心碎了,散落在尘埃里,拾不起。

　　整个审判过程中,她显得无辜而简单,却没有人同情她,甚至几个纳粹分子还一起诬陷她起草了"谋杀"报告……

　　只有他理解,她也是受害者。其实只要她说出自己不识字,罪名就会减轻很多,可她,坚持不说破。或许,在她心底,那是尊严的底线,也是爱的秘密。

　　她被判了终身监禁,那一年,她43岁。

　　又过了几年,他带着女儿返回家乡,抚摸着曾经的旧课本,一些美好在记忆里沉沉浮浮,撞击着他的柔软。于是,他找出录放机和麦克,开始在逝去的岁月里朗读。一篇篇,一本本,那些她听过的没听过的,那些激昂的舒缓的,那些埋在光阴深处的故事经过他的声音流进录音带,寄到了她的手里。

　　"据说堤岸上出现了一个新面孔……"

　　接到邮件的最初,她有些茫然,听到他声音的刹那,她身心颤抖,泪水漫溢。

　　录音带不断地寄来,千疮百孔的往事却不再沧桑。在爱的驱使下,她开始根据他的朗读学习识字,很笨拙,却极认真。

　　不久后,他收到了她的信,只有一行字:

　　谢谢你最近寄来的这一部,孩子,我真的很喜欢。

　　时光一下子流转了,他仿佛还是一个少年,在她的疼爱里被唤作

"孩子"。他不知道这份感情还在不在,他也不知道该不该回信,他只知道,自己的心其实一直都在陪着她服刑。

爱很长,光阴总是短的。20年后,她就要出狱了,他第一次来看她。满头银丝的她喜极而泣,嗳嗳着说:"孩子,你长大了。"

他说:"我给你找了一个住处,离公共图书馆很近……你读了很多书吧?"

她点了点头,看着他的眼睛说:"我还是喜欢听人念……可那已经结束了,不是吗?"

他无法回答,一些东西是不可修复的,他又问:"你在这里学到了什么?"

显然,她对他法官般地重提历史,很不喜欢。或许,他想听到她对自己罪孽的忏悔,而她,定定地看向这个生命中唯一的亲人,无限深情而感伤地说:"孩子,我学到了……学会了识字。"

至此,一层窗户纸被捅破,守了几十年的秘密,在她轻轻吐出的一刹,连同往事都云淡风轻了。

一周后,他来接她,而她,已站在厚厚的书上自缢了。在她住过的小小牢房里,录音带摆放非常整齐,墙上还有她手抄的一张小字条:据说堤岸上出现了一个新面孔……

他哭了,疼痛入骨。

这样的一份感情,支撑着她一路走来,可她不知道,她也影响了他的整个生命。她对他说的最后一句话是:"保重,孩子。"

是啊,在爱情面前,他一直都是个孩子,不够勇敢。而她,为守住一个有关爱的秘密走了这么远,将卑微的爱零落成尘。她的生命终结了,也走出了自己的心牢。对于爱,她才是优秀的《朗读者》。

很多年以后,他把女儿带到她的墓前,讲述着经年的故事:"那年我

15岁,从学校回家的路上觉得不舒服,有个女人帮助了我……"

冬日的阳光下,他亦打开了尘封的心结。她一定听得见,也一定会像从前一样,开心地说:"孩子,你朗读,很在行。"

素　爱

她问:"你讨厌我?"

他紧闭双眼,不看她,也不说话。她温柔地靠过去,软软地依在他的肩头,低声说:"我愿意。"

她为他生了三个孩子,一女两男,他却从没认真地看过她。很长一段时间以来,他想,她是爹娘救回来的日本女人,他们之间的缘分只是传宗接代。

她从不抱怨,一心一意抚养三个孩子成长。她只是孩子们的《小姨多鹤》,因为他有明媒正娶的不能生育的妻。

在这个家里,她很少说话,尽心尽力操持家务,还到矿石厂干苦力,挣钱贴补家用。每天,他下班回来,她帮他掸尘,解鞋带,换上拖鞋。在那个物质匮乏的年代,还在给孩子喂奶的她,总是从自己的碗里夹出一小块肉放进他的碗里,说:"我喝汤,你吃肉吧,你干活需要力气。"

渐渐的,他开始注意她。原来,她那么漂亮,大眼睛,长睫毛,皮肤细嫩得仿佛擦了粉。最令他心动的是,她从不像他的妻那样大吵大嚷,她温顺而隐忍,再苦再累的日子在她的心里都是一汪水,静美的清澈和纯净总能容纳这个尘世的繁杂和苦难。

于是,她再为他脱鞋的时候,他会轻轻地扶起她。她和孩子一起玩耍的时候,他会笑眯眯地想,这是我们的孩子。人到中年,他像一个恋爱中的大男孩一样,悄悄地买糖给她吃,送给她大红的围巾,偷偷地带她去看电影、荡秋千。他会突然出现在她拉三板车的路上，笑着请她坐到麻袋上，然后自己飞快地蹬起三板车，带着她在阳光里开心地奔跑。干完活，他们在一望无际的芦苇塘里说着话。她甜甜地笑着，听他憨憨地说："是你让我懂得了，一个男人对一个女人，只有疼了，那才是爱。"

她的心，也疼了。因为，他们不可以。这份爱，仿若身边飘摇的芦苇，无根，无处可依，只能醉在风里。她相信，世上有一种爱可以如此寡淡、寂然。

后来，一个男人想欺负她，他像一头怒吼的狮子，心痛得不可自抑。没有人知道，在他心里她是他的女人，一直都是。

年过不惑，她要嫁了，嫁给一个知她懂她的男人。他知道，这是她幸福的归宿。可是，他舍不得。第一次，他抓住她的手动情地放到自己的唇边，亲吻着，痛哭失声："这么多年，尽管我们不再有情感的接触，可我早已习惯了有你在的家，你走了，你让我下半辈子怎么活？"

泪水，顺着他的面颊，浸湿她的指尖，她的心。

"文革"期间，他蒙冤入狱，妻子瘫了，女儿疯了，大儿子反叛，小儿子上山下乡。她默默地帮他承担起生活的重负，并叮嘱他要好好活着。他像一个无助的孩子般哭泣、低语："我听你的。"

又五年后，他无罪释放，她带着他的妻和孩子去接他。一家五口搂在一起喜极而泣时，她远远地站着，对他含泪微笑。就那样四目相对，任身边的风坚强地穿过光阴，蔓延着无尽的疼痛与酸楚……

当年，他的父母把她救回家的时候，她才十九岁。二十年后，她的母亲千里迢迢寻到她。他不得不面对：她要回日本了。他颤抖着声音告诉已长大成人的孩子："她才是你们的娘。"

二十多年的相濡以沫，别问为什么舍不得。自此，她是一朵素白的樱花，幽微地开在他的梦里。曾经的伤和暖，在记忆的春天里，旁逸出尘地盛开,寂寞安然地凋落。

下一站是幸福

硝烟弥漫的年代,绝恋是传奇,是一颗痛楚的心在风中起起伏伏。

"黄河的水呀长呀么长又长,没腿没脚走呀走四方,推着那个风来卷着那个浪,一跑他就跑到了天的那个天边边上。"

战火纷飞中,她第一次听他唱这首歌,她问:"你唱的这是啥?"他得意地笑着说:"好听吧?"她笑得更开心,头一仰,很不屑:"像狼嗥。"

他的确是一条狼,就像他亲口对她说的那样:"打你认识我那天起,我就是个混蛋。"她也总骂他"王八蛋",心底却是始终如一的倾慕和欢喜。他是一条血性的狼,也是一只温软的羊,他的刚与柔是她致命的伤。

她天生倔强,自从知道了自己家和他有仇,不能嫁给他后,便发誓不嫁任何人,并勇敢地生下了他们爱的结晶。

这些,他都不知道,他只知道自己那么在乎她,她却不给个理由就拒绝了婚姻。于是,当他的兄弟缺个媳妇儿的时候,他负气把她抢来,要强迫她走进他的刀客家族。

他忘了,她也是倔的,她从来没怕过。当她真的穿着红妆坐在他弟弟的屋里,他后悔了,疼痛地说:"你可以走了。"谁知,她还和从前一样,头一仰,泪光一闪即逝:"我还就在这儿过日子了。"

她的日子过得极其艰难,丈夫嗜赌成性,丈夫前妻留下的儿子桀骜不驯,每顿吃野菜糊糊果腹,所有的这些都不算苦,最苦的是他们每天都能相见,却不能相亲相近。

爱过的人会懂得,这般苦又何尝不是两个人心底最甜蜜的部分?没有人知道，在他们的心思里，只要能看见对方，活一遭就是值得的。

他是她生命中的男人，她的心和身体都不能接受旁人了。所以，当丈夫强行要她时，她像疯了一样抵抗，而他，也是本能地护卫她。然而，如水的日子里，她还是在一次醉后失了身。醒来时，她悲伤而凄惶，而他，把拳头攥得咯吱咯吱响，却无从发作。

似乎，一切已成定局。

他有他的生活，她有她的日子。然而，仇家的一纸诉状，以他抢婚的事实把他送进了监狱。救他的办法想了千万种，谁也不曾料到，她从容地走进警署，承认是她诬告。事情逆流转了一个弯，他被释放，她被关押。

在监狱里擦肩，他心疼地大喊："你就是个疯子。"

是啊，她就是个疯子，爱一个人爱到可以像疯子一样傻傻地做事。在他的家族里，她是另类，处处给当家的他出难题。然而，所有人都看出来了，他一直袒护她，嘴上骂她"虎娘们儿"，却任她率性甚至鲁莽。笑吟吟地看她耍，帮她收拾烂摊子，是他的赏心乐事。

而她这一次的入狱，他却笑不起来了。如果说世上有一种爱是心债，那么他欠她太多了。他满腹辛酸地决定："我要娶她。"

不能。真的不能。她知道，很多情感错过了就再也回不去了。六个月后，当顶着重重压力的他抬着花轿迎娶在监狱的门口，她的心暖暖地一颤，却再一次生硬地拒绝了。

爱与伤害，像两条纠结的藤蔓，痴痴相缠又两两相搏。

她以为，只要能每天看见他，即使不做他的媳妇儿，她也是知足的。

那一天，他的媳妇儿触犯了族规，要被赶出家门，他挺身而出护着自己的女人，看着他被家法廷杖三十，口吐鲜血，听着他撕心裂肺地喊着："你是我的女人，永远是，我不会看着你一个人孤苦无依的……"

她的泪无声地滑下。这一切,不是为她,是为了他的媳妇儿。她不是他的媳妇儿,再多的心疼也只能远远地望着。

　　却原来,她一直都在骗自己。她高估了自己的承受力,她能忍受不做他的媳妇儿,却不能忍受他对另一个女人的深情。当她端着汤药走近床榻,撞见昏迷不醒的他和他的女人依偎在一起的亲昵场景,她彻底崩溃了,她再也无法骗自己,她的爱已伤透骨髓,没有地方安放。

　　她决定离开,离开有他的家族。

　　没有人懂得她内心的伤痛,只有他看过来的眼神令她心神不安。她的丈夫怀疑她的出走是移情别恋,她不解释,甚至将错就错。权且让人猜疑好了,这样走得更彻底更无牵挂。世上很多事不用解释,爱与不爱都在心底,眼睛里的未必是真风景。

　　身为家族当家人的他,要惩戒她的不忠。她亦不躲,跪在阳光里,等着他的长鞭抽打在她的身上。那一刻,她与他之间只有一条鞭子的距离,一端是隐忍和决绝,另一端是酸楚和疼痛。当他扬起手臂经过长长的鞭绳狠狠地将她的血浸红了衣衫,他呆住了。

　　他终于发现,对于她,自己竟一直都是狠心的。

　　炮火又在远方炸响,她慌张张地奔出去,他策马追来,怎么也拦不住她执意的脚步。情急中,他本能地一把抱住她,久久地久久地吻上她的唇。这一吻,是他对她的眷恋和歉疚,这一吻是她苦苦的渴望与等待。这一吻,有如身畔的枪炮声,惊天动地。

　　她不要自己瘫软在他的怀里,倔强的她强撑着推开他的怀抱,继续向战场跑去。

　　忽然,几颗炸雷在她的身后响彻云天,滚滚浓烟吞噬了她的身影。瞬间,他的世界坍塌了。她可以不做他的媳妇儿,她可以远走高飞,只要她好好地活着。原来,寻不见才是真正的失去。他心痛得无以复加。

浓烟淡去,她踉跄着走来,他惊喜地迎上去紧紧地抱住她,泪眼婆娑地喃喃着:"我再也不让你离开了……"

　　她听见了,也没听见。或者说,不能没有他(她),是彼此的命。

　　她留在他的身边,却依然不是他的媳妇儿。只是,他愈发地纵容她。直到有一天,她放走了当汉奸的儿子,所有人都骂她糊涂、愚蠢,他则默默地把枪放回腰间,成全了她为人继母的复杂情感。

　　当她的错误给这个家族引来了灭门之灾,他的媳妇儿和很多族人都死了,他也在浴血奋战后昏迷不醒。她痛彻心扉,决定以决绝的方式与他告别。

　　窗外大雪纷飞。在破败不堪的宗祠里,她一袭红衣偎依在他身旁,回忆起当年成为《刀客家族的女人》,是他亲手在她的背上烙下了洁女印:"……那一刻起,你把你的心,你的命,都死死地烫在我的身体里,再也没有什么事,能把咱俩分开了……"

　　说着说着,她狠狠地咬了他的肩膀,泪如泉涌。她知道,只要她留下来,他们就永远在一起了,但是她不能那么做。她也知道,他会懂得她最后的选择,就像当初他明白她所有的鲁莽、直率和善良。

　　就此永别了,她看见,他的眼角有泪,忍痛转过身去,她听见他轻轻地哼唱:"黄河的水呀长呀么长又长……"

　　是挽留?还是送别?其实,他知道留不住她,也知道与汉奸儿子同归于尽是她最终的路,只是啊,满心的不舍和疼惜如黄河水般长又长。她也明白,内心背负了太多的东西,已无法陪他走下去,那就让爱停留在最疼的地方吧。人生是如此悲凉,走着走着只剩这首歌了。人生也是如此温暖,走了那么久,这首歌的旋律依然那么美。

　　人在旅途,总会有下一站。他和她都相信:下一站,不再有战乱和侵害,也不再有错过和忧伤,幸福,会在下一个站口静候相逢。

流　年

只想对你好

他们相识的那一年，都还年轻。

那一年，她是刚刚毕业上班的外地学生，他是公司食堂的做饭师傅。

她长得并不漂亮，身上却有一种与生俱来的纯朴，让他倍感亲切。他注意到，她总是在人少的时候来买饭，而且只要有茄夹，她总会说，我要两个。一个茄夹五毛钱，她一顿饭很少超过两块钱。有时他会问，不来些别的？她笑着摇摇头，然后走到食堂的一角，默默地吃。

有一次，她来买饭时对他说："我想自己做着吃，用什么样的菜板最好？"他说："你哪懂这些，别管了，我给你做一个。"

后来，他真的给她做了一个菜板，很精致，不像出自一个男人的粗手。之后的日子里，她一个人在单身宿舍用菜板切菜，做给自己吃。渐渐的，切菜煮饭给另一个男人吃。又过了些年，她还是在这个菜板上切菜，喂给孩子吃。直到很多年以后，她搬了很多次家，换了很多的家具，才将底部已经有些糟破的小小菜板扔掉了。

如今，她经过二十年的打拼，已经升为公司的部门主管，而他，还是公司食堂的做饭师傅。

工作的日益忙碌使她越来越少自己做饭了，她又开始到有他的食堂吃饭。当然，她现在不会再在吃上苛刻自己了，但每次只要有烧茄子，她总会说："我要半份。"他还是笑着问："吃那么少啊？"她说："油太大，减肥。"他一边给她盛菜，一边细致地撇油，还说："你现在正好的，不能太瘦了。"

她笑笑，端着饭走到同事中间一起吃。有一次，一个同事故意惊呼道："哇，为什么你的半份比我的一份还要多？好像还都是精华耶。"她笑着说："哪有的事儿，都是一样的。"另一个同事说："你们不知道吗？他喜欢她好多年。"

啊？这玩笑是不是开大了？她当然不信的。可那个同事说："当年他给你做了一个菜板是不是？你知道他在工作时间干私活被领导批了吗？你真的不知道呀？他在书面检查中说，我不该因为喜欢一个女孩而耽误了工作。"

二十年了，二十年她从没关注过他，却原来是这样。

又一天，他来她的办公室办事，她给他让了座，并端上了一杯茶。他拘谨得不知道手往哪里放。她笑吟吟地说："你当年给我做的菜板质量真是好，我用了很多年。"

"是吗？"他显得格外高兴，有些受宠若惊地说："没想到你还记得。"

临出门的时候，她送出来，并温和地说："那天在集市我碰见嫂子了，还聊了一会儿家常，你真好福气。"他也笑笑说："是啊，她很好的。"

自那以后，他们还是很少说话，她有她的生活，他有他的日子。只是，只要有机会，他还会帮她盛菜，并轻轻地把菜里的油撇出去。知情的哥们儿问他："你是不是贼心不死啊？"

他微笑着摇头，年轻时曾经奢望过拥有，现在人老了，心也静了。他自嘲地说："我哪里配得上人家，我只想对她好。"

只想对你好，以着自己的方式。这样的喜欢就像是他烧的茄子，火候刚刚好。所以，香气萦绕。

爱，不是一句"我爱你"

低眉、轻语、淡笑，她在他眼里一直都是初相见的样子。

她叫"翠"，翡翠的翠，因为长得极标致，却皮肤黑，人们私下给她取了个雅号：黑翠儿。他喜欢她，是那种一见倾心。当年，他们在一个办公楼里工作。她在三楼，他在一楼。从前，他很少上到三楼，自从她来了，他总是往三楼跑。

而她，用世俗的眼光看他，矮矮的，胖胖的，一笑眼睛都没了，要不是鼻梁上的一副小眼镜儿，简直和包子没两样。她的话传到他耳朵里，他一点都不生气，笑了笑，说："包子会让人心热腾腾的。"有很多次，他和她在楼道里相遇，她下楼，他上楼，他仰着脸打招呼，她俯视着他，淡淡一笑，与他擦肩。

他并不介意她的傲慢，站在她刚刚走过的楼梯台阶上，能闻到她留下的香水味儿。提鼻的一瞬，他是幸福的。

有同事给他出主意，爱要说出来。他踌躇，他知道她怎么看自己。终于办公楼里开始传播她恋爱的消息，而且，据说她的男朋友很帅，每次都是骑摩托车接送她。他无比失落，甚至一度不想再踏进办公楼半步。曾经有几次，他和她又在楼道里碰面，她下楼，他上楼，他犹疑着要不要打招呼的时候，她早一溜烟儿似的跑下去了。

他有些发傻地待在她的香气里，半天缓不过神来。

后来，彼此都成了家，青葱的心事也掩埋在时光里。只是多年以后，他凭着自身勤奋和岳父的背景，青云直上，成了办公楼里的一把手。而她，褪去了青春的柔韧，工作平平，生活一般，唯一不变的是骨子里的傲气和雅致。

偶尔，他和她还会在楼道里相遇，不同的是，他的办公室搬到了六楼。走在一楼和三楼的楼道里，他能感觉当年的暖。没有人知道他的心思，有人问起为何不坐电梯时，他会笑着说，减肥。是的，他还是矮矮的胖胖的，而且人到中年添了大肚腩。

每次碰见她，她并不像其他人那样诚惶诚恐，还是淡淡一笑，转身走开。他发现，即使是他下楼，她上楼，他也没有高高在上的感觉。望着她的背影，他不由苦笑，是不是上辈子欠了她的？

有一次，同事们坐在一起喝酒叙旧，知道内情的人对她说："当初你要是跟了他，现在就是一把手夫人了。"她笑着摇头："他？扔马路边上没人要。"

声音很轻，话却很重。他听到了，非但没生气反而哈哈大笑。爱，真的是一种微妙的东西，他不得不承认，自己是欠了她的。

情债有很多种，也有很多种偿还方式。他没想到他的方式只有一个字：疼。她的丈夫出了车祸，平静的生活一下子乱了阵脚。他身为领导去她家慰问，她低眉、轻语，没了笑容。他说："有什么困难提出来。"她说

"谢谢"时没有抬头。那一刻,他的心揪在了一起。

自那以后,她一边照顾卧床的丈夫,一边坚持上班。他想,如果她提出要求,他一定会关照她。可她从来没有。

那一天,他和她又一次在楼道里相遇。他下楼,她上楼。擦肩而过的一瞬,他没有闻到熟悉的香水味儿。他心里一惊,敏锐地觉察到她已失去精致的生活。在她就要消失在拐角处的时候,他叫住了她,头一次喊了一声"翠儿"。

她站住,他说:"今儿阳光真好,很配你的香水味道。"

她愣了一下,随即一笑,浅浅的,正如初相见。

不久后的一天,他走到一楼和三楼的楼道时,听到两个小女生在议论:"黑翠儿姐新买的那款香水据说是老牌子,她说日子再苦还是要笑着过。"

欣慰之余,有一缕淡淡的香气在萦绕,他知道她刚刚经过这里。习惯性地提鼻后,他笑了。他坚信:红尘中的"我爱你"不是用来说的,就像他对她的情意。

记　得

她一直觉得,滚滚红尘中,只有刻骨铭心的往事才会记得。

那天,她值夜班,正准备休息,病区的门铃急促地响起来。过了一会儿,值班护士走进她的办公室,说是一个孕妇肚子疼了,在家人的陪同下来就诊。

她挂上听诊器,走出来,见一个孕妇被一个男人搀扶着,正焦急地等待着。她以着职业性的口吻对那个孕妇说:"到这边来吧,我给你检查一下。"

"大夫，她身体不太好，请您多关照，好吗？"那个男人讨好地说着。

"你不用担心，每一个病人我们都会认真负责的。"她头也没抬地回答。

例行检查之后，女人被送进产房，她转身，碰上了男人的目光。

"真的是你啊？你不记得我了吧？我想……你是不会记得我的……"男人自顾自地说着，说得她一头雾水："对不起，我记性不好。"

"没关系，我记得你就是了。"说着，他摸出烟，点上，吸了两口，忽然说："对不起，对不起啊，我记得你不喜欢烟味儿的。"

她的心一热，记忆的闸门瞬间打开，原来是他啊，五年前，经朋友介绍他们相识，仅见了一次面，仅因为他在她面前忙不迭地吸烟，他们的恋爱就结束了。朋友问其原因，她说，我不喜欢男人吸烟。

想起往事，他和她都略显尴尬。

"你爱人不吸烟吧？"他笑着问。

她不好意思地也笑了："是的，不吸。"沉了沉，她说："我去产房看看嫂子吧。"

以后的几天里，她管他的女人叫"嫂子"，还给刚出生的小侄买来了婴儿衣，他很客气地说"谢谢"，好像她是他的一个亲人，从来都是。

偶尔，她会看见他站在走廊的窗前吸烟，一个人，望着天。

一次查房的时候，她对他的妻说："以后别让他抽烟了，对身体不好，对孩子也不好。"那个女人笑笑说："没事的，他已经抽的很少了。从前他只要一紧张就会拿烟，还为此吹了一个女朋友呢。"

原来如此，她记起那个忙不迭吸烟的青年，爱红脸，说话结巴，青涩如树上的柿。当年同样青春年少的她并不懂得，情窦初开的样子就是这般了。

经历了岁月的烟尘，一场没有开始的恋情氤氲着淡淡的温热。

出院的时候,她帮他们抱着孩子,送到楼下。她说:"其实我一直记得,记得一个男人的喜欢和慌张,为此,我满是感激。真的,真的谢谢。"

他腼腆地笑了:"谢谢,也谢谢你,我会记得你的'谢谢'。"

他们的车开远了,她站在梧桐树下,淡淡的笑浮上嘴角眉梢。人生很多事,原以为是云淡风轻,是人生长河里可以忽略不计的细小,其实一直都在记忆深处。她想,刹那间的想起,也是一种刻骨铭心的记得吧。

明月下西楼

薄薄的秋意里,他站在另一个城市的梧桐树下,吸烟。袅袅的烟雾中,他单薄的衣衫在夜的一角,随风摇曳着季节的清凉。爱情,从来都是惆怅的,所以,他原谅她,原谅她的负心。

明天,她就要出嫁了,嫁给她爱的那个男孩,其实她不知道,最爱她的人是他呀。想到这里,他的心被记忆刺了一下,生生的疼。

他一直记得,她最喜欢校园的秋天。那年,她主持学校的中秋晚会,动情地说:"月亮圆了,思念瘦了,青春的往事啊,还青涩着,那垂挂着……"晚会后,他挽着她的手在校园后街散步,问:"我是你的青春往事吗?"

她笑着靠在他的肩头,说:"秋夜多么迷人。"

他也一直记得,她最喜欢刘若英的歌。为此,他买了好多奶茶的CD送给她。在她二十岁生日那天,他用自己的奖学金给她买了一款蓝色的MP3,里面是他亲自为她下载的《很爱很爱你》。却不想,多年以后,自己的心情应了这首歌:很爱很爱你,所以舍得让你往更多幸福的地方飞去,很爱很爱你,只有让你拥有爱情,我才安心。

忽然很想发个短信给她,是想祝福她吗?他猛地吸了一口烟,眉头拧在一起,眼睛泛起一层潮湿。

不知道那个娶她的家伙会不会煲粥给她喝,她曾经爱吃他做的皮蛋瘦肉粥。那次她病了,烧得厉害。他急得团团转,特意跑回家请妈妈帮忙煲了粥,捧到她的床前。她泪汪汪地一勺一勺地品着,说,粥很暖。

从那以后,他总是跑回家和妈妈学煲粥,然后拎到她的宿舍,看着她美美地吃。终于有一天,母亲说:"把那个女孩子领回家来玩吧。"看上去,母亲很喜欢她,笑眯眯地说:"一个人在外会觉得孤苦,喜欢就常来玩。"

他对母亲充满了感激,可母亲私下对他说:"她是个好女孩,但她不适合我的儿子。"

他听不进,义无反顾地爱着。大学毕业的时候,她说:"我要回到父母身边去。"他想也没想说:"我跟你一起去。"

离开家乡,离开父母,他追随着她来到陌生的城市打拼。再苦再累,他都不在乎,只要和她在一起,幸福就是空气,无处不在。

可是,就在他准备和她的家人商定婚期,筹划美好的时候,另一个男孩子牵了她的手。她甚至没有多解释什么,只是流着泪说:"对不起。"

五年的光阴啊,一句对不起就都了结了?他伸出手想打她,停在半空中几秒后,重重地捶在自己的头上。她心疼了,从后面抱住他,轻轻说:"别恨我,好吗?"

他是真的想恨,可是……

伤心地离开,离开伤心地,他回到家乡。一切从头开始,唯独爱情留在有她的城市不肯回来。

从同学口中得知她的婚讯的刹那,他的大脑忽然就一片空白了,手不停地在身上摸索着烟盒。离别后,他学会了吸烟。点上一支吧,就像每次想她的时候一样。

不忍再惹父母担忧,他一个人躲在梧桐树下,心思苍茫寂寥。从此,再没有风清月白的念想,他静默地关闭了通向她的心门。

"从此无心爱良夜,任他明月下西楼",他在手机上输上这几个字,按了她的号码,踌躇了很久后,还是删除了。

第二天,她的城市天气晴好,婚礼隆重而浪漫。清一色的白玫瑰漫溢着醉人的香气。她甜美地笑着,拥着新郎说:"阳光里有雨后的清新。"

她永远不知道,昨日在另一个城市,明月下西楼,一夜梧桐雨。

白月光

第一次读他的信是在一个银色的夜晚,月光薄薄的,铺了一地的光晕。她久久地凝视着那个淡蓝色的信封,慌乱而甜蜜,信封上有自己的名字,是他写的。他的字刚劲有力且温婉俊秀,透着军人的铁骨柔肠。

她一下子就喜欢了,喜欢上了莫名的心跳和牵念。

她没想到,二十年后的再相逢,不再年少的心依然是狂跳不已,不同的是,丝丝隐痛渗进血液里,是一种难以名状的伤。

那晚,值班护士长打电话给她说:"我看见你的大兵了,在肝病病房,快不行了……"

说好了不再见的,分手的时候就说好了的。

其实他们只见过一次面。那是在他们书信来往一年后,他休探亲假。他在信中说,这次探亲我们把婚事定下来好不好?虽然是隔字相问,她还是在另一边羞红了脸,她想,当然好啊,我是那么倾慕你。

白色的月光下,他穿着一身国防绿出现在她的面前,正如她想象的那般英姿飒爽。只是,只是他的个子矮了些,矮的超出了她接受的底线。这小小的缺憾令她一时陷落情绪的低谷,彷徨不知所措,以致他满心欢喜地提起婚事时,她沉默不语。

分手时,他大方地伸出手,说:"不管是否有缘在一起,我们都可以继续通信的,我喜欢看到信封上你写的我的名字。"

最终,她没有再给他写信,她还是以年少的理由骄傲地拒绝了相爱,以着世俗的标准结束了恋情。最终,他们也再没见面,情感上的旧人是不宜再见的。

只是偶尔,偶尔的夜里,她会想起白月光下的一抹绿。

十年生死两茫茫,他们在二十年后相逢在他的病榻旁。他瘦得可怜,躺在靠窗的床上,显得越发瘦小。他对妻介绍说:"一个远房的妹妹,在这个医院工作。"她礼貌地点了点头,然后说:"哥,靠窗风大,我找护士长给你换个床位吧。"

书信往来的日子里,她唤他"哥"。

二十年后,再次听到这声"哥",他笑了,微弱地说:"不用,这里有月光。"

泪水,忽地涌了上来。这话里蘸着多少旧光阴啊,眼前的中年男子早不见了青春年少,而自己也丢了花样年华。她不再说什么,给他找最好的专家会诊,尽自己最大的能力帮他。他很自然地说"谢谢",正如她很自然地帮他刮胡子。

他的女人说:"妹妹的手真是巧,我总是刮不好的。"

她笑笑,空气中有一种味道飘起来。人生若只如初见,何事秋风悲画扇。其实对于最初的相恋,更多的是温暖。人生的有些过往仿若静静地躺在书里的汉字,永远定格在最初的地方,无论多么生动饱满,它只属于回忆。

只是,知情的护士长的一席话让她的心疼了又疼。护士长说:"当初你若选择了他,他的生活会改变,也许就不会走到这一步。"

是的,选择一个人就是选择一种生活方式。

而他临终的一番话又让她流了泪,他说:"谢谢你的放弃,正因为你当年的放弃,使得我短暂的人生旅途拥有了无数个美好的银色月夜。其实,怀念远比得到美好,是不是?"

"怀念远比得到美好",当天人永隔,白色的月光还是薄薄的,那么凉,也那么亮。每每想起他的这句话,记忆总是暖暖的,在心里的某个地方一寸寸生长着。

云知道

他的老家在偏远山区,那里的天特别蓝,云特别白。自小家境贫寒的他,每每随父上山劳作,休息的时候总是习惯坐在山头看云。父亲说,人心就是云。

真正让他理解了父亲的这句话,是那段刻骨铭心的伤。

她是他的小师妹,他比她高一年级,他们一起在大学校园度过了四年美好时光。那时她是校花,喜欢她的男生就像是校园里的白杨树,一排排的。很多时候,他连献殷勤都轮不上。但是,他执着地相信上苍会眷顾有情之人。

终于,机缘来了。学校要排演一场新年联欢会,他和她双双被推荐为主持人,这让他有了得天独厚的机会接近她。她是一个追求完美的女生,尤其对于主持词总是一再推敲,有时到了吃饭的时间还在那里字斟句酌。他喜欢陪着她,喜欢看她认真的样子,喜欢跑出去给她买盒饭。

看上去,买回来的盒饭总是一模一样,总是她喜欢的吃食。她总是歪着头问:"你也喜欢鱼香茄子?""你也和我一样爱吃熏蛋?"

他无语微笑。

其实她不知道,他的盒饭里没有熏蛋,因为有熏蛋的是 3.5 元,没有的是 3 元。靠勤工俭学和奖学金维持学业的他,以自己的方式悄悄地疼着她。

联欢会在他们的合作策划下取得了圆满成功,他们的关系也不知不觉地亲近了很多。那天,他们又坐在杨树下吃盒饭,当他把有熏蛋的那一份递给她的时候,她忽然娇嗔道:"我想吃你的那一份,反正都是一样的。"

推辞不过,只得依了她。秘密被揭开的瞬间,她的眼圈红了。他有些慌乱地说:"你别哭啊,请你相信我,我一定会加倍努力,给我喜欢的女孩美好的未来。"

白杨树下,她的泪和阳光一样亮。

他比她早一年毕业,以优异的成绩被一家医院高薪录用。一年后,他凭着自己的实力,疏通各种渠道,也帮她在同一个城市安排了工作。

人生总有一些事令人费解,有情人常忆相思苦,朝夕相处却又会心生嫌隙。她在工作半年后提出了分手,理由很直率也很伤人:我爱上了别人。

清冷的夜里,他流着泪想,父亲的话是对的,人的心就像云,飘忽不定,难以捉摸。

又半年后,他们各自成家,形同陌路。

形同陌路的旧情人,却还是要碰面的。婚后三年的一天,她因妊高征施行剖腹产被推进了手术室,恰巧,他值班。

望着手术床上的她,百味杂陈涌上心头。他劝自己说,就当她是陌生的病人吧。

出于职业要求,每次麻醉完毕,他都要轻声对病人说:"别害怕,手术马上就要开始了,有什么不适您可以告诉我。"当他习惯性地张嘴说:

"别害怕……"就再也说不下去了。

他看见了她眼里的泪。

母子平安。他推着虚弱的她回病房,那是他的职责。从值班护士嘴里得知,她的丈夫出差不在家,要明早才能赶回来。

他想也没想,跑到食堂,要了一份面,还特别嘱咐厨师说:"加两个熏蛋。"

端着热乎乎的面汤,她的泪掉在了熏蛋上。

她出院后不久,她的丈夫答谢医护人员,特别打电话给他说:"你一定要来啊,她说的。"

宴席上,几杯酒下肚,他的心渐渐热起来,热得灼了他一下。推杯换盏间,他仿佛看到了家乡的云,那么白,那么纯,像棉花一样温软。原来,这才是父亲的话:人生总会有一些往事飘远,也总会有一些柔暖贴着心,哪怕是光阴已错过。

想到此,他举起杯,由衷地说:"祝你们全家幸福。"

刹那,永恒

大概有十年了吧?十年里,他越来越少想起她,他满以为自己可以彻底忘掉她,尤其是在她离开这个城市后,他娶妻生子,一切似乎都过去了。

可是就在刚刚,他为一个顾客称一块豆腐时,瞥见一个女人牵着孩子的手从他的摊位前走过。他的心毫无防备地咚咚咚地狂奔起来,就像与她初相见时的心神不宁。

那个侧影,太熟悉了。

那一年,他高考落榜,闲来无事便到菜市场给父亲帮忙。父亲是一个豆腐官儿，每天清晨很早起床，用昨夜泡好的黄豆磨出豆腐，然后送到早市去卖。他家的豆腐细嫩而滑软，有不少的回头客。

那一天的生意和平时一样好，他正在忙着，忽然听到一个女子的声音："喂，老马，是你儿子啊？"

父亲说，是。然后转过头对他说，叫叶姨。

他抬起头，她也正望向他，一双清水眼就像是一面湖水，清凌凌地照出了他的窘迫和局促，她爽朗地笑着，说："我有那么老吗？叫我叶子吧。"

他脸一红，顺口说："叶姐好。"

父亲听了也笑起来："是，叫姐姐才对，你们差不了几岁的。"

她比他大五岁，在菜市场有个水果摊儿，她不但人长得美而且嘴甜，说话的样子很乖巧，也有不少顾客专门买她的水果吃。本来，他没想好落榜后干些什么，可自从那天见了她，也不知怎么了，鬼使神差地总想往菜市场跑，于是就和父亲学做豆腐了，这样可以堂而皇之地去早市，每天和她摊挨着摊做生意。

她总说："你真是人小鬼大，你一伸手我就知道你是块做生意的料。"

他笑着说："那你是伯乐我是千里马了。"说完还不忘纠正道："我不比你小多少。"

她的眉毛弯弯地一翘，说："小一天也要叫姐，要不以后就喊你马老板吧。"

他说："我爸是老板，我不是。"

她随口扔出一句："那就叫你马小板好了。"

自那以后，她就叫他"马小板"，他改叫她"叶子"，忽然有一天，她问他："你什么时候开始不叫我姐的？"他一笑，露出贝壳一样的牙齿，他心里知道，他只正式叫过她一次姐，还有两次是她耍赖，非要听他叫姐不可,他才含糊着叫了,声音小得就像蚊子哼哼。

他喜欢她霸道的样子,喜欢她被自己逗得哈哈大笑毫无遮拦的样子。那样子一点都不淑女,可他觉得她的笑特别有女人味。他们在一起说笑有着珠联璧合的默契,几乎整个菜市场的人都觉得他们是天生一对。

一切事物,包括爱情都有着最佳时机,错过了,也许一辈子都不会再有。某一天,她看似清淡却有些愁怨地说:"我要回老家了……回老家去……结婚。"当时他正笑呵呵地卖着他的豆腐,听了她的话,傻了。他从来没想过她会离开,她要结婚?跟谁?与她一生相守的人不是自己吗?

他完全懵了,听不见她继续说,出来打工前已经订了婚,婆家催着回去,也听不出她语气里的不舍和期待。或许,她愿意为他的一句话留下来,但是,他什么也没说。多年后回想起来,他觉得她说的对,有些东西,年少的心不懂。

后来,她从他的生活里消失了。和所有的爱情一样,经历了离别的纠结之后,日子一如既往。每一天,他都重复着:泡豆、磨豆腐、卖豆腐,从不去想自己最初是怎么干上这一行的。偶尔记起什么,他会自嘲地一笑,没有说出口的爱不能算是爱。

"老板,来块豆腐。"那个女人折回来,面对面站到了他的摊位前。那一瞬,他的心头涌起百味杂陈,那人居然不是她,那只是一个像她的女人。

目送着那个女人的背影,他摇着头转身,一不小心碰掉了案板上的一块豆腐,豆腐散落在地面上,碎得如心思,拾不起。

他不得不承认,爱,真实地来过。她用她的幻影告诉他,她一直都在;而他,用一刹那的慌乱验证了:有些人和事是岁月也无法抹掉的。

莫相负

爱情是从告白结束的

她曾经说,她的婚姻就是陪嫁的那床锦缎被,看上去华丽,摸上去透心凉。多年来,和他的婚姻一直都不如意,先是婚后多年不孕,抱养了一个女孩后又怀孕生女。两个女儿有如两朵花,开在如锦的生活里,却没能给她带来太多的快乐。大女儿患有先天性心脏病,小女儿幼年便查出了免疫性疾病——红斑狼疮。

天生多愁善感的她有太多的理由不快乐,只有站在讲台上的时候,她才是神采奕奕的。她是一名讲师,专为成年人讲授公关礼仪课程。

那一年,学校里分来了一名大学生,叫文。初相见,文看她的眼神清澈而热烈。文说："您的课就像是一首诗，我从没读过。"她笑，并没太在意一个年轻人的恭维。然而，接下来的日子里，文追随着她的身影，一起教研一起授课一起去食堂吃饭。她从没想过，一个小跟屁虫儿会改变她的生活。

终于，在一次外出的教学活动上，文借着酒意说："我爱您。"她傻了，爱，这个字于她而言已经很陌生了，如水的日子里，他从不说爱。她以为，爱是年轻人的事。

文说："其实您很年轻，您只是不知道自己有多么美。"

那一刻，她心慌意乱、手足无措、面红耳赤，她就像一个情窦初开的小女生一样被俊朗的阳光男孩俘虏了。文说："您是我见过的最优雅的公主……"看着那张饱满的脸，她绵软地说："你还年轻，而我……"不等她说下去，文已用柔韧的嘴唇吻了上来……

她沦陷了，一发不可收拾。

很长很长时间里，她和文黏在一起，仿佛回到了青春时光。每天笑微微地置身于老师和同学间，她浑身散发着激情与活力，她发现，原来只要自己愿意，她会有很多开心的理由。

渐渐地，关于她和文的流言在校园里风一样地传播着，以至于校长不得不找他们谈话。当然，更有好事者将她的风流韵事传到了他的耳朵里。起初，他保持沉默，后来，他干脆一笑，说："她玩够了就该回家了。"

一个大男人竟然能够如此容忍自己女人，和所有的人一样，她百思不得其解，但她没有闲情细想，她需要更多的时间享受和文在一起的甜蜜。在他的"纵容"下，她不再忐忑，不再愧疚，堂而皇之地与文缠绵着。迷失的日子里，她的世界只有文的爱情。

直到有一天，他把电话打到学校里。大女儿在上学的路上突发心脏病猝死，他找不到她，她的手机是关着的。于是，校长打通了文的电话。

当她惊惶地赶到家，看到已决然离去的大女儿，顿时天旋地转。当时，是文陪着她一起回家的，在她晕倒的刹那文想扶住她，他淡定地轻轻一推，揽她入怀，把文晾在了一边儿。只是一个小小的动作，不急不怒却有千钧重。文说："我们谈谈吧。"他强忍内心的悲痛，说："你的世界不该有她，而我的世界不能没有她。"

她听到了他的话，泪水顺着眼角漫溢出来，湿了他的衣衫。

大女儿的丧事后，她休养在家，他形影不离地陪着，只字不提她和文的事。文打来电话，她不接，却常常一个人坐在阳台上发呆。他知道，她无法原谅自己对孩子的忽视。

终于，她开口了，问："如果我离开文，需要什么理由？"

他看了看她的憔悴，心痛地说："爱情没有理由的。"

她忽然泪流满面："没有人相信我和文的爱情，你也一样的。"

他的泪也出来了，没有一个男人愿意承认自己的女人爱上了别人，可是……他擦拭了一下眼角，说："文很优秀，而且年轻……你尽管长他二十岁，但是你很美，骨子里也浪漫……所以，感情来了，谁也不能说什么……"

他说得极其艰难，她的泪瞬间决了堤。

他抬起头，用手轻抚她的脸，说："老婆，我知道你会回来的，其实你一直都是个孩子，你知道错了只是不知道该如何回头。"

她再也忍不住，大放悲声道："为什么对我这么好？"

"因为，我爱你。"

爱？是自己听错了吗？她泪眼婆娑地看向他，听他继续说道："生活里的爱情是不用表白的，这么多年了，我们的爱情一直在……我也相信你和文是认真的……可是，老婆，你想过没有？你们的感情会影响他的一生，他还年轻，路还很长……爱情不能太自私，不如放了他吧，放了他也放了你自己……没有你,他会开始新生活,而我和孩子不能没有你。"

他说话时眼神安静,言语中少有责备却直逼她的温软。自从和文在一起,她想象着他的反应,打她骂她甚至和她闹离婚,却唯独没想到他会如此深情的告白。

一个人会犯错,爱情也会,正如那床陪嫁的锦缎被你只在意手指的凉却忘记了它以内在的暖煦陪了你很多年。

后来,她和文平静的分手,很多人都以为是孩子的离世触动了她。只有她自己知道,她和文的爱情是从他的告白结束的。

Hi,好久不见

见到她,他有些尴尬,轻轻说了句:"Hi,好久不见。"

她微微一笑没说话,算是打过招呼。她已经不记得了,他们到底有多久不见了。只记得儿子十岁那一年,他和她离婚了,离得天崩地裂。

他咆哮着说:"你要是不给我儿子,我就不给你们抚养费。"

这话真的没道理,他以为她会不依不饶,谁知她倔强地挺起胸脯,咬着牙狠狠地说:"好,我们一定会过得比你好的。"

他傻了,然而覆水难收。

她太了解他了,未来的路纵有千般苦,她也不能把儿子给一个没有责任心的男人。在他们的婚姻生活里,她为这个家做什么都是理所应当,而他不曾懂得一个女人的苦和累。偶尔和他抱怨时,赶上他心情好一笑了之,遇上阴天他会冷冷地说,娶你干吗的?

这句话说多了,她终于明白:走进婚姻,不是多了一个人疼你,而是多了一份负担。后来她在一本书上读到一个观点,大抵是说一个女人把一个男人宠惯了,男人会倦怠。可是这本书没说女人也会倦怠。

但是，她累了。于是在越来越多越积越深的矛盾爆发后，她选择了放弃。与其在他的习以为常和熟视无睹中过一生，不如一个人反倒清静自在。

事事种种其实都是鸡毛蒜皮，可她说，我不要一地鸡毛的日子。

分时，正是好年华，不可能不寂寞。然而比起心伤与争吵，她宁愿寂寞。她知道，自己是一个洁净的人，不能容忍感情的乌烟瘴气。

多年以后联系他，是因为儿子的婚事。二十五岁的儿子婚期在即，她想了又想，决定告诉他，毕竟他是孩子的父亲，毕竟想给儿子场面上的圆满。

这么多年了，儿子考大学、找工作，他都是从别人口中知道的，他没想到她会做得那么绝，说放下就真的一点不留余地。隐隐的，他在心里是记恨她的。

按照当地风俗，新人会在婚礼上给父母敬茶，敬茶的时候父母一般会给孩子一个红包。庆典开始前，他故意问她："给我准备红包了吗？"他以为这样的刁难会气着她，没想她真的从包里取出了两个红包，方方正正的一样大小，递到他手里，说："你给一个我给一个。"

好久不见啊，依然是在一起时的习惯。

那一瞬，他有些无地自容，这么多年了，辜负她的是自己，不能释怀的是自己，在她面前，他永远都是捉襟见肘。

他最没想到的是，婚礼上播放了一个小短片，展示新郎新娘的成长过程。当大屏幕上出现他抱着儿子坐旋转木马的照片时，他的心理防线彻底崩溃，忍不住泪如泉涌。这么多年了，他没有尽一个父亲的责任，这么多年了，他一直认为是她的追求完美破坏了自己的幸福，他从没想过自己做得有多糟糕。

"爸爸，请您喝茶。"新娘甜甜地叫着。

他忽然心生感激。是的,他应该谢谢她,谢谢她把儿子抚养得如此优秀,谢谢她让自己感受如此暖融融的亲情。

转过头看过去,她没有哭,正微笑着祝两个孩子百年好合。他终于承认,自己是配不上的,尽管她的鬓角染了霜,她的气场还在。自己曾经那么不在意她,挑剔她的不够好,走出很远很远之后才发现,是自己错失了她。

生命中有一些人,你以为你恨他(她)怨他(她),你以为好久不见便会淡忘了她(他),到头来还是会为她(他)心软和心疼。

离开时,他郑重地对儿子说:"别像我……好好孝敬你妈……她不容易。"说完,含泪转身。他没有回头,不知道她在他身后摘下了眼镜,悄悄地擦着眼角……

不是得到就是学到

她的婚姻亮起了红灯,那个疼她爱她的老公喜欢上了同办公室的一个女孩。在一张年轻、姣好的面容前,人到中年的她几近崩溃。想起老公当年对自己的再三追求,想起婚姻之初的不易与十几年的恩爱,她不相信他会舍得。所以,当那个女孩说,没有他,我情愿去死的时候,她冷冷地笑,死有什么可怕?我和他一起走过风风雨雨,那么多的难都过来了,还怕你这个初出茅庐的小妖?

事情的发展与情景剧没什么两样,女孩一哭二闹三上吊,誓有不拿下山头不罢休的阵势。而她,收敛起心碎和伤悲稳稳地站在道德高地上胸有成竹地说:"让他来做决定。"

谁知道,一星期后,老公把离婚协议放到她的桌前,说:"不是不爱了,是她太难缠,而你是如此识大体……"

晴天霹雳,如梦方醒,原来,两情相较勇者胜。那些她不屑的女人伎俩,竟是情场的撒手锏。到头来,沉甸甸的日子抵不过一个女孩的"视死如归"。

爱情与爱情对峙时,没有谁会更爱谁一点点。看上去在男人心里的选择权,其实一直都在女人手里。

"你要我还是要她?"

"在你的心里我是最重的,就像我不能没有你一样!"

前一句是选择题,会让男人徘徊。而后一句是情话,会帮男人下决心站到哪一边。

所以,婚姻保卫战中,不给男人出选择题的女人冰雪聪明。

离了婚的她看破了红尘,心如止水。有一天,她下班的时候被一个男人拦住,他声音颤巍巍地说:"你真的不认识我了?"

他戴着鸭舌帽,身材瘦小,呼啸的寒风中如一片叶子在她的疑惑里飘零着。真的是他吗?那个文质彬彬风流倜傥的青葱少年,那段青梅竹马海誓山盟的爱恋,那场莫名其妙寻不得的风花雪月,都已被光阴辜负了啊。

她本能地掉头离开,他拦住,哀求道:"我只想和你喝杯咖啡。"

他是她的初恋,在那个特殊年代,他的父亲被关在牛棚接受改造,他和母亲躲在一个小城相依为命。遇见她时,彼此青春年少,懵懂地将爱情推至最深处。当她发觉自己怀孕的时候,慌乱多于喜悦。她去找他商量,他正被母亲逼迫着坐上一辆车去往另一个城市。她在车后追着、哭着,他在车上哭着、疼着……

一别二十年,恨和爱都淡了,他却再次出现。以她的性情,是决然不会理他。然而,失败的婚姻让她学会了太多……

咖啡馆的小沙发里,他告诉她,当年父亲昭雪平反需要他与另一个女孩的婚姻做保证，他没有选择。二十年里，他从没忘记她，只是要对自己的妻儿负责，也就没有联系过。后来一家移民到国外，更是山长水远隔了岁月。

他说，生活总有太多的难以预料，前不久妻儿出了车祸，双双丧生。异乡的伤痛深深地刺着他的心，归国的路上，他坚定了找到她的决心，他要和她说声"对不起"，他要确认她的幸福。

同是天涯沦落人，帮他抚平伤痛是慈悲，为自己解开心结是智慧。

半年后的一天，她对他说："你是今天娶我还是明天娶我？"

他笑着揽她入怀，答案只有一个：从此，她和他幸福地在一起。

世上的因果都是缘定，无论婚姻还是爱情，不是得到就是学到。

爱你，是欠了你

当一个女人的爱情里包含着太多的崇拜时，她的婚姻往往会走向极端，要么幸福，要么毁灭，很难做到平淡如水。

芬的一生就是这样的。

与强相遇的那年，芬已经是不惑之年。对于一个中年女人来说，爱情是奢侈品，也是危险品。芬偏偏不信这个邪，她说："成年的女人才真正懂得爱。"

芬的前夫是个码头工人，月薪不多，生性好酒。每每喝醉了，便会破口大骂她和女儿，埋怨她们拖累了自己的好日子。芬一直记得那年冬天，前夫在电视机前喝着小酒，女儿在屋内写作业，她一个人在屋外的水井旁洗衣服。当时正赶上生理周期，手指泡在冰凉刺骨的水里，她的肚子一阵紧似一阵的痉挛。强忍着洗完衣服，她对前夫说："你帮我拧出来晾上好吗？"喊了几声他都没动，芬叹了口气说："你太不知道疼人了。"一句话惹恼了前夫,抓起她的头发便打起来。女儿哭着从屋内冲出来,喊道:"妈妈,我们走。"

离了婚,她带着女儿住职工宿舍。她以为,自己就这样过下去了,什么爱不爱的,都远去了。

那天,她接女儿晚自习回来,看见职工宿舍楼前有一个男人在闷头吸烟,走近了才看清是强。强是她的上司,果断精明,为人和善,在芬眼里,没有什么事能难倒他的。原来,强和妻子闹矛盾搬了出来,也住到了宿舍楼。同是天涯沦落人,从那以后,芬总是多做出一个人的饭,让女儿给强端过去。时间久了,单位里开始有了风言风语。强说:"你以后别做我的饭了,你们孤儿寡母的不容易。"芬说:"让他们说好了,你要是真懂我们的不容易,就别让我端来端去的,干脆你就到我这儿来吃吧。"

不久后,强也离了婚,人们说芬是第三者,芬不置可否。有一天,他们正在吃晚饭,强的女儿闯了进来,愤怒地把桌子掀翻在地。芬一声没吭,和女儿一起蹲下身一点一点地收拾着。看着逆来顺受的娘俩儿,强流了泪,说:"我们结婚吧。"

婚后的甜蜜是芬从前想也不敢想的,强很知道疼她,和自己的女儿也很融洽。情人节的时候,强还买了蓝色妖姬送给她。很长一段时间以来,芬醉在自己的爱情里,尽心尽力地打理自己的新家。她知道这份幸福的来之不易,对强几乎是百依百顺,把他供奉成了神。有的同事看不过她的低眉顺眼,善意提醒她,男人是不能惯的。

她笑着说:"他比我大十岁,我应该照顾他的。"

或许,爱情都是有定数的。几年后,强有了新欢,开始还遮遮掩掩,后来索性夜不归宿。芬一下子从天堂掉进了深渊,她懵了。恍惚中,她曾半夜尾随强找到那个女人不依不饶;也曾哭哭啼啼找体己同事去劝说强。哭过,闹过之后,都累了,强不肯原谅她的"无理取闹",她也还原不到当初的温柔。就这样,他们过起了有名无实的夫妻生活。

偶尔,强回家睡的时候,芬讨好地靠近他,却被生硬地拒绝。渐渐的,芬的心也冷了。熬过无数个寂寞长夜,她淡淡地想,女儿即将大学毕业,自己也快退休了,都折腾不起了,将就着过吧。

如果不是那个电话,芬以为自己是可以过平淡日子的。可生活没有如果,强在去情人家的路上出了车祸,在一个小镇上奄奄一息。芬以为自己的心不会疼了,然而,当她看到血肉模糊的强时,泪水一下子决堤。她要他活,哪怕他不是为她活着。

严重脑外伤的病人术后会躁动不安,芬寸步不离强的身边,趴在他的病床前任他推搡着自己。她一边细致地擦拭着他的肌肤,一边苦笑着说:"这回咱俩可是又亲密接触了呢。"来探望的朋友看到此情此景,无不心酸。

昏迷了几天几夜后,强活了过来,听力却严重下降。她总是附在他的耳边大声地说着情话,逗他笑。从鬼门关走了一遭后,强似乎也懂得了与自己相依相偎的那个人只有芬。

两个月后,芬可以推着强出去晒太阳了。每每遇见熟人,她都笑着炫耀说:"看我家强恢复得多好啊,这可不是一般人能做到的。"那语气,那神情,都透着一种恋爱女人才有的仰视和满足。

私下里有人问过芬:"你图的是啥呀?"她浅浅的笑:"要说图那就是图个心安吧,不睬他我做不到,谁让我上辈子欠了他的。"

相欠,是爱的疆域里永远都偿还不尽的心债。

相知如镜

他说:"你把我的衬衣熨一熨。"

她没说话，心里却好大的不舒服。在所有的家务里，她最不喜欢熨衣服了。从小到大，她的衣服都是母亲帮着熨的，成家以后她也总是买那些免熨烫的衣服穿。可是，他喜欢穿衬衣，每天一件换得很勤。

这几天，她有些累，累得有些烦。想了想，她说："你能不能自己熨？"

他看着电视随口说："我不会。"

她嘟囔着："我也不是天生就会的。"

这是实话，她发现婚姻真的能重塑一个人，婚前的自己是父母的掌上明珠，过着饭来张口衣来伸手的日子，而婚姻却给予了她生育、做饭、洗衣等等琐碎。在这些琐碎的光阴里，她从一个女孩蜕变成一个妇人。

他习惯了被她"圈养"，婚姻对于他来说，只是从母亲的呵护转到了她的关爱中。结婚近二十年，他不会用洗衣机，没有拖过地板，几乎没做过饭，很少想过她也会累。她也习惯了他"笨"，随着岁月的流逝，他的"不会"变得理所应当。偶有倦怠，她会不高兴，他会不适应，好像生活本该是他们彼此习惯的那个样子。

爱情有千百种，婚姻似乎也是。看上去又温暖又踏实的生活却隐含着要不来的熨帖。她知道，一切事物包括婚姻都不会是完美的，知道"软肋"在哪儿，便要容忍也要调理。

狠了狠心，她把熨好的衬衣递给他，说："这是最后一次。"

他茫然，不解地望向她，她说："我累了，以后你自己的事情自己做。"

看他很不开心的样子，她越发明白了婚姻生活也是一种积累，繁复的日积月累里，女人要的感情会渐渐沉淀，而男人要的感觉会慢慢消失。

一个星期，两个星期，他几乎把所有的衬衣都穿了一遍后，她还是不曾洗。他们似乎都在等，在等对方妥协。每次冷战，他都会觉得她不够温柔，而她认为他不够体贴。

终于,他忍不住说:"老婆,我没有干净衬衣穿了。"

她淡淡地回道:"干吗和我说?不是自己的事情自己做吗?"

他脸色阴沉下来:"不和你说和谁说?你是我老婆。"

一句话,刺痛了她,老婆,这个称呼听起来有多亲切也就有多酸涩。实际上,她不是真的要他自己洗衣服,她要的是他情感的复苏。她知道,他笨,笨到察觉不出她的好。他也知道,她心善,不会真的舍得不管他。

一起生活久了,彼此太了解,就像一面镜子。

僵持了一段时间后,她又开始给他洗衣服了。那天,他从外面回来,一进门就闻到了熟悉的薄荷香,看向阳台,他的衬衣整齐地挂在阳光里,散发着洗衣液的味道。

她正在厨房忙活着,他走过去,从后面揽住她的腰,轻声说:"老婆,对不起。"

他没有说谢谢,而是说对不起,令她心头一热。她问:"你得意了?"他笑了笑:"没有,是温暖。"

为他洗了二十年的衣服,他不曾觉得什么,不管他两个星期,他的感觉却回暖了。原来,在这面婚姻镜子的背后,也会藏着一丝玄机。

既然相知甚深是一种美好,那么,知道你,所以"制裁"你。"制裁"你,不是不爱你,而是掌控婚姻的温度。

你不知道的事

爱情在生活里,总有一些起起落落,只是有些小波澜是平静的,你并不知道。

半年前,他升职为部门经理,晚上的应酬多起来,回家吃饭的时候越来越少。渐渐的,她习惯了一个人吃饭,也习惯了他酒气熏天地半夜回家。至于他和什么人喝酒，有没有女人在场，这些蠢问题她从不过问。倒不是她对他绝对信任，而是她是一个聪明女人，从不会给自己添加负累。

"同在一个屋檐下生活的两个人是相对自由的。"这句话她常说。

今晚，他进门的一刹那，她便知道他又喝多了。他来不及和她说话，便趔趄着奔向卫生间，趴在马桶上痛苦地呕吐起来。她捏着鼻子走过来，在他的屁股下面塞了一个小板凳，便又去客厅看韩剧了。

一阵翻江倒海之后，他摇晃着走到客厅，歪倒在沙发上，睡着了。他不知道她是什么时候睡的，半夜醒来时一阵阵发冷，才知道她打开了客厅的窗户。乍暖还寒的春风吹进来，他的心也滋生了凉意。

她怎么不给自己盖件薄被呢？她就不怕自己冻病了吗？

第二天早晨，他问了她，她轻描淡写地说："你吐得屋里太难闻了，打开窗户可以通通风。"

或许她是对的吧。他在心里这样对自己说。只是她不知道，窗帘在深夜撩动了一地的白月光，冷冷的，种在了他的心里。

同一个城市。另一对夫妻。也是人到中年。

他晚上出门从不带钥匙，说，喜欢有人在家等的温暖。有几次，他回来得太晚，她实在熬不住，睡着了，让他敲了很久的门。睡眼蒙眬中，他歉意地说"对不起"，她说："要不你以后自己带钥匙吧。"之后，他带了两次便又不带了，他说："带着太累赘。"

他知道她有胃病，但并不知道因为给他等门，她沾了凉，很多个夜晚一个人捂着胃，忍着困，等他回家。她曾心酸地想，他怎么就不能站在她的角度体贴一下呢？

可是，她从来没问出口。

还有一对小夫妻，曾是羡煞人的一对璧人。婚后，她不喜欢做家务，于是对他佯装头疾,还说,看到你在家病就好了一半。他微笑不语,懂得她的小伎俩,但从不说破,而是每天坚持下班回家陪她。确有脱不开身的饭局时,他会先回家做饭再去应酬。必须加班的时候,他便把材料拿回家。在同事眼里,他是公认的模范丈夫。前几日,单位公开竞聘,晚他工作两年的小师弟得到了提拔。他心里很不是滋味,心想,如果自己有一个贤内助,或许机会就是自己的。哪一个男人不想在事业上有一番作为呢?可是,一个不经营职场圈子的男人,机会会少很多,这样的苦涩能对她说吗?

他们是看上去的恩爱夫妻。在他们幸福的婚姻里,这些小细节不过是一闪念而已,而这一闪而过的心思是另一半并不知道的事。

爱情,是在一起的缘分;过日子,是一起走的幸福。牵手行走的路上,如果一个人习惯减负,那么另一个人势必会背负太多。生活中总有一些你不知道的事,但你一定知道,爱若在,慈悲就不会离他(她)太远。

初 夏

叶子,起初是稀稀疏疏的,渐渐的,风没有了凉意,于是,不过一两天的工夫,枝枝丫丫上的绿意便繁茂起来,阳光投射下去,路上的光影摇摆不定的,像她的婚姻。

她在树下坐了很久,拿不定该不该给他打电话。今天是立夏,母亲说,应该吃饺子。北方人喜欢吃水饺,有个年节的,总是吃水饺,也取"交好运"的吉祥之意。想到此,她重重地叹了口气,婚姻如赌博,幸福真的是人生的一种运气。

那一年,经同事介绍,他们相识。他是一个略显腼腆的清清秀秀的小伙子,在一家企业任职,薪金待遇不错。见面之前,介绍人刻意强调多次他的经济实力。说实话,她挺反感的,甚至连面都不想见了。介绍人说:"你还年轻,别一副不识人间烟火的样子,谁也不能否认物质是爱情的基础。"

恋爱的过程中,她发现他很节俭,一点都不张扬,而且当她有意无意告诉他,自己一个资浅的小学老师的工资并不高时,他笑笑说:"其实生活需要钱的地方不多,只有欲望需要钱。"

她开始欣赏他。尽管母亲说,这孩子太瘦,怕是身体虚弱,父亲也担心地说,他是家里独生子,会不会太娇惯,以后会委屈了我的女儿?

他们在相识一年后的六月,走进了婚姻的殿堂。婚礼是纯传统式的,所以,典礼上有一个环节是新人给父母敬茶。敬茶后,他动情地拥抱了他的爸妈。她感动地想,一个孝敬父母的男人肯定也是疼老婆的。

又一年的初夏,他们的女儿呱呱坠地。他显得慌乱而不知所措,总是笑着坐在床边,看着女儿粉嘟嘟的小脸儿,却看不见她的奶胀了,腰疼了,需要他的体贴。母亲有些心疼自己的女儿,她却笑着劝道:"他挺好的,只是他还是个大男孩。"

是啊,男人是需要慢慢长大的,所以,她一直给他时间。

他们出现矛盾的导火索是婆媳问题。歇产假的日子里,家里只有婆婆、孩子和她。婆婆是一个精明的老人,看得出,她并不太愿意照顾这对母女。他不在的时候,婆婆总是念叨没有了自己的时间。他一下班回来,婆婆立即忙活起来,干这干那的。他很心疼自己的母亲,对她说:"你在家多干些活,别让妈太累了。"

一次,两次,时间久了,她终于按捺不住委屈,对他说:"其实你不在家的时候妈很少干活,你回来了,她才干给你看的。"他一听就急了:"你怎么这样说老人呢?我妈这么辛苦,你还背后说她坏话,你太过分了。"

她毕竟年轻,不懂得在男人眼里,母亲永远是对的。争执了几次后,裂痕就亘在他们之间,难以消融了。终于,在矛盾又一次爆发后,她抱着孩子负气回了娘家。

时光,总是不留情面,丝毫不顾及年轻人的倔强。一晃两个多月了,他没来看她和孩子,甚至挂失了工资卡。这让她伤透了心,钱,多么庸俗的东西,他竟是那么在意,竟用钱来绝情。难道他就没想过一个父亲的责任?

泪,又漫了上来。她也是一个不习惯低头的女子,可是听着女儿的咿呀学语,她妥协了,孩子没有父亲是多么可怜啊,自己有责任给孩子一个健康的成长环境。

"喂,是我。"电话通了,她尽量保持着平静的语气。

"什么事?"他的口气还是冷。

她强忍了忍,说:"今儿立夏,妈包了饺子,你过来一起吃吧。"

"不用了,我妈也包了。"

爱与怨,在僵持的分分秒秒里,飘进了她的泪眼。

顿了顿,她哽咽着说:"你能不能公平点儿?就是法官断案吧,也要听双方的陈述啊。"

"我妈从不在我面前说你的不是,而你正相反,女人和女人真的不一样。"他的话里也带着怨。

或许真的是这样,妻子喜欢在丈夫面前撒娇使性儿,而母亲往往习惯在儿子面前善解人意。

她不知道,其实谁也没有错,错的是角色。当然,他更不知道,很多时候,需要他不偏不向,保持中立。

放下电话,她记起张爱玲曾经说过:"生长在都市文化中的人,总是先看见海的图画,后看见海;先读到爱情小说,后知道爱。"

生活太富有戏剧化,就像这棵树,昨日还是花香满枝,一夜便会开到茶蘼。好在,还有叶。对于日子来说,叶子的平淡总是比花的美丽更长久。

她,又重重地叹了口气。抬起头,一棵曾经开花的树,在初夏的风里,遥望着前方很长很长的路……

落魄的公主

她总是不甘。从父亲离开人世后,周围人的疏远与淡漠使得她高傲的自尊就像是一颗隐雷,埋在她的生活里,遇到不顺心的时候就会炸,把她的虚荣炸得支离破碎。

然而,她不甘心,不甘那些世俗的磕磕绊绊毁损了她公主的身架。

当年,父亲是小镇上显赫一时的政坛要人,每每和父亲出现在街头,人们总是点头哈腰打招呼,也总是笑眯眯地说:"你家公主真可爱。"那时候,她还小,可在恭维面前,一点都不惶恐,在她眼里,那些大人就是一面镜子,能照出自己的尊贵与优越。

她从不怀疑,自己天生就是公主。

就在她沉浸在迷幻般的幸福里时,父亲在去省城开会的路上出了车祸。追悼会上,人们肃穆地向父亲鞠躬,和母亲握手,疼惜地拍拍她的头。直到那一刻,她也不愿意承认,失去了父亲的头衔,也就失去了公主的光环。

尽管母亲总是垂泪相劝,尽管她渐渐地与快乐疏离,尽管生活中还有些许温暖,但她坚决视而不见。世界在她的梦里有一面墙,那些美好都在墙之外,而她深陷孤僻的泥潭,无法穿越到从前。

她对母亲说:"凤凰沦落成了鸡,也有令人艳羡的华丽羽毛。"

她的淡定冷寂烘托了她的不可一世。过了婚嫁年龄的她依然独身,不是没人爱她,也不是找不到白马王子,而是她要与众不同。

终于，机关大楼里分来了一个研究生，人人都说很有发展前途。经人撮合，他和她走进了婚姻的殿堂。比起身边的女友，她的出嫁是风光的，是骄傲的，不是小市民的。有很长时间，她很庆幸自己的选择，因为她听见有人悄悄说："瞧人家，就是和我们不一样。"

然而，婚姻都是烟火的，没有谁能躲得过市井人生。柴米油盐酱醋茶的琐碎里，她发现他身上几乎没有父亲的影子，相反越来越安于小职员的日子，而且绵软的性情下包裹着大男子主义，使唤公主如仆人。为此，那颗隐雷不止一次引爆过。

他说："公主也要安分守己过日子。"

她不说话，仰起头，看天。天，那么高远，需仰视。仰视中她想起母亲劝她要知足。人到中年，她何尝不懂得珍惜？只是，骨子里的傲慢根深蒂固，围城里，她把自己过成一朵伤感的花儿，看上去香甜却闻不到芬芳。

四十五岁那一年，她爱上一个男人。他当然是有家室的，她也没想过解散自己的小家，两个人便心照不宣地在一起。其实那个男人比不得研究生，学历、相貌、背景都不说，单单是说话的粗口就很让人受不了。

女友说："你在玩火，而且你输不起。"

她听不进，偏偏喜欢和他约会，其实她心里明镜似地知道，与其说喜欢那个男人不如说喜欢和他在一起的那个自己。在他的气场里，她是掌中宝，是公主，是她多年来丢失的一种感觉的回归。

她猜想过情事被发现后研究生的无数种本能反应，但她万万没想到，文弱的他动了粗。他说："我这双手不是用来打人的，我只想让你知道，公主不是'作'出来的。"

她傻了，这一巴掌让她彻底沦落了。原来，自己一直不甘心的落魄都是臆想，而人生尊严的真正遗失从这一刻才刚刚开始。

说到底，每个女子都是公主，落魄却从来不是别人给的。

我把忧伤喜欢过了

当时年少春衫薄

当年,她只有十六岁。十六岁的女子是春枝上的桃,白里透红,含着苞,暖暖的春风拂过来,娇滴滴的羞,坦荡荡的恣意。

是的,年少的她恣意的成长,不晓得爱情是一个江湖,江湖上的爱恨情仇都是需要付出代价的。

那个男人说,你就像是一只小鸽子,在我的眼前飞来飞去。她笑起来,一点也不慌张,她喜欢男人看自己的眼神,在他的眸子深处,她看到自己真的是一只无忧无虑的小鸽子,令人欢喜,欢喜中藏着隐隐的欲望。

厂里的同事对她多是避而远之,因为她的父亲是高干,在本地区小有特权，也因为她生性妖娆，举手投足间有挡不住的风情。女人们嫉妒她，悄悄地说她太"疯"，男人们也怕招惹是非，与她若即若离。只有那个男人不但不怕她，还喜欢缠着她说话。

他是她的师傅，比她大二十岁。一起值班的时候，他总是带两份饭，两个一模一样的铝饭盒，摆在长凳上，看起来那样自然，那样美好。她边吃边说："师母的手艺真不错。"他正色道："没良心的小东西，是我亲手做给你的。"

被他温柔地骂着，她的心柔软而奇特。每每这时，她会嗤嗤地笑起来，洁白的牙齿亮晶晶的，耀得他越发意乱神迷。

终于，在一个月朗星稀的深秋之夜，他要了她的初夜。很多年后回想起来，没有太多的惊恐和怨恨，她只记得那夜的白月光薄薄的，沁凉如水。

从一个女孩变成女人，只是一刹那，刹那间，便交付了年少的光阴。而对于她来说，不复还的不仅仅是单纯的心思和无邪的笑容。

她依然是他的小鸽子，只是变得更加风情万种，曼妙妖娆。在那个保守的年代，她穿着碎花小袄，在一片又一片的蓝和灰里分外惊艳，也格外刺眼。

流年似水，悄无声息地便漫过了青春岁月。转眼，一起进厂的姑娘们都谈婚论嫁了，只有她独身一人。有人说她轻佻，不愿意给她介绍男朋友，更多的人是不敢，因为那个男人多次扬言："她是我的女人，谁也别想娶走。"

在她二十二岁那年，厂里新分来一个保卫干部，身材魁梧，声音洪亮，他唱的苏联歌曲味道十足，富有磁性。她被深深地吸引了，主动参加厂里的演出，为他的歌伴舞。演出结束后，他们成为彼此最绚丽的风景。

当双方家人欢天喜地为他们操办婚事的时候，他觉察到了她的闪躲和不安。紧紧逼问下，她吐露了实情。他像一头豹子一样被激怒了，冲到保卫办公室,拿起墙上的枪,找到那个男人,二话没说,"砰"地一声,枪响了,她生命中的两个男人,一个应声倒地,一个进了监狱。

接下来的日子,是漫长的寂寞和难言的辛酸。

老父亲出面,疏通各种关系,给未来的女婿减刑,同时给了那个男人家属一大笔安抚费。人终于可以不死,但在监狱里一待就是十二年。

她在三十四岁的时候,嫁给刑满出狱的保卫干部,三十六岁高龄生下女儿,三十七岁举家搬到另一个城市生活。因为有前科,丈夫一直找不到正式工作,而她,在自家门前摆了地摊,靠微薄的收入供女儿上学。

又十多年后,她回到故乡,见到当年的同学同事过着有车有房的富足生活,有的女人还穿了她当年喜欢的碎花小袄。一身朴素的她坐在唇红齿白的女人中间,竟和当年一样有些格格不入。当蒙了尘埃的创伤再次浮出记忆,她发现,曾经疼痛的过往已经定格在那个黑白年月,微微的泛了黄。

没有人再提当年事,人们只是关心地问:"过得好吗?"

她淡淡地笑:"还好的。"

是啊,一切还好。活了半辈子,她终于明白,归隐是江湖的最高境界,淡才是人间的真味。回想起十六岁的爱情,她坐在暮色里,发呆、摇头,笑笑,轻轻地叹:当时年少春衫薄啊。

如果,如果缘来是伤

她和他没有名分。

从结识的那天起,她就知道是这样,可她一直以为,除了名分,他们之间什么也不缺。她甚至想,名分有什么重要,只要爱在,幸福就在。

他每周来她家两次。她的房子是前夫留给她的，儿子去年刚刚考上外地的大学，几乎不回来。所以，他把她的家当成自己的家，来去自如。在她的家里，有他的睡衣、拖鞋，洗漱用品和烟缸。敲开门，他会像男主人一样问："今儿吃什么？"她以无比温柔的口气回道："你喜欢吃的都会有。"

听了，他会坏笑着搂过她的腰，亲她的脖子，撩拨得她痒痒的，咯咯笑着迎合着他，一步步挪向卧室……缠绵过后，他总会点上一支烟，说："你是来索我命的妖精。"她笑着不说话，她知道，除了他的人，自己什么都不曾要过。

他不止一次说："委屈你了。"

她总是笑："没觉得呀。"这样说，不是宽他的心，是真的不觉得，她是一个受过伤的女人，离婚后再没想过走进婚姻。遇见他，又一次沦陷在爱的城池，他说："我给不了你家。"她摇头："我不要，什么都不要，只要爱。"

他说："你是一个近乎奢侈的女人，因为你要的是男人心中最重的。"她也这样认为，认为他们之间是至纯的爱情，无关流于俗套的那些物质。她看不起靠男人养着的女人。

那天，她和他一起吃过饭，偎在沙发里看肥皂剧。她说："我想换个手机了。"他漫不经心地"哦"了一声，说："看好了吗？看好了我买给你。"她笑着说："好呀。"之后，他去深圳出差一个月，有一天晚上，她打电话给他，他在那一边说："声音这么清晰，是不是换手机了？"她愣了一下，还没答话，他又说："真的不错的，还是新的好啊。"

她本想说，还是那个旧的。想了想，没吭声，心里却有了一丝不舒服。其实，她原本就没想让他给自己买的，只是随口说说的。她一直都是经济独立的女人，和他在一起，她从不让他多花钱，她知道他有家有孩子，她不想成为他的负担。

从深圳回来后，他们都没再提手机的事。他还是一周来她家两次，还是一起吃饭一起看电视，还是晚上十点钟一过，他下楼开车回家，她一个人抱着枕头睡。

日子就这样过，也挺好。可是，有一天他说："我以后不能常来看你了。"

"为什么？"她当然要问。

他低低地说："最近生意不太好，我没有太多的钱了。"

她觉得自己的心被什么东西堵住了，卡在那么温软的地方，她一下子有些喘不上气来："我用了你很多钱吗？我们之间不是无关那些物质吗？"

"可是……可是总要花钱的。"话到此，其实他完全不必再说了，她的心已经凉了。可是，他偏偏又接着说："我女儿上高中，急需一笔赞助费，我老婆身体也不太好，在吃中药……其实我想给你买手机的，我实在是……"

满眼的泪，第一次在他面前扑簌簌地掉，她想忍没忍住。却原来，男人心中最重的是家。能怨谁？爱了就无怨，一切原本就是旁人的。

又是十点了，他像往常一样站起身，亲吻她的额头，她却没了往日的心动与甜蜜，而是抬起头，问了一个自知很愚蠢的问题："如果你口袋里只有一块钱了，你给谁花？"他摸了摸她的脸，黯然地说："别这样。"

他走了，她知道自己的爱也走了。缘来的不是时候，终必成伤。她捂住胸口告诉自己，中年人的爱情浮在尘埃里，不可能如想象的那么纯粹。爱情，有时也会很败兴。

第二天，她给自己换了新手机。

你在,幸福便在

他和她相恋三年,情深意笃。她是他掌心的宝,她的任性、刁蛮,在他眼里尽是喜欢和疼爱。他总是说,乖,听话。语气和眼神就像是对自己的孩子。他喜欢在夜深人静的时候,想她。想她的时候,她的善良与纯净就像是一面湖水,映衬着他的爱透彻而无底。他知道,自己要为这个柔弱的小女子撑起一片蓝天,此生,他要给她想要的幸福。

那天,他又一次发高烧,躺在单身宿舍的床上口唇干燥,她闻讯赶来心疼地端来水,小心翼翼地帮他捂着毛巾。忽然,他流了泪,问:"如果我不在了,你怎么办?"她愣了一下,噘起了嘴:"你胡说什么呀?你怎么会不在呢?你必须在。"

爱情,从来就是欢喜与疼痛相互的纠缠。她从来没有想过,如此珍爱自己的他会越走越远。很长一段时间了,他几乎不主动联系她,她打电话给他,他要么说在忙,要么根本不接。开始,她很气,想再也不理他了。渐渐的,她开始担心,有些放心不下。又过了些时日,她的心疼了,疼到无以为忍的夜里,她发信息给他,给我个理由,别这样折磨我,好吗?停顿了几分钟后,他回复道:乖,听话,睡吧。

委屈,夺眶而出……

半年后,她接到他朋友的电话,说:"他快不行了,想见见你。"

惨白惨白的病房一隅,他瘦弱如柴,望见她的一瞬,干涩的眼角盈满了点点不舍,他虚弱地说:"对不起,我一直想给你幸福的。"

她泪眼婆娑,伤与痛伴着旧人相见的喜悦如火如水般冲撞着她的心房。走过去,她摸着他稀疏的头发,一字一句地说:

"你以为爱是什么?你以为幸福是什么?你有没有想过,陪你走完人生最后的时光,于我,也是一种幸福?"

之后的日子里,她不离他的左右,给他刮胡子,帮他泡脚,为他说故事。每当他因病魔的折磨脾气暴躁,对亲人大吼大叫时,她总是如他从前的样子,柔声说,乖,听话。而他,真的会安静下来,偎在她的臂弯里,像个做错事的孩子。

一个月后,她看着他微笑着离去。如雪的梨花窗下,她亲吻他的额头,轻轻说:"谢谢,你给了我想要的幸福。"

时光,记忆,还有纯白的念想,在风起的时节,入骨。

多年后,说起这段情殇,弱不禁风的她淡淡地说:"很多人都说给予是爱,其实接受也是。我很感谢他在最后的时候允许我来陪他,那是我心底的暖,是疼痛里开花。"

或许,爱最大的伤悲莫过于无处可寻。爱一个人,就要让他(她)感觉到你在,哪怕是化成了一粒尘埃。

情感的路上,我们一直在寻找幸福,却不知道幸福是一朵最普通的花,她一直温存地依偎在悲欢之间,静静地香。

十　年

一切都会过去和一切都不会过去。

这是今年的高考作文题。看到报纸上的这行小字的时候,她正一个人坐在阳台的藤椅上,望着落地窗外的夏天,发呆。

一个人静静地发呆,这样的场景在半年前的生活里,是那样的浪漫与美好。半年后的今天,她有大把的时间一个人,发呆,却是从没有过的寂寥和酸涩。

"一切都会过去的。"她对自己说。声音吐出去,碰到对面的墙壁弹回来,撞在她的心上,她被自己弄疼了。

半年前,这间屋子是她和他的家。他们在一起生活了十年。陈奕迅唱:"十年之后,我们是朋友还可以问候,只是那种温柔再也找不到拥抱的理由。"

最初,是她追的他。他是一个阳光男孩般的男人,总是嘻嘻哈哈地出现在她的面前。她比他大三岁,举止稳重,不同于他身边女孩的蜂飞蝶绕。有时候,看见他和那些女孩子笑着闹着有些出格,她会走过去,笑着说:"别胡闹了。"

每每此时,他便调皮地给她打个立正,然后学着她的样子对那些女孩说:"别叽叽喳喳的,听姐的话。"

他一直叫她"姐"。或许是因为她比他大吧,在他面前,她始终像一个大姐姐,担待他,宽容他,照顾他。有一次他病了,她在家煲了汤送到他的单身宿舍。

狭小的空间里,他捧着汤喝得津津有味,她帮他收拾着杂乱与灰尘。推开窗,阳光与清风一起涌进来,那一刻,小屋里仿佛有了鸟语花香。

一切都是那么和谐自然,那之后,他和她确立了恋爱关系,但她从没因此约束过他,他依旧和身边的女孩子们打打闹闹,像个长不大的孩子。女友善意提醒她,这样会宠坏他。她笑着说:"他还小,再大些就好了。"

他喜欢打乒乓球,尤其是每个周末,他必去健身馆。直到两个人结婚后,他一直保持着这个习惯。而她,喜欢静。偶尔陪他去,也是站在一旁看,给他递水递毛巾。有一次一个球友开玩笑说:"有姐真好。"他纠正道:"是有媳妇真好。"

做他的媳妇是她的幸福,可是,她没能为他生一个自己的孩子。医生说,子宫异位症很难受孕。

她哭过很多次,他是家里的独子,公婆也盼着隔辈人呢。可他说:"咱俩多清净啊,后面跟个小尾巴,不自由。"

她以为他说的是真的,渐渐的,也就宽了心,一心一意地对他好,对他的家人好。甚至有人告诉她,他与一个打球的女孩来往甚密时,她也没太在意,他一直都是这样的,喜欢和那些小女生们开玩笑。

半年前,他把身怀有孕的女孩领到她跟前,说:"姐,对不起。"她一下子晕在沙发里……

一切都会过去,是时光在流逝。

一切都不会过去,是旧光阴还会在老地方。

在他留给她的房子里,她还能闻到熟悉的气息。只是这味道,是从前,是记忆,是山盟虽在,情已成空。

初夏的阳光已有些毒,火辣辣的,散了一屋子。打开空调,她想,岁月角落里的那些寒凉也该晒晒了,晒过了,弃之如敝履。

在这个静静的午后,就让他和有他的十年,淡淡的留在曾经里吧。

你是船,我是渡口

"梅,梅,求求你,见我一面吧。"

他大声地喊着,几个保安阻拦着,他使出浑身的力气想冲向她的办公室,结果被拖着拉着拽出了公司大楼。

颓然坐在地上,他说了狠话:"好,你等着,你不让我好过你也别想活。"

办公室里,她哭成了泪人。这个穷凶极恶的男人还是他吗?记得第一次相遇,他文质彬彬地走过来,眼神温和,语音低调,优雅得就像一个绅士。交往后,他也是很懂得讨她欢心,上下班接送,每逢浪漫的节日和她的生日,必有鲜花和礼物相赠。有那么一段时间,他把她宠成了公主,幸福的香气里,她以为痴缠是一种爱。

然而,一次偶然的发现,惊醒了她。他嗜赌,而且有暴力倾向。最初,她也想给他改过的机会,可是他在痛哭流涕,赌咒发誓后依然是不思悔改,甚至有一次他给她跪下求她别走时,看到她决绝的眼神后居然变了脸,站起身抡起拳头把她打得鼻青脸肿。

她愕然了,伤心欲绝,坚定了分手的决心。

可是,他不放,哀求说:"我是一条船,别让我一个人漂泊,好吗?"

不是不留恋,不是不曾心软,只是人生的路太长太长,她不想在爱情的开端就踏上荆棘,一路跌跌撞撞,遍体鳞伤。

见不到她的日子,他就像是疯了一样,几次找到她的公司领导,检举说:"我和她的恋爱有经济纠纷,需要领导出面调解。"领导找到她,她流了泪,同事们这才知道事情的原委。当着领导的面,她把能还的东西全部拿出来给他,可他说:"你别想躲过。"

领导不再理他,法院驳回诉讼,他像一只无头的苍蝇一样追着她死缠烂打。在单身公寓楼下,他声嘶力竭地喊着她的名字,全然不顾已经是子夜时分。她实在不想连累了同事,不得不下楼与他面对。见了她,他马上换了一副面孔,温柔备至,说:"只要你不离开我,我保证一辈子疼你爱你,绝不再伸手动你一根头发丝。"

她求他:"别这样,放手吧,我们的缘分已经尽了。"

听了这话,他又恶狠狠地说:"如果你不和我好了,我就尾随你一辈子,你的家人也都别想安生。"

就这样,时而讨饶时而威胁,一段情感拉锯般扯来扯去,彼此都身心疲惫。有一次,他又到办公楼闹事,趁着几个保安拦着他的一瞬,同事们掩护她从侧门上了一个同事的车。谁想,他挣脱了保安,追到楼外,横躺在车轱辘底下，说："你不要我了就从这儿轧过去吧。"

几个男同事一边拉他起来一边气愤地说："简直就是无赖。"撕扯着僵持着，他从不嫌难堪，而她，最终淌着泪从车上走下来，搀起他，说："我跟你走。"

小姐妹善意地提醒她："一辈子啊，你可要想清楚了。"

她说："我是他的渡口，不能让他找不到岸。"

从此，无论顺境还是逆境，无论富有还是贫穷，无论健康还是疾病，无论青春还是年老，她都会与他风雨同舟，患难与共，不离不弃。

她知道这样的爱情是一种磨难，然而，她也相信慈悲是她涉过苦海抵达彼岸的心径。

爱情，并不都是甜蜜。

隔水听云箫

席慕蓉说，生命原是要不断地受伤和不断地复原。

她拎着一个水壶，拖着笨拙的身子一步一步地挪动着，她的眼睛已没有了往日的神采，却依然像一汪水，流转在尘世之上，是隔世的忧伤。

三年前，她为了婚外的男人与丈夫离婚，离婚后又为了那个男人的负心割腕自杀，活过来不久又突发心脏病至半身不遂……从此，她再没穿过喜爱的丝绒旗袍，再没有顾盼生怜的妩媚。如今，她一个人带着孩子和刚毕业的大学生挤在单身宿舍里，她拎着壶是去水房打水，因为女儿要放学了。

关于那段爱情，是千帆过后的云淡风轻，是隔水听云箫，最美最痛的都已是云烟。她曾经低到尘埃里去爱他，在他面前，放下矜持和清高，包容他心疼他，甚至一度忘记了自己为人妻为人母的身份。她知道自己很偏心,她病了,丈夫在身边照顾,而他只是发了信息问候,她却满心欢喜。他遭受经济危机,她心神不宁地翻阅相关资料,想着能帮他一把,全然不顾丈夫的不快。而他,好像也是爱她的,曾经多次到她的城市来看她,买些小礼物送给她,只是他从不和她说起收入。她不经意问起时,他总是搪塞而过,这让她的心掠过些许凉意。她想,爱是纯粹的,谈钱显得多么庸俗,他不是和自己见外,是不想破坏美丽吧。

爱,从来都不是庸俗的,却总是会落入俗套。当她下定决心离了婚,想给他一个惊喜时,他的脸却沉了下来。他说:"我的妻子又怀孕了,我们想再要一个孩子。"他不是说不爱他的妻吗?他不是说妻只是他的亲人吗?原来,那么多次他爽约,不是因为下雨了、下雪了,而是与妻儿相缠。原来,梦碎的时候会"咣当"一声砸在自己身上,无关旁人。

她自杀未遂醒过来时,听到了女儿的哭声,那一刻,她才知道自己是一个不称职的母亲,才想起女友的劝告:婚外情不是爱情。

尽管如此,她相信自己是爱过的,她记得他的唇深深地吻住自己的悸动,她忘不了他毫不掩饰的贪婪。就算是欲望吧,那又怎样?哪一个男人爱一个女人不想得到她的身体呢?他是她的情毒,她没有缘由地沦陷。所以,当她含泪断掉与他的所有联系后,竟还会在静静的夜里,想他,想他会不会难过,难过的时候会不会吸烟?竟还梦到他越过千山万水来找她,醒来时他的话犹在耳边:"别让我找不到你,好吗?"

其实她知道,对于爱来说,放手是解脱,也是成全,可她不知道,这一路的痴与怨,爱到苍凉便是陌路。

后来,她的丈夫为了孩子提出复婚,而她,拒绝了。人们不理解,觉得她太傻,傻到相信那个已婚男人的谎言,傻到不要完整的家。对于生命中的两个男人,她选择沉默,倔强地独自承受人生的千回百转。她不要他的可怜,既然放下了,就要像关水龙头,拧紧它,明知道里面还会有水,也要舍得。爱,后会无期,如果再遇见,也不是最初的那一份了。

黄昏里,她的身影是一抹斜阳,些许凄凉里不问归途。是呵,当日千般好,不过是曾经,花开花谢,最终都是沧海桑田寂寂的流年。

此情可待

"茶凉了,我再给你续上吧。"

深秋的黄昏,淡淡的茶香萦绕着一地的落叶,在前世今生的故事里心碎地飞旋。

她,一身红衣一支笛端坐于风中,等着他,等着走入他的视野。他,像是赴一场约定,在她的不慌不忙中乱了心神。策马扬鞭,飞驰而过的一瞬,他掠她入怀,并不介意她的反抗。在一起的日子里,他采摘最美的杜鹃捧给她,花落时节差人用最好的绢丝做成杜鹃花,插满爱的小屋。因为他知道,她喜欢。而她,总是不说话,喜欢穿一身素白,服侍他的生活起居,淡淡地说:"茶凉了,我再给你续上吧……"

一场杀戮,她倒在他的怀里,微弱地吐露心怀:"来生吧,来生我等你。"

五十年后,他,神色忧伤且欢喜地望着她,望着自己等了五十年的爱人,已然忘却前世的约定,快乐地生活在今生。她,还是端了茶盘,不慌不忙,坐在千年银杏树下,听他讲前世的情缘。末了,他说:"我在这里等她就是想给她幸福,我想给她的她已经有了,尽管不是我给的又有什么重要?"或许是被他的深情打动,她起身说:"茶凉了,我再去给你续上吧。"

袅袅茶香自水中散溢,蓦然,她记起了前世的约定,转身时,他的魂魄却已飞。顷刻间,泪水和呼喊匍匐在银杏树下,一地的悲凉脉脉成殇。

一部唯美的《爱有来生》，让我再一次抚摸爱情。茶凉了，可以再续上，那么，情缘呢？

人生总会有一种相遇，无端的疼。他们在一起时，相爱着，伤害着，无奈着。他说："我想给你最美的爱情，却错过了青春年少，可我是一个固执的人，我偏要爱你，永远爱。"她笑了，不拒绝，也不接受。就这样，她的生活中有那么一个人，为了她远走他乡，在遥远的地方记挂着她，惦念着她，却从不联系她。因为他知道，她现在很幸福。偶尔，他也会像个少年一样莽撞，打电话问她："我想你了，你想我吗？"而她，总是微微笑着回答："我很好，你还好吧？"

她是我的闺蜜，一个相信爱情的女子。

我曾问她："一个男人的坚守能有多久？"

她笑："和爱一样长久。"还说："金岳霖就是这样爱林徽因的，为了她，他一辈子未娶，在林徽因过世很久后，他还记得她的生日。"

我无语，仿若看见时光缓缓流过今生与来世。

那日，和儿子一起看美国动画片《极地特快》，一列在平安夜开往北极的专列，车上的孩子们都是抱着幻想去见圣诞老人的。当那个小男孩得到了圣诞老人送的铃铛，欢喜地拿给父母看的时候，父母竟然听不见铃声，而他和妹妹听得见。又过了很多年，妹妹也听不见了，而他一直都听得见。

儿子说："因为他相信。"

是的，他相信圣诞老人的存在，所以一直拥有平安夜的快乐。爱情，也应该是。只要你相信，它就会一直在。

还记得那个列车长意味深长的一句话："火车开往哪里不重要，重要的是你愿意上车。"

如果说爱情也是一列火车，那么，在这趟开往彼岸的专列上，我们都是满怀期待的乘客。不同的是,有的人中途下了车,有的人却一直临窗而坐,欣赏着沿途的风景,相信会有那么一个人来到身边,对自己说："茶凉了,我再去给你续上吧。"

有时候,不去在乎因果,只静静的坚守是情缘的另一种完美。

回眸处，世间所有的细节，都在时光中得到了蓄养，那些丝丝缕缕的牵念没有被辜负，也没有虚度，以生活为道场，一切都恰到好处。

卷 二

生活·清欢

春来风先暖

春来风先暖

　　树枝还是干枯的，绿意还躺在乱草的颓败中，如果不是风吹上面颊，放眼望去，北方的冬天还是苍凉的。只是，风来了，不再凛然、刺骨，与之款款相遇的刹那，人们蓦然惊觉，原来，春天不远了。

　　春天来了吗？翻看日历，已是惊蛰。农谚中"春雷响，万物长"，说的就是惊蛰时节，渐有春雷萌动，那些蛰伏在地下冬眠的小动物听到雷声后都苏醒了，蠢蠢欲动着。是呵，蠢蠢欲动，春天，本是一个"惊闻而出"的季节，不单单是那些小动物小草叶，最最按捺不住的，就是人的一颗心了。

一个姐姐,喜欢旅游和行走。可是去年冬天母亲突发疾病卧床,一直由她陪护。前几天,我帮她找了一个保姆,她竟高兴地唱起来:"走啊走,走啊走,约上春风一起走,去看青山绿水好朋友。"我笑她不安分,她说:"这不奇怪,我是春天的生日。"春天,是新鲜透亮的,钻进谁的梦里就会俘虏谁的心。

湖水的冰面已经融化,细碎的阳光投下来,风一吹,湖面金灿灿的。想起"风乍起,吹皱一池春水"的句子,心头一阵柔软。人生,多少的好光阴都是与春连在一起的,那些年少的、经年的过往,那些爱情与梦想,总是逃不过风的眼睛,风一动,心思就藏不住了。

何况,这风是如此柔暖。

同学发来信息说,亲爱的,据说计划生育政策要放开了,孕育生命吧。极目远望,春天的场景里,几个孩童在放风筝,看不清他们的容颜,却只见摇摇晃晃的小身躯在清新的风里,格外明媚。

我一个人笑出了声,脚边的麻雀似乎被我吓了一跳。

鹅卵石的小路上,一对老夫妻迎面走过来,老先生手里捧着一个纸袋,上面写着"棋子烧饼"几个字,有油自内而外浸出来。老太太一边走一边望着远处的孩子们微笑,并顺手从老先生手捧的纸袋里取出几粒"棋子",漫不经心地吃着。想必她一直都是这样地被宠爱着,而他,也把爱过成了一种习惯。

他们很自然地走过我的身边,就像春天的自然,风的自然。

春天,绝对是有颜色的,只是这颜色还没有完全铺展的时候,风便在日子里种上了情思,令生活有了春之境的美妙。

这个春天,有位小妹的爱情喜结善果。我对她说:"春暖了,花就会开。"她使劲地点头。春暖花又开,有爱情的春天里,香气袭人总是温暖的。记得他们的最初,父母不同意,她几乎要妥协的时候他依然坚定地支撑着。后来她问："为什么？"她以为他的回答是"爱"，可他说："因为我无法抗拒。"

无法抗拒的是春天，大自然的春，心中的春。走在春之将来的画卷里，怎一个"忽有好诗生眼底，安排句法已难寻"啊。

春总是诱人的，当略带甜意的风悄无声息地拂过，是谁又在唱情歌？

红　粉

桃花，很艳俗，艳到恣意的粉嫩里藏不住轻佻，俗到一岸河堤，转角小巷里都能找到她招摇的身影。

桃色，是粉的，红里透粉，粉里有白。

自小，我一直都喜欢粉，粉发卡、粉丝带、粉裙子，粉色的铅笔盒、粉色的信笺纸，当然，还有粉色的童话。而粉，又是挑剔的，她只喜欢肤色白皙的女子，而且年长些的女人轻易不敢靠近她。因为，她既是稚嫩的又是妖娆的，很难降服。

所以，很多时候，粉是年轻，是浮浅。

那一年，在最美的乡村——婺源，我背着包从思溪步行去延村，路遇一株桃花，只有那么三两枝，开在湿漉漉的晨风里。我一下子呆住，穿过桃花枝望向远处黑白相间的老房子，一股鬼魅之气逼仄而来，令人窒息令人欣喜。那一刻，我蓦然明白，为什么古戏里的美娇娥总是与桃花有染，因为，桃的粉最贴近人心的不安分。

这多么像爱情，爱情就是一颗心儿慌乱如桃，是冥冥中无法按捺的绝美粉姿。

记得我和先生刚刚恋爱的时候，曾经一起去桃花堤看桃花。多年后回想起来，那一岸的绚烂，很淡，记忆中最美的景致却是两人手牵手偎在桃花树下，说着情话。其实，那时的自己，那时的爱情，堪比桃花。只是那粉里的韵致，经年后才懂得。近几年，再没去过，我知道，是岁月使人情怯。

粉，是一种招惹，一种难以抗拒的诱惑。

清明前夕，我梦见去世多年的奶奶。她发髻高绾，面庞红润，一件对襟蓝花小袄妥帖、干净。她迎着春风走向我，说："丫头，天暖和了，我要去看花儿。"我笑着从梦中醒来，并在几天后回老家的路上，望见四月的田野里有点点粉，正寂寞而安然地开着。

原来，粉，也是梦中的柔软和温暖。

今年的春天来得晚些，以至于我等得太久，乏了，连家门口的桃花开了，都是旁人告诉我的。黄昏，我和先生在桃花林中散步，淡淡的粉，没有红色庄重，没有白色纯净，却极尽曼妙和妖媚。先生忍不住走过去，贴近花蕊，嗅了嗅，我笑他："想不到你还挺色啊。"他美美地回道："我一直都很色，你不知道吗？"

是呀，我应该知道的，颜色里，粉是最撩人的，会散发出一种气息，暗合人的本性，以无邪的欲念蛊惑季节的最初。

每人心头都有桃花。

开在心头的桃花，从不是冷艳的，她一直都是暖的，浪漫的，自由的，无所顾忌地伫立风中微微笑着，羞成一树的风情万端。

或许，在和煦的春光里，那一朵粉，就是你的前生旧人，不需要你记得，甚至无需今生再相遇，只要今春关情似去年，任它光阴流转，任它牵念百年。

熏　香

熏香。

写下这两个字，心里的喜欢就像是窗外的春，尽管空气还是冷的，季节早已依附在阳光的颜色里，悄悄地笑着。

最早接触熏香，是从练习瑜伽开始的。缕缕香气中，三五个女子，静坐轻纱幔帐中，打坐，冥想，是一幅"熏香绣被心情懒"的仙境画卷。渐渐的，对这样的香有了一种依赖。教练说，熏香和瑜伽一样来自印巴文化。

很巧，一次偶然，我邂逅了冠以"印巴文化"的小店，走进去，便闻见我熟悉的香。欣喜地捧回家，点燃，于舒缓的情境中品着咖啡，写着字，春的心情，便雀跃着爬上了眉梢。

那日，惊蛰。与朋友一起吃饭时，我问："惊蛰意味着什么？"他说："惊蛰了，小虫小草都醒了。"另一个说："白娘子也要来寻她的许仙了。"

所有的人都笑了，神情和语调漫溢着春的气息。

一直觉得春天是幸福的季节，幸福到一草一木，甚至一粒微尘的血液里都张扬着喜悦和不安分。如此的翠绿，不够醇厚，不如秋的深邃和冬的深远更贴近人生的况味。然而，她是那么幼嫩，就像是一个不经世事的孩童，纯粹，可爱，由不得你不喜欢。很多时候，春是人心，是人之初的美丽。

今年"三八"节参加一个文化沙龙活动，经由一个通透的展室，温柔的生活空间，尽是女红。十字绣牡丹，手工花毛衣，草编小吊篮，一件件工艺品摆在古典的藤架上，玲珑可爱。最喜角落里的一个手机套，用天蓝色丝线织成微缩的无袖旗袍，端庄、时尚。我相信，无论是编织者还是使用者，都会是一个雅致的人。身边参观的男士，脸上带着淡淡的微笑，或许在男人眼里，如此闺秀才是脉脉女人香。

有那么一个瞬间，意念仿佛回到了古代，仿佛看到佩戴香囊的女儿家小小的欢喜和隐隐的心思。我知道，摆弄这些手工艺，需要的不是时间，是心情。我也知道，桃花红，梨花白，花开的颜色不一样，但是，她们都是春天。

那一天,窗外是雨夹雪的天气,屋内那么多的人引经据典,谈文化与传统。而我,怀揣着刚刚走过的女人香,小心翼翼地说:"其实,良好的文化就是一种内在情怀,就像年文化是我们中华儿女的传统情怀一样,当文化的根须伸进日常的思维和行为,潜移默化我们的性格和习惯时,文化与传统是相契合的。"

掌声响起,我放下了忐忑。那一刻,一抹谦卑的幸福,穿过摄录机的橘色光影,穿过柔美的雨雪,缀着简约饱满的湿香。

就像这个"熏香开画阁"的午后,淡淡的白玫瑰味道,挽起古词的今生,一朵朵,一瓣瓣,被春天熏染,浸着日子的优雅与芬芳。

忽而盛开

似乎没有谁没见过槐花的,春一来,扑簌簌的素白挂满枝丫,摇曳在绿意盈盈中,不知是谁点缀了谁。

可是,你吃过槐花么?

今年五一小长假,我陪先生回山东老家,有生第一次感受了舌尖上的槐花。而这吃花的过程,无疑是一场清美的盛宴。

春天的村庄,已是一片汪洋碧海。晓风中,缠绕鼻翼的甜滋滋的味道,便是槐花了。在我的认知里,槐树高大古老,而这树上的小小白花便被赋予了精灵之感。记得少年时看黄梅戏《天仙配》,老槐树为七仙女和董永做媒,促成了天上人间一段美满姻缘,那份激滟心思是沾了槐花香气的。

槐花,是陌上女子,清清淡淡的却不孤寡,一团团地簇拥在一起,仿佛是一群乡野小女子在明媚的春光里叽叽喳喳,笑闹着将一串串清爽和纯净洒向阡陌红尘。

世上有一种美丽,亲和却高不可攀。

仰望房檐上的花儿朵朵开,先生找来了长长的棍子,顶端绑上镰刀,将胳膊努力伸展,割下一条条枝蔓。我和姑姐坐在院落里,将枝蔓上的小花轻轻撸下,摊在掌心中。有的小花含着苞,像小耳朵般可爱,姑姐说:"这样的花吃到嘴里最是清甜。"遂将一朵放在舌尖儿上,果然很嫩很润泽,与儿时吃过的榆钱儿很相似。有的小花刚刚开,笑而不答心自闲的样子,惹人怜惜。槐树枝是带刺的,尖尖的硬刺,稍不留心会刺破手指。于是,格外小心地摘下瓣瓣槐花,有如与一个白衣飘飘女子含情脉脉地相视。

在先生的老家,槐花有两种吃法。

一种是做槐花汤。刚刚摘回来的槐花几乎是干净的,清洗的水会很清澈。将洗过的槐花沥水后,均匀地撒些面粉,用手轻轻搅拌,使面粉薄薄地附着在槐花瓣上。准备停当,炒锅中放油,七分热时先放入姜丝煸炒,再倒入槐花反复煎炒,直至白色的小花泛起一层金黄色遂盛入盘中。待汤锅的水煮沸后,放入炒好的槐花,文火煮 3—5 分钟,调两个鸡蛋花,关火。最后,放进事先用香油、盐和酱油腌制好的葱丝。

就这样,满满的一碗槐花汤上了桌,轻轻啜一小口,清淡、香甜,口感细腻。这还不算好,如果你喜欢,还可以滴几滴香醋,汤的味道会别有不同。

另一种吃法是蒸槐花。也是将槐花用面粉搅拌后放在笼屉上,大火蒸 10—15 分钟,其间要用筷子翻转一次,以免花瓣粘连在一起。盛出放在盘子里后要稍许晾凉,再倒入提前捣碎的蒜泥和盐,也可放一些香油和味精调拌。不过,姑姐说,吃槐花还是越清淡越好。

清淡,是槐花的本色。吃槐花,也自是附庸了风雅。

在老家的几日,总是有亲戚上门,提着一兜槐花,说:"做汤喝吧。"离开前,姑姐专门为我煎炒了很多槐花,放进保鲜袋里。她说:"可以冷冻起来,回家后什么时候想喝槐花汤了,拿出来煮就是。"我很感谢她的美意,她笑着说:"这件事多美丽啊。"

最美的东西,是要用心去感受的。

说到底,槐花之美不在眼睛里,在人心。每每想起与姑姐在庭院里摘槐花,想起那句浓重的乡音:"带包槐花吧",每每从冰箱里拿出槐花做汤,只是一刹那,槐花便又笑眯眯地盛开了,盛开在心头的小花,温暖而质朴。

槐花香,香得很烟火。

沾染了烟火的香气,美到蚀骨,美至清远。

青春纪念册

一场雨,哗啦啦地下,好比青春,率真、清澈、纯净,在五月的早晨,蓬勃四射,活力逼人。

儿子说:"这是我的第一个青年节,祝我节日快乐啊。"

仰着头,去摸他稚气未脱的脸,说:"节日快乐,小伙子。"他一笑,转身跑进雨里。欢快的雨滴有节奏地落在他的身上、发上和书包上,隔着雨帘,我能听见叮咚的声响。

青春真好。五月的雨音真好。

打开车内的音乐广播,一个声音在唱:"给我你的心作纪念,我的梦有你的祝福才能够完全……虽然经历过不同的故事但仍记得海边的约定……我们的爱镶在青春的纪念册……"

我的青春与大海有关,粉色的纪念册里保留着同学们的祝福:

珍说,亲爱的,祝福你毕业后找到如意郎君,把自己嫁掉。

红说,喜欢你,让我们彼此想念,好吗?

芳说,你一定要生一个和你一样长发披肩的女孩,咱们两家是要做亲家的。

玲写下了当年校园流行的琼瑶式排比句:不许忘了我,不许,不许!!!

清洋洋洒洒地写了一页纸,话没说完,钢笔没水了,她的字在纪念册里模糊着,我却一直记得她说,就写到这里吧,不用说完的,我们还会再相聚的。

如她所言,又二十年的一个夏天,我们相约在海边。咸咸的味道里,青春哭了,岁月哭了。

说起坐在我身后的一个济南的女孩,腼腆、害羞,一笑两个小酒窝,很甜。一个知情的同学说,她丈夫前不久重病去世,她自己一个人带着孩子,无法走出阴霾。要了手机号,悄悄发信息对她说,你不来,我们都很想你。没想到她很快便回复:记得你的长发,谢谢。

红尘自有痴情者,云烟深处水茫茫。那时那刻,我想象着她一个人守在岁月的一端,感念着另一端的青春,不觉泪水潸潸。

五月四日,雨一直在下。

窗前的海棠树青翠、柔韧,风中摇摆的叶子仿如一张张尚未成熟的脸,淋着雨,笑着,闹着。街上的行人大多是撑着伞的,但总有那么几个身影,在雨中毫不顾忌地跑,不管头发湿了,不管裤脚溅了泥点子,不管路人的目光,只管一味地追着雨的节奏,不让青春溜走。

喜欢。青春的样子。

这一天,儿子在歌厅里唱着周杰伦的歌:"……看不见你的微笑我怎么睡得着,你声音这么近我却抱不到……"

哑然失笑,却不敢笑话他。爱,永远都是年轻的。谁能说一颗少年心不懂得?我们都曾经认真地走过,再回首,也都依然相信青春的心是那样真实地温热着。

　　朋友发来信息说,晚上小聚吧,咱们几个年轻人。

　　于是,穿着蓝白相间的格衬衫和牛仔裤去赴约。

　　于是,青春微醺。

　　于是,我听到有人在慷慨陈词:"四十岁,风华正茂。"

把时光留在时光里

把时光留在时光里

身着一袭披肩白纱,款款拾级而上,一个声音说,回过头来。她微笑转身,金灿灿的阳光罩住她娇好的容颜和曼妙的身姿。还有那长长的曳地裙,牵着光阴的手,回眸青春的刹那,温暖了一地的芳华。

翻看旧年的婚纱照,我忽然有些惆怅,多么美的时光啊,那是我吗?

是,又好像不是,所以我自言自语:"她笑得真好看。"

时光,总是用飞逝来形容的。当我不再在意眼角的皱纹,一些时光便远了。四十岁生日的晚宴上,醉了,把持不住的酒意里,我看见先生微笑着任我纵容自己,两个弟弟听话的为我续酒,而父亲,温和地回答我:

"是啊,四十岁是不小了。"

散了场,走在晚风里,泪无声地落。打电话给婆婆,喊了一声"妈",说:"今天是我生日。"她在电话的那一端祝我生日快乐,这一边的夜里,我忍不住凝噎。

时光带走了太多,这样想的时候总会伤感。那一日,流连在老银匠店铺前,看上一枚玫瑰花的银戒,问:"时间长了会不会变黑?"那个姐姐笑着说:"银是会氧化的,不过你要是常戴着它,会越来越亮的。"我说:"总有放下的时候。"她拿出一个薄薄的小袋儿说:"不戴就放在这个真空的袋子里。"

正犹豫着,遇见了梦,我中学的同学。她说:"喜欢就买,即使日后黑了现在也是美的。"她还是那样的洒脱,正如她对待生活对待爱情。今年,她结束了和爱人长达二十年的婚姻,一个人带着孩子生活。听说那个男人有复婚的想法,她却断不回头。情人节,他小心翼翼地发信息说,节日快乐。她回复:我不再恋爱了。他还记得她的生日,说:"想买礼物给你。"她摇头:"从此不过生日。"我们劝她,要学会留有余地。她含着泪说:"有些东西是属于过去的,不能拿到眼前来。"

可是,人总要有念想吧?

她说:"那就留在时光里。"

我知道,她被爱伤得太重。爱情总是这样,可以令你欢喜到蚀骨销魂,也可以伤你至骨髓与心脏。当另一个女人打电话给她时,她才知道为什么他总是说钱不够用,才知道自己在意的他已给不了,才知道自己在他心中没有想象的重要。

看着她的背影,我把银戒戴在手上,耳边是她的话:"留在时光里。"

是呵,把那些美好、那些伤痛,把青春、把梦想、把爱情都留在时光里,有如一池的落花亲水,多么美的伤逝。

时光,总是美的,在一些记忆里。

春节的时候去山东汶上县,那里的宝相寺供奉着释迦牟尼的一颗佛牙。流转了千年,时光被梵音打磨得鲜亮。微风徐来,阳光温柔地在身边行走,不慌不忙地倾听着善男信女的心事。它知道,许多的爱和怨埋在心底,终会陪着院内的古树,一起老去。

静静地呼吸。在早春二月的诗意里,我仿佛听见海子说:"对于这块千百年来始终沉默的天空,我们不回答,只生活。"

生活,可以多愁善感,可以有纷繁的因果,然而,时光总会触及到一炷香的往事。

原来,时光也会想念,也有回望。原来,人生那么长的风景线,我们都是外乡人,带不走一粒草籽。原来,我又一次感念从前感念生活,也只不过是碎花窗帘撩动了又一年的春风……

我们俩

这是一个秋日里的周三。他本应去上学,我本应去上班。这一年,他是一个高二生,年方16岁,正值最美的华年,也是十年寒窗最苦时。

昨晚入睡时,已是午夜。他叫醒倚靠在沙发里打盹儿的我,说:"说过多少次了,不用陪。"言语中,有小小的责怪和细微的体贴。我轻轻起身,简单收拾妥当,亲吻他的脸,看着他的灯熄了,与他说"晚安"。我的夜晚,似乎只有儿子睡了才会安然恬静。

先生出差不在家,我的睡眠便轻很多。迷迷糊糊中,感觉有人在推我的卧室门,睁开眼,借着月光微弱的光线,看见他抱着被子皱着眉头偎过身来,痛苦地说:"妈,我疼。"急忙坐起,用手一摸,他已是满头的虚汗。自小他便是胃虚寒的体质,禁不起凉。这样的疼痛每年都要犯几次。

下床插上热宝,烧水,困意顿消。坐在床沿上,看着他蜷缩着身体,我不免担忧地说:"要不咱去医院吧。"他摇头:"不是去做过检查吗?没事的,一会儿就好了。"我把热宝裹了毛巾放在他的脐部,又端了温热的水递到他手里,看着他喝,心头满是焦虑:"你这样让妈妈怎么放心你远走?"他以宽慰的口气说:"我自己会照顾自己的。"

疼痛稍稍平稳些后,他偎在我的身畔睡着了,均匀的呼吸有了男人的气息。曾记得那一年,他上小学一年级,我开始鼓励他一个人睡。最初每到半夜,总能听见一双小脚丫"啪嗒啪嗒"地在地板上由远及近,我闭着眼闻到他身上的奶香。他趴在我的床前,身高正好凑到我的脸上。就那样在黑夜里注视着我,等我揽他入怀。不知道从何时起,他习惯了一个人睡,也不再盼着爸爸出差。前几日,先生收拾行李,我逗他:"这回咱俩可以一起睡了。"他不屑地一撇嘴,说了两个字:"才不"。

却不想,一场疼痛让我们俩又一次亲密接触了。夜色中,望着他棱角分明的脸,既放心不下又欣喜他的成长。他睡得很沉,我为他掖了掖被角,看了看表,已是凌晨三点多了。我知道,流逝的是时光,无法安睡的是情感。

阳光洒满房间时,我们俩几乎是同一时间睁开眼。他懒懒地说:"妈,不想去上学。"片刻的犹疑后,我答应他说:"再睡一会儿吧,妈给你请假。"

和老师和领导请过假,我们俩各自做着各自的事。他看书,我写字,定时吃药、吃饭,在午后的温煦里喝咖啡。偶尔,屋里静得太久,他会在他的房间喊一声"妈",我知道他只是想喊一声,所以,不问"干吗",也只是在书房答应一声。

这个周三,因为只有我们俩而变得不一样。

或许,我应该鼓励他坚持去上学。我想,那样是对的。但是,谁能说拥有一个别样的周三是错的呢?记得孩子中考前两个星期,我带着他去听一场国学课,令很多家长不解。明天又要阶段性月考了,他担心地说:"可能会考不好。"

我一笑,对于一个学生来说,每一次考试都很重要,当然要认真对待。只是,对于整个人生而言,很多看上去重要的事情其实都无关紧要。我相信,他的一次缺考不会影响他的人生,但这个并非周末的"小假"却会闪亮在他以后的光阴里。

夕阳西下,我约他一起去散步。我们俩手挽着手出门,家门口的枫叶正红,飘落的叶子睡在草地上,很安然。还有那一簇簇鹅黄色雏菊,在秋的怀抱里妩媚地开着。

他走得有些快,我有些跟不上。我笑着问他:"最近有没有女朋友?"他灿烂地回过头,一抿嘴,说:"有也不告诉你。"

他的眼睛里分明有情怀却又是深藏不露,仿若柔软的秋阳,飘逸有致。走着走着,我忽然想起一句话:世界上最动听的情话,不是"我爱你",也不是"在一起",而是在我最脆弱的时候,你说:"I'm here"

我们俩,母亲和孩子,人生的路径上,有相聚亦有离别,走过万水千山,心底的牵念便如那潺潺溪流,一路相伴,将岁月哼唱成歌。

孩子,I'm here.

幸福流水账

清晨,儿子自行起床,洗漱完毕,背着书包出门。我闭着眼睛嘱咐着:"路上注意安全。"他答应着,随即是关门声。每逢周末的早晨,我不再为他做早餐,也不会开车送他,他会一个人去上学,在校门前的小馆吃早餐。这一天,我和他都是自由的。

躺在床上翻了个身,睡意渐去,想起昨晚在校门口,看见他和那个女孩喝着奶茶走在风里,他笑微微的样子带给我一股莫名的滋味。我摁了几声喇叭,他敏锐地转过身,装作若无其事地走向我的车。尽管我知道,一个少年的情愫是美好的纯洁的,尽管我是最爱他的那个人,晚风中,我不得不承认,他内心的某个角落,有一扇门。而且,不喜欢我去探寻。

或许,每一个陪伴孩子成长的母亲都会遇到类似的事情,或许,孩子的心门也不必执意去敲,当静静的时光流淌过一个又一个街口,某些章节会自然翻开。

冬天的阳光是酥软的,隔着窗纱照在被子上,整个人都变得慵懒。顺手从床头桌上拿起张爱玲的《小团圆》,很喜气的红花封面,在轻暖的空气里泛着日子的光泽。一笑,起身,打开衣柜翻出前几日女友送我的床单,也是红的,艳艳的粉红,有些俗气。平铺在床上,大朵大朵的粉牡丹开在晨光里,我忍不住笑出声,打电话给她说:"这床单让我想起乡下市集上的布摊。"显然,她还没睡醒,懒懒地回道:"对呀,我就是这感觉,你不觉得很生活吗?"

很生活?嗯,俗世的颜色本该如此的,艳丽中彰显着朴素,花蕊里藏着温暖。原来,从乡下到城市,我们自以为是"人往高处走",却挡不住骨子里对淳朴的怀念。人都是这样的,一边行走一边回头,循环往复的念想里,不知不觉就老了。

打开音乐,一首首的老歌回放着旧旧的味道,我开始在感念里清扫微尘。很薄很薄的一层,落在书桌上、花架上,印证着时光又走过了一周。阳台上已经没有花开,绿叶却长势极好,茉莉、吊兰,尤其是那盆绿萝,仿佛是点点春来早,漫溢着新鲜的气息。对于生活来说,侍弄花草、打理家务其实是一件很舒适的事情,就像老歌里唱的那些寻常和不寻常一样。经年之后你会发现,生活中有很多平淡到可以忽略的事情,但如果真的忽略了，也就失去了很多情趣和况味。

岁月从来都不说谎，内心的安适是繁杂背后累积的一种浅淡。

闻到邻居家的饭菜香，才发现阳光已经指向了正午。拿出豆浆机，将泡好的黄豆和花生米放进去，二十分钟以后，香喷喷的豆浆便磨好了。淡黄色的浆液，摇曳在青瓷小碗里，捧在掌心，甜润的心情浓得化不开。

真是安静啊，静得只能听见阳光与豆浆的香气在悄悄低语着。

午后时光是最适合阅读的："走过花园，有人看到花红叶绿、蝴蝶飞舞，有人看到残根败枝、污泥遍布，也有人什么都没看到。"近一年来，过早的花眼影响了自己的阅读量，不过这样的句子还是不舍错过的。碎金般的冬阳里，我又一次走进生命的花园，感悟着花开与花谢，都是如此美丽。

曾经，一个人的时候喜欢和朋友聊聊天，现在，更多的时候能够安忍内心的喜悦和寂寞。这，是不是人生的禅意？

下午三点，收废品的大爷准时摁响了门铃。我下楼，领他走进地下室，将堆积在角落里的可回收废品清理掉。这也是我的生活习惯，那些旧书旧报、易拉罐、纸盒儿，我从不轻易丢掉。每次都换不来几元钱，却能换来日子的充实。临走，大爷说："你家的孩子真不错，每次见了我都亲热地打招呼。"

听了，很欣慰。

每个人都在路上，即便是衣衫褴褛的那一个，遇见了，点头微笑，是对生命也是对自我的尊重。只是，浮躁的世界里，贪执的人们有时会忘记了"人之初"。

暮光微斜时，弟妹发来信息说："姐，来家吃饺子吧。"十年前，她刚刚二十出头，孤身来到这个小城，与我的弟弟相爱。那时，几乎每个周末，我都会邀她到我家吃饭。时光荏苒，如今她的孩子都是小学生了，她也学会了打理生活。难得的是，她是一个有心的女子，经常用一些温暖的小细节告诉我,她记得姐的好,她爱这个大家庭。

父亲的微笑证实了她的贤淑。我和孩子敲开门的刹那,一家人的笑脸,还有饺子入锅散溢出的麦香,热乎乎地扑面而来,使得这个冬至节分外暖心。老父亲说:"冬天是最暖和的季节。"谁说不是呢?只有在清冷的空气里,我们才更能感知到什么是暖。

我喜欢北方的冬天,暖和冷同样彻骨。

走在回家的路上,天边的弯月如钩,笑眯眯的,挂满了人间的小幸福。低下头,出差在外的先生发来短信:飞机安全降落,一小时后到家。

我笑了。这一天,幸福满满。

于是,点燃一支熏香,蘸着月色,记下了一笔流水账。无关其他,只关乎日子。

翻阅自己的时光

书房换了红黑相间的皮质沙发,沙发下是新疆友人送的地毯,很精致,像是花纹又像是那片辽阔土地的特有文字。喜欢穿着丝袜踏在上面的舒适,柔软得仿若窗外的冬阳,生动且简单。

为了这一红一黑,又专门配了白色的壁柜,清雅的素色一畔绿意盎然的兰花欢快得忘了季节。每每为她轻喷少许雾水,我也会被连带着恍然。看上去,她是如此婀娜又如此寂寞。耐不住的慵懒气息是北方的冬天独有的,也最适宜种植春天,殊不知,红、黑、白的底色是春之将来的绚烂啊。

我一直相信,我的书房是接地气的,书柜上整齐厚重的纸张,印证着属于我的文字时光。看或不看,它们一直都在那里,等着我想起或看着我书写。在我的心里,墨香好比泥土香,清淡,妥帖,不管是否有风拂过，都会住进梦里。

客厅里新添了健身自行车，粉色的，是先生送的生日礼物。他说："你可以一边看电视一边锻炼身体。"客厅的工艺柜上摆放着很多相框，有一张是当年的婚纱照，阳光下，喷泉旁，我温婉地笑着。十多年前，极少的婚纱外景照，很炫目。时光流转，人到四十。如今，每每健身便瞥到影像里的旧事，微汗暖身的时候，慨叹如花一般倏忽一下在时光中盛开了。

喜悦，因为幸福一直在。

阳台的水仙已经吐出了很多个花苞，尽管还藏在葱翠的叶茎里。驻足的静谧中，我甚至能听到花蕊努力的声音。其实，每一个生命都是积极的，也都是美丽的。

鱼缸里的鱼儿不慌不忙地游着，有时我会呆呆地看着它们很久。儿子在语文课学到了"子非鱼，安知鱼之乐"。那天，他对我说："鱼的记忆只有几秒钟，鱼应该是快乐的。"

我想是的，只有内心的安定与平静，才会使生活回归本真。这个岁末年初，几乎推掉了能推的所有应酬，远离喧嚣的日子里，我蓦然发现，没有谁是不可或缺的，滚滚红尘中唯有自己才是自己的。

水晶瓶的玫瑰花开过了欲语还休的娇态，些许花瓣卷了边儿，却依然眷恋在我的床头。送花人说，从明年起，生日玫瑰要逐年递减，预示着越活越年轻。儿子认真地问："等到妈妈八十岁的时候岂不是收不到玫瑰了？"呵呵，如果真有那一天，走过的时光就是一本书，被岁月风干的香气会惬意地躺在我的文字里，和暖而安逸。

夜来时，钻进粉色的帐幔，台灯下捧起《读者》。阅读，于我来说已有些奢侈，过早的花眼让我只能略读少许篇章。印象中，戴着花镜灯下纫针的人儿很老很老，我从没想过，这样的景象会与自己贴合。

看来，人生莫过于此，累了，倦了，老了，生活愈发温和了。

睡枕的薰衣草味道，很淡。若隐若现的香氛里，我仿佛在时间的长廊被一大片柔和的时光包裹着，层层叠叠，温情款款……

这是我悉心经营的家。在这里，任何一个物件或一种气息，都宛若一页页的章节与情致，在我有意无意翻阅的刹那，于时光深处微笑着。

这笑意，清浅怡人，有如时光的幽真与从容。

途经我的绽放

"大爷，这桃甜吗？"

"瞧您这话问的，不甜我们能卖吗？"

"现在好像还不到吃桃的季节。"

"季节？大冬天啃着西瓜看雪景，那才叫幸福。"

呵呵，还能说什么？赶紧挑了几个桃子，谁还和幸福有仇啊？沿着熙熙攘攘的人群往里走，见很多人围着一辆小货车说笑着，走近一看，是樱桃大小的圣女果，当地人叫"小西红柿"。我一笑，说："从远处看，还以为是樱桃呢。"

小贩笑呵呵地说："5元3斤，您回去吃吧，不比樱桃差，富含维生素C。"嗯，这几天有些上火，补充维生素，必须的。买了。

"这天越来越热了，多吃凉拌菜，祛火。"一转身，一位大姐正在推销她的菜："您来几个苤蓝吧，凉拌着吃，这可是饭店里的凉菜，营养价值高，还防癌。"看着圆圆的苤蓝，茎叶还挂在上面，像是一个胖娃娃头顶荷叶的萌态，令人欢喜。见我有些犹豫，大姐继续说："很简单，你拿回家，切丝，越细越好，要是不喜欢它独有的味儿，就用热水焯一下，时间可不能长，要是不脆了就不好吃了。焯好了，放些盐，用花椒油一浇，呵，甭提多好了。"说得我都流口水了，卖菜兼教做饭，哪儿找这么好的大姐去？支持了。

"妹子，3块钱，分量高高的，吃着好，明天再来。我还在这儿。"话里话外，我就不是外人，是她的远房亲戚。

"甩了甩了，皮鞋10元一双了。"

"双屉的蒸锅啊，又白又胖的馒头一锅能蒸十多个哪。"

小小的早市，吃的是色香味俱全，再往里走，用的也是应有尽有。尤其是你在大商场里寻不见而日子又用得着的小玩意儿，地摊上准能找到。比如，吃虾的时候，我们往往会发现虾背上有一条黑线，需挑掉它，那么，这里就有一个小小的东东：木柄，钢钩，只需1元钱，轻轻一下帮你解决了问题。近日，我正准备换个淋浴器的喷头，在这里叫卖的只有几十元，而它在商场里不叫喷头叫花洒，且价钱都是几百甚至上千元。当然，质量或许有差别，不过生活本身并不是奢华的。不是吗？

"纯棉莫代尔，舒服又柔软，纯手工，25元一条，一口价。"

一个男子嗓音敞亮，听起来像是在唱歌。走上前，摸了摸，手感确实不错，而且花色很惹眼。男子趁机对我说："这是我老娘在布头市场买的花布，自己亲手做的，成本低，所以才卖的便宜，质量一点都不差的。买回家当睡裤穿，又舒服又漂亮。别犹豫了，商场里的哪条睡裤不是百元以上呀？"

选了一条玫瑰花的，开心地递过钱，一分钱都没砍，还好像是捡了个大便宜。我想，穿上棉柔的花裤，总会感念一个陌生老人的手艺，也总是会有被人疼的温暖吧。

早市，真是一个接地气的地方，连空气都透着亲和。风一吹，小街两侧的大槐树哗啦啦地应景附和着。原汁原味的小日子，尽是小欢喜。

"我们老哥几个不是卖君子兰的，我们是'玩'君子兰的。"几个老人一边聊天一边在兜售地上的几盆君子兰。我笑了,明明是买卖,偏说是风雅,想起孔乙己的那句话:"读书人不叫偷,乃窃也。"呵呵,孔乙己有些迂腐,而这几个老头却着实可爱。

　　徜徉在花草的气息里,走走停停,不知不觉竟买了很多种:六月雪,细小的白花趴伏在叶子上,忽如雪花飞来,静谧而清凉;九里香,据说花开时会香飘窗外;君子兰,当然也要的,大爷说,好好侍弄,春节时就开花了;长寿花,花期很长,朵朵比着艳,水粉色,鹅黄的,各要一盆;还有一盆仙人球,其盆身上有一个娟秀的"福"字,妥帖得当。

　　素来喜欢小枝小叶,不喜那种过于张扬的美,所以捧回很多盆,也多是小家碧玉。看着她们在我的呵护下成长,花开,便有了光阴的暖意。

　　可能我是贪心的,贪恋每一点点美好,不容错过。早市的尽头,是卖瓷器的。离开时只匆匆一瞥,便被一份美抓住了:远远望去,有一朵大大的荷叶盛开,荷叶上趴着一只小青蛙,栩栩如生。循着荷塘蛙声,细看时,一朵清雅的莲开在荷叶的怀中,有如一个腼腆的小女子。或是我的目光有些痴,老板笑着走过来,淡淡地说:"这是景德镇的瓷,是手绘作品。"

　　想象着,几尾鱼在瓷盆中游来游去,这景致岂不生动?

　　小心翼翼地抱着瓷盆走出早市时,阳光静好。我忽然觉得,这里的市井人声,于我,是一种绽放。所有的,所有的人和物仿若花开,缓缓归时,这一路的眷顾,便有了芬芳的意蕴。

香气袭人知昼暖

　　记得在巴黎街头,我坐在树荫下的长椅上,望着匆匆行走的路人,发了呆。几乎所有的女人,还有一些男子,都是一袭围巾在身,或搭在肩头,或垂在胸前,或是剔透的纱,或是轻柔的棉,就那样随意且精致地飘在淡淡的风里,平添了初秋的妩媚。

围巾,御寒取暖的服饰,被浪漫的法国人赋予了一种风情。

生在北方,我的衣柜里层层叠叠的多是羊绒围巾,静静地裹着我暖暖的记忆。那条湖蓝色的陪我去过西藏,那条墨绿色的帮我挡过塞北的草原风,还有那两条红,一条是十多年前先生送给我的爱恋,见证了我们雪地寻幽的浪漫;一条是弟妹送我的生日礼物,披在肩上会有贴心的暖。

那一年,去西塘。江南的小巷深处,轻柔的丝巾袅袅婷婷的,在远古的寂静里临水而舞。店铺的老板并不招揽生意,闲坐一旁,自得地看着一个又一个女子伫立在曼妙面前喜不自禁的样子。大概他晓得,这纱就像是女人的温情,骨子里的柔软,哪由得你不动心。

选了水灵灵的粉,选了沉静的藏蓝。薄如蝉翼的质感缠绵在肌肤上,光滑如身畔缓缓的时光。那一日,我在水乡的石桥上呆立了很久,我分明感觉到江南的潮湿将丝巾的内韵一点一点地摊开了,揉酥了,送给了细细的风。

我相信,围巾也有她们的花样年华,被风吹拂的刹那,是她们最初的芳心吧。

身边有一个姐姐,极爱丝巾。即使是穿上中规中矩的职业装,也要用一条小方巾在领畔打一个小小的蝴蝶结。她说,丝巾最懂女人心。想想也是,对于爱美的女人来说,有些时候纷披的花色会在不经意间流露出她们的生活情致。

日子久了,也爱围巾的我将越来越多的艳丽和多情叠加在自己的衣柜深处,闲来无事,最喜触摸那些指尖的柔软:一款奶白色的羊绒围巾上描着淡淡的青色花,仿佛国画大师随笔泼出的水墨;一条亮盈盈的手绘丝巾，仿若姑苏城外遗下的一帧剪影。还有先生前几日从徽州老街上带回的两条真丝织锦，恰似从古诗中飞来的梦，又好像古词人留下的一阕词韵。

先生说："只要喜欢，不戴，放着也好。"

是啊，有些围巾，只是因为喜欢便安静地躺在我的衣柜里了，我不曾或很少戴她们出门，但她们一直都是我的一种缘。抚摸她们的那些时刻，总会有一股香气在流溢，我知道，这香气滋养了一个小女子的情怀。

其实，围巾一直都是平淡生活里拂动的一缕温柔。在一阵风吹过又一阵风吹过，在一些光阴流逝又飞来一些光阴的时候，披在脖颈上的纯美，便会飘向云朵，在日子的视野里顾盼生姿。

舍　得

世上有很多的不舍，不舍缠绕心头的时候，我们听不见，一些绵密于尘烟里的光阴在日暮苍山之间轻叹了一声。

若有一天听见了，那些不舍便不再千回百转，而是越过了山重水复，清芬点点。

端坐镜前，镜中的他笑微微地望着我说："这么多年黑黑的直直的长发披肩，你就没想过换换发式吗？"

我笑着说："十多年了，不是没想过，最初是不舍得柔软的发质，后来是没勇气面对眼角的皱纹。总是想，人到中年了，习惯的就是好的。"

他轻轻地抚弄着我的长发，说："其实不年轻了，我们还可以优雅。"见我笑着认同，他接着说："卷曲的长发会有一种味道，这味道是经年以后才会有的。"

洗发、修剪、软化、上卷、加热、焗染、清洗、吹风，当一头棕色的卷发温柔地贴着我的脸颊垂向我的肩头,我发现,那些专属于头发的笃定与执意,正以清婉放逐的姿态,在眼底眉间从容而深情地妩媚着。

浅浅的笑,有如淡淡的喜欢。那一刻,美发师营造的香暖,越过直发的固守与坚持,直抵人到四十岁的持重与明媚,且在弯弯的发梢里,藏下一抹妖娆的气息。

他说:"瞧,你也可以是这样的。"

原来,很多你以为的不可以也是可以的,你以为的不喜欢也会喜欢。原来,这世上很多东西一直都是本来的样子,只是看它的角度有不同。

走出这间叫"美域"的发屋,夕阳正美。冬天的梧桐枝依然粗壮、挺拔,风吹来,兀自看着疏落往来的行人,在又一年的光阴里,静默。

它一直都在这里,旁者都是过客。那些行色匆匆的叶与风,那些季节更迭的喜乐与悲情,都在渐行渐远的华年里殆尽了青碧与饱满。远远望去,冬日的黄昏,分外禅意。

"呀,你换发式了?"

一个许久不见的小妹迎面走过来,微笑着与我寒暄。转身离开时,她说:"姐,过去的咱不提了,让自己开心点儿。"

瞬间,粗粝的疼触到了岁月的隐伤。其实,在旁人眼里的我的痛,已然沉潜在风里。只有被无意念及时,始知,我从来不曾忘记。那些生命中的遇见,风起云涌后终会在细水长流的琐碎里不动声色。而止于记忆的,是舍与得。

暮色沉寂,所有的苍凉被尘烟染尽,我忽然听到了时光的轻叹。或许这一袭长发的卷与舒,映衬了走过的坚守与舍弃。

一个人,安静地走在新年的路上,宛若清简的日子缓步徐行。

唯有作别。

于时间无涯的旷野中，以长发，以文字，作别无可挽回的流年，还有光阴深处那些看得见看不见的隐忍与纠葛。

依然陪伴在身边的，是浮光掠影洒下的一脉尘香。我知道，这香，这暖，才是红尘阡陌的骨骼与神经。

芦花深处

芦花深处

我是如此的安适,在芦花开满的秋野,在我少小离家的旧日情怀里。

听戏,赶集,吃倭瓜馅儿水饺,在村畔看一轮红日徐徐下沉……经年如水,所有的,所有的曾经历经了岁月的沉淀,与我久别重逢时,静默,是我最深沉的守望。

路边的小野菊还在开着,嫩黄的,紫色的,栖息在大片的芦苇中,仿若一个娇小的女子依附着伟岸的爱人,踏实,心安,从容不惊。老家的嫂子说,农村耕作越来越现代化,解放了劳动力,也少见牲畜了,以至于田野的荒草格外繁茂。是啊,想起小时候,背着篓筐拿着镰刀走出好远,若是寻到一片芦草,那份欣喜不亚于吃上一道美餐。现如今,芦花深处是丰收的季节,散淡的农家,还有归乡人无法放下的脉脉深情。

和每一次回老家一样,去坟上看过母亲,便去本姓二哥家闲坐。二哥还是拖着病腿哼着小曲,二嫂亦是点上一支烟,悠然地和我们唠家常。如此场景,总是会让我温暖到眼睛湿热。二嫂说:"咱包饺子吧,前儿刚摘的倭瓜,放上葱丝和香油,好吃得很。"说着,掐灭手中烟,下了火炕,走到自家院墙边,抱起一个大瓜,放进印着"囍"字的脸盆中,从堂屋的水缸里舀了一大勺水,哗啦啦浇上去,随即捞了出来。看我像是担心是否洗净,二嫂笑着说:"自己撒籽儿,看着它长大,从没打过药,一点儿也不脏,就是一层浮土。"只是一层尘土,只是一呼一吸,简单到本真的生活,自在圆融,更见意味。

吃罢饺子出门,小弟说,我要到村边的河塘去钓鱼。大弟说,我想去镇上买熏肠。从农村走出来的人大抵如此,赏遍秋月春风,亦贪恋几间土坯房和篱笆小院。守着安好流年,某些世俗的烟火亦经得起时光的凉薄,愈发澄净与平和。

在这个小小的村落,我喜欢陪着父亲,穿过儿时的小巷,走过一家又一家门口,绕过一个又一个玉米囤,沉醉于满眼的金黄和风中的尘香。偶尔院内走出一位白发苍苍的老人,似曾相识地望过去却不记得该如何称呼。若是出来一位年轻的小媳妇大姑娘,听他们甜甜地唤父亲"表爷"或"叔",我更是只有微笑自持了。曾几何时,我扎着麻花辫儿,也是这般牵着父亲的手,去邻居家串门。街,还是那条街,甚至街上的尘土轮回了光阴,还是住在风里,只不过我的眼神里有了沧海桑田,父亲坚实有力的手变得粗糙,且有些颤抖。

这些年,总是有一个念头,希望能在老家的场院里再看一场露天电影。这个夏天,我居住的社区曾放过一次露天电影,城里的孩子们也是雀跃开心的样子。然而,在我的世界里,露天电影是和草垛、柴火、小板凳联系在一起的,与优雅的社区、盆景无关。浓浓的乡土气息,一直是我心底的眷恋。因而,在这个深秋,当村里请了剧团来唱戏,我便迫不及待地回来了,回到自小长大的地方。

红日西沉,与芦花挥手致意时,整个村落炊烟袅袅。恍然间,我忽然觉得这像是一场约定,多少旧人老物,在淡淡的秋风中,上演着因果与宿命,温暖且绵长。

夜落下帷幕,晚饭后的庄稼人都聚集到了村北头的场院里,彼此寒暄着,笑闹着。老人们叼着烟,女人们嗑着瓜子,笑眯眯地在浓妆艳抹的故事里寻找自己的戏文。世事入凡尘,我发现真正懂生活懂戏的人,在乡村。一唱一念,嬉笑怒骂,和着膝盖上的节拍,细数世间柔情,不为风雅,都是平实简朴的意境。

刚刚坐定,前排站起一个中年女人,她笑眯着双眼回过头与父亲打着招呼。原来是玉姑姑。看上去,她还是那么爱臭美,穿着红毛衣、白罩衫,还戴了一副蕾丝的黑手套。父亲告诉我,她与母亲同龄。转眼十六个春秋,烟月不知人事改,谁人将凝重的日子过到苍绿?戏台上正唱"明月不知思乡苦",这一生,刻骨的失亲之痛随着时光流离却不曾被抛掷,思乡,只因梦里有娘亲。

一切都很有情,一切也是无意。清秋时节,在老家,在芦花深处,我安静端然于一隅,守着自己的一寸光阴,听着草木呼吸,情节如初。

落脚·出走

忽然很怀念那个小小的村庄——陈寨庄。它在天津版图的最南端,毗邻河北省。它很小,甚至在地图上找不到属于它的一个点。

那一年，我17岁，离开家，没有留恋。在所有人的眼里，我有出息了，终于可以逃离脸朝黄土背朝天的生活。在小伙伴们艳羡的目光里，在父辈们赞赏的眼神中，我信心满怀，当然不会懂得席慕蓉的诗句："溪水急着要流向海洋，浪潮却渴望重回土地。"

多年以后，当我辗转了光阴在一个陌生的地方落脚，才终于明白：离乡，是一场出走。出走的行囊中安放了最美的情怀——乡愁。

或许，这就是人生哲学。若不是当年的出走，亦没有如今的驻足回眸。正如18世纪德国的浪漫派诗人诺瓦利斯所说的："哲学就是怀着一种乡愁的冲动，到处去寻找家园。"

是的，人在尘世走，总要有个落脚的地方。从某种层面上说，生活的地方就是家乡，身在异乡为异客，不过是静夜里浮动的暗香，心心念念间有一片故土而已。

前些日子，给一位60岁的忘年交打电话，彼时他正在山清水秀的地方钓鱼。半山腰上的那一处院落，并不是他出生的地方，那里只是他退休后给自己选的"养心阁"。我问："怎么不在老家买房？"他说："故人已不在，故乡也就远了。"

蝉鸣悠扬的盛夏，甩一米鱼竿儿，静坐池塘侧畔的树荫里，某些少年时代的美好便如影随形了。那一刻，谁能说他落脚的地方不是故乡？

苏东坡几百年前就说过："此心安处是吾乡。"

少年离家，对老家和故乡这样的词汇分外亲暖。尤其是母亲过世后，父亲随儿女搬到城里住，从此，炊烟袅袅的村庄就真的与我疏离了。思念一切与乡村院落有关的东西，只是不知不觉间，我成了故乡中的"异乡人"。

每一年，也只是扫墓时才会回老家。听着父老乡亲的浓郁乡音，满心亲切，然而我却是说不出口了。迎着他们的笑脸，我会觉得普通话是如此的不标准，不受听。没有了母亲的贴饼子熬小鱼，没有了一家人围坐热炕听戏的惬意，家，只能是一枚乡愁。

母亲的坟在村子的南端，过了河堤，就是河北地界了。记得有一年的中元节，我在母亲的坟前祭拜，手机信息来了，竟是"河北欢迎你"。燃烧的火苗里，故乡和异乡的彷徨在我的泪水潸潸里彼此交缠。

我知道，我渐渐适应了择地而家的异乡生活，我梦里万般牵念的故里，尽管会一生跟随着我，却已在我出走的那一天，注定成为我生命的一部分，真实温暖亦遥远。

有时候我会这样想：故乡的气息，就是故人的惦记。

周日的早晨，我被平的电话从梦中叫醒，她告诉我，昨晚手机故障，在外出差的先生怎么也联系不到她，以为她犯病了(她患有癫痫症)，忙通知了她的弟妹来敲门。半夜时分，看着惊慌失措的亲人，五味杂陈涌上她的心头。她说："幸好我没有像你一样出走。"

听出她口气里的感伤，我故作轻松地说："你真是老了，善感多思。"

她在电话的另一端沉默了一小会儿，说："其实我5点就醒了，一直等到觉得你该起床了才打给你。"叹了口气，她又说："老同学，你不会忘了我吧？"

夏日清晨的阳光里，她在我的故乡，我在她的异乡。阳光好比金丝线，闪亮闪亮的，牵动了两个中年人的情愫。

据说，现在越来越多的人生活在异乡。经历一场出走，寻找一个落脚点，是现代人不得不面对的选择。而且，在异地生活久了，就连肠胃似乎也能入乡随俗。

一次家宴上，服务生介绍菜谱时说："这是咱本地菜，好吃。"本地菜，应该是家乡的味道吧？同是来自外乡的我和先生竟没有丝毫的陌生，那份从容，仿佛就是这里土生土长的人。

正在读雅思的儿子啃着螃蟹腿儿说："在海边长大的不吃海鲜怎么行？"我一笑，他还不懂得，人活着，总会出走，也总要落脚。他若真的出走异国，那么，说母语的地方就会成为他的故乡，而他生活的异乡，不管有没有海鲜，都最终会成为他的第二故乡。

是的，迁徙的路上，没有异乡，却会有永远的故乡。

小河弯弯

她是我本家族的一个姐姐，今年七十五岁了。十多年不见，和她再次聚在一起，她问我："今年多大了？"我说："已经是四十多了。"她笑容可掬地说："也过了小半辈儿了。"

是啊，这光阴真是快，快得连回忆也追赶不上。

她这次回老家是给爹娘上坟的，顺便在五十多岁的弟弟家小住。清明节那天，她早早起床，坐上弟弟驾驶的简易电动车，一路颠簸着便奔了村南的祖坟。

四月的田野乍暖还寒，年过半百的姐弟俩在爹娘的坟前点燃了纸钱。当红晃晃的火苗映亮了他们的皱纹，她忽然絮絮叨叨地哭起来。她说，自小娘就偏疼弟弟，自己也是关照了他一辈子，眼看着自己也要入黄土，这放不下的还是他呀。

她泪汪汪的样子令我心酸不已。握着我的手，她眼角的泪还在微微颤动，她说："活再大岁数，也是恋着娘家呢。"

是啊，不知道女人是不是都一样，我也和姐姐一样的顾家。记得刚上班的时候，单位发什么福利，我都要拎回家。有一次发大蒜，我也是不辞辛苦，换乘了几辆公车送到母亲手里。而那时的家里有农田，每年都种蒜的。现在回想起来，自己也会为自己感动。

娘家,永远是女人心底最温暖的依靠,最甜美的牵挂。

姐姐的母亲和我的母亲安睡的地方依傍着村南的小河。春天的河床嫩芽重重,尽管河里并没有水,在我们的眼里,依然淌着流动的风景。风景里,我们在河的中间搭起了土堰,不停地用脸盆淘水、抓鱼,满脸满腿的稀泥巴,散溢着田野的香。

风拂过面颊,姐姐眼中的光芒格外年轻,她动情地说:"这沟里的草怎么那么厚实啊,小时候背着筐越过一个沟又一个沟,寻不见想要的绿。如今这满眼的嫩芽,看起来就让人喜欢。"

我也笑起来,现在农业越来越现代化,家里养牲口的越来越少,几乎没有人家割草了。这沟里的草,绿了,黄了,这沟,喧闹了,寂寞了,都只是光阴的一闪念罢了。

姐姐说,自己这个年纪,有今天没明天的,这次回娘家也许是最后一次了。

最后一次。这几个字听起来多么苍凉,而她说得云淡风轻。

听老家的人说,夏天的时候,这河里是有水的。有了水就会有鱼,鱼、水还有孩子是这条小河多少年不变的风景。

这小河多像人的一生啊,有春夏秋冬,有沟沟坎坎,曲曲折折的风景在蓦然回首的刹那,生动而丰满。

姐姐告诉我,弟媳妇每晚都给她焐被窝,躺在暖暖的自家火炕上,她总是梦见自己的小时候。那时候,爹娘都还在。

那时候。当我们想起太多的"那时候",光阴就真的老了。不再稚嫩清纯的容颜里,旧时光景三回九转,最后归入一片澄净。

离开村庄的时候,太阳已经很高了。耀眼的乡野里,姐姐又叨念着:"那时候,小河里一层又一层的波纹,缓缓流动着,亮晶晶的,真好看。"

残缺的幸福

在我的农村老家,有一个约定俗成的说法:照全家福要少一个人才好。老人们解释说,凡事不能过于完满,太完满了不是福。

从小到大,我们家没有照过一张全家福,爷爷奶奶在世时,家里穷,从来没想过照什么相,那时候,吃饱穿暖才是幸福。后来,生活条件渐渐好起来,我和两个弟弟相继外出上学、上班,一家人团聚的日子不多,偶尔小聚,我和父母谈起照一张全家福照片,又因为要到很远的镇上照相馆,几次未成行。后来,我自己买了傻瓜照相机,装上富士胶卷,兴奋地拿回家,母亲却坚持和我们单独合影,不肯一家五口一起拍。问多了,她便说:"着啥急,咱一家子还没齐全呢,等你们姐弟结了婚,我见了隔辈儿人,那时候才是全家福呢。"

想起来,母亲说这话已经是十五年前的事了。

十五年后的今天,我的儿子已经十三岁,两个弟弟的孩子也已经都是小学生了。而我的母亲,长眠地下也有十四载了。猝然倒下的一刹那,她最疼爱的三个儿女没有一个在她身边,这让我们姐弟心痛不已。很长很长一段时间里,我们的心不会笑了,直到我们的孩子一天天长大,这个家才重新有了甜美。

于是,我又开始想,照一张全家福吧。

去年,父亲六十九岁生日,我们一家十口开车到山区度假村庆祝。蛋糕和长寿面一起端上来,三个孙儿齐刷刷地围着,老父亲的舒心绽成了一朵花。这时,我拿出准备好的数码相机,安排一家人摆好位置,唤来服务员小妹,"咔嚓"一声,完成了我们家的第一张全家福。

每每端详着这张照片,我的心总会一阵疼一阵暖。这是一个幸福的家,老父亲身体健朗、精神矍铄,三个小家也都过得安好。然而,生活总会有缺口,母亲的离去是我们无法弥补的缺憾。有时候我会相信村里老人的说法,残缺的幸福才是日子的完满。

把这张全家福放大,挂上墙的时候,我忽然笑了,一家九口都是正襟危坐,唯独我,侧着身子,握住小侄女的手,向父亲身上靠拢着。那一刻,我内心的柔软定格成冬日的暖阳。我知道,他们是我生命中最近的亲人,亲人在一起就是幸福。其实母亲也并没有离开过,她只是藏在了光阴深处,远远地微笑着,幸福着我们的幸福。

谁在烟云处琴声长

谁在烟云处琴声长

很美,真的很美。仿佛在哪里见过,见过她的一往情深。

我确认,她是个陌生而熟悉的人。我同样确认,她是烟云深处抚弄琴弦的女子,在一阕旧词里,任由陈年往事柔肠百结,不忘亦不念。

她是被推着进来的。门响处,一股冬日的寒风卷着落叶跟进不大的小屋,所有的人被风牵着眼神,注目在她的身上。风抚乱了她的头发,却遮不住匆匆时光留在她眉间的清秀与精致。如黛眼影,红艳唇膏,银色的发丝,在她颤颤的声音里撩动了这个尘世的妖娆。

她被搀扶着从轮椅上挪到座椅里,喘息未定,她说:"圣诞节跳舞的时候摔了一跤,不过春天的时候应该会好的。"

那是一场怎样的舞会?过尽沧海桑田,流年消磨后,谁的心头还盘绕着红楼绿窗的锦瑟,舞动华发与皱纹间的刻骨盟誓?或许,那激越的舞步,那浅淡的眼神,都是她的痴心,她的漂泊和流离。

身边的理发师悄悄告诉我:"这位奶奶是旁边养老院的,是老客户,常来弄头发。"

她似乎注意到我在看她,颇感得意,神色如一个被认可的孩子般美滋滋。镜子中,目光相视的刹那,我们微微笑,稍稍点头,算是默许了一段邂逅。

她像是对她的理发师又像是说给我,或是对所有的人说:"元旦的时候,我朗诵了一首诗,一首苏联的爱情诗。"见小理发师抿嘴轻笑的样子,她问:"你也就十八九吧?嗯,你还不懂,奶奶告诉你啊,这爱情啊,不只是在花园里……"一句话,令屋内年轻的、年老的,男的女的都笑起来。

笑盈盈的暖意流淌着,热气凝成了水雾依附在落地玻璃上,朦胧而美好。

她的生命里,定是有过一个俊朗的少年或是成熟的男子,曾经绽放了她的芳华。抑或,她一直心存等待,在初见的原地,在平淡的光阴里,就像是一首琴音,由急至缓,由浓到淡,抛掷了落花微雨的惆怅,于暮年的回忆里安然无恙。

安好,相思即是点缀。

她的声音像一只翠鸟,清亮而优雅。她继续娓娓道来:"我已经走过23个国家了,每年的旅行都让我脱胎换骨……那些忧伤啊不愉快啊,在大自然面前都会烟消云散……很多人都劝我找个伴,可他73岁的时候去世了,所以我没有伴了,一个人笑……是啊,活到一把年纪,已经没有可哭的了……除了活自己还是活自己。"

绝世而独立的佳人，入了境，砌下落梅如雪乱。

今天是腊八，我的生日。

坐在漫溢着发香的小屋里，听着一位慈祥老人的凡尘之语，这个冬天的欢情和哀愁，都是一场虚幻的梦。梦里梦外，低吟浅唱，琴声悠扬。

"我都84岁了，如果有一天我不来了，就是化成灰烬了……来时来，去时去，其实真的没什么的。"

走出发屋时，她刚刚选了最细的发卷，还有金色的焗染。

寒风中，我忽然看到一幅生动的画面：一个满头金色卷发的垂暮女子，穿着艳丽的外套，或许还会拄着拐杖，夕阳下，她语言明净、情怀深刻，风情万种。

如果你见了，无论她是否惊醒你满心的温柔，请在年轮的姹紫嫣红里，陪她痴守片刻的清寂，静静地听往事在耳畔一笑而过。

我们的歌声里

坐在周末的 KTV 包厢里，心头暖暖的。听着一群 70 后吟唱着光阴的故事，幸福，仿若老歌的旋律，一层层一串串缓缓漫过柔软的角落。我一直相信，70 后是幸福的一代人，尽管他们在传统与时尚的碰撞里有诸多的迷茫，尽管他们已经不再年轻，尽管事业与生活交织在琐碎里难免疲惫，但心中的梦想尚在，日子便是甜的。

"……孤单的我，还是没有改变，美丽的梦，何时才能出现……"他是报社编辑，多年的文字工作让他男子汉的性格里多了一丝丝细腻。很多时候，他为了赶稿子一个人在偌大的办公室里抽着烟，码字。偶尔，他会恍然，自己是喜欢文字还是习惯了有文字的日子？或许都有吧，就像这首《你怎么舍得我难过》，是一种情怀，也不全是。

他是典型的文人，欢喜与伤悲都会浸染了文字的味道。他的歌声很安静，音符中有岁月深处的心思。很少有人懂得，一条小街上的一棵树是他诗化的羽翼。他曾写道："有一棵树，在原地等我。"等待，守候，会让庸常的日子翩翩然。

都是有故事的人，生活却不同。

他是个苦命的，父亲早年过世，留下他和母亲相依为命。在他准备完婚的那个月，身患绝症的母亲没有等来他的喜日，也走了。他似乎很怕人同情，就像当初很怕与人谈起爱情。所以，他一直都是陀螺的状态，不停地转啊转，不得闲倾诉，也不得闲倾听。我清楚地记得多年前，我的一篇《走过幸福》在报纸上发表，素不相识的他感慨之余打电话给我，自此，一篇文字帮我交了这个朋友。

"……许多的电话在响，许多的事要备忘，许多的门与抽屉，开了又关关了又开如此的慌张，我来来往往我匆匆忙忙，从一个方向到另一个方向……"唱着李宗盛的《忙与盲》，他依然是嘻嘻哈哈，似乎生活从来不曾伤害过谁。

我知道，世上有一种疼痛是假装遗忘。

当她唱起梅艳芳的《女人花》时，深情的音色拨动了我的心弦。她是我最贴心的闺蜜，喜读书，不浮不躁，不争不抢，想把自己修炼成淡淡的女人，在自己的空间安享一份闲适。每次和她在一起，总会想起那一年蓦然听到刘德华的《爱你一万年》，我们两个不约而同心悸……一晃多年过去了，青涩和稚嫩褪去，安然、清雅，悄悄成为生活的底色。对女人而言，这是上天的厚泽和恩赐。

有时候，我会呆呆地想：人生就是一场相遇，或许我们走的路不同，但我们一定会在某个转角相视一笑，说："我知道你在这里，所以我会来。"

　　另一个小妹一直在帮大家点歌，和她也是认识很多年，一个小小的文艺青年，多次在文字领域崭露小小花蕊。虽然我们接触并不多，但我能明显地感觉到一个女子心智的成长。还有他，言语不多，多愁善感，宁愿在书香里沉醉，也不擅在仕途沉浮的小男人。他唱了陈奕迅的《好久不见》："……走过来时的路……不再去说从前……"，人生多少事，或许都是用来回忆的，人生的舞台上，角色不断繁复，我们也就在四季轮回的歌声里，缤纷了风景。

　　在这个暮春的午后，和一群70后唱着那些老去的歌，光阴一下子就柔韧起来。"……天空是蔚蓝的自由，你渴望着拥有……但愿那无拘无束的日子，将不再是一种奢求……"当我唱起田震的《干杯朋友》，流淌的心绪似乎爬上了尘世的窗，满目苍绿，云淡风轻。

　　有人说，我们可以走过山走过水，却无法走过自己。其实，走不过自己的时候，或许我们可以试着飞。歌声飞扬的刹那，"春天的花开秋天的风，以及冬天的落阳……遥远的路程昨日的梦，以及远去的笑声"都飘远了，也都又回来了。

　　多么幸福呵，幸福的一群70后伫立在岁月的肩头，欣喜地发现：有一个不再写诗的自己，依然在熟悉的歌声里，邂逅了旧日的容颜。

有多妖娆就有多寂寞

　　妖娆，于女人来说，是一种风情。

　　兰，已经过了五十岁，却喜欢穿大红大绿，就连唇膏也是夺人眼球的鲜红色。她看上去比实际年龄要年轻，皮肤白皙，气质也不错，所以这样的装束套在她身上，并不艳俗，只是觉得妖娆。

显然,艳俗和妖娆是不同的。

今年夏天,兰穿了件肥大的翠绿色长裤,配了件鲜亮的大红色短袖绸衫,一双白色凉鞋细长的高跟,走起路来摇摇摆摆的。有男同事夸她:"兰姐真漂亮啊。"她抿着嘴笑,丝毫不介意他的赞美是真心还是嘲讽。有女同事问她:"是靠什么让自己活得如此滋润的?爱情吗?"

听了这话,兰笑得很好看,她说:"女人活着,是需要气场托着的,没了气场也就没了美好。爱情,当然是女人的气场,但最好的气场还是自己的心思。"

其实兰算不上是一个幸福的女人,三十岁结婚,三十八岁得子,四十五岁丈夫下岗,五十二岁时,孩子刚刚考上大学,而同龄人的孩子大多已走上了工作岗位。每每提及这些,她总是笑着说:"老天的安排,拗不过。"

没有人知道她和丈夫分居多年,看上去,她的婚姻是饱满的,心情是恬淡的。几个贴己女友相聚时,她的笑也是妩媚的。那日,几个女友谈及时下流行的网络情人,她淡淡地说:"干吗要给自己添一份牵挂?难道还嫌自己不够寂寞?"

一语道破天机。

除了寂寞,还有哪个词汇能把兰的心事塞进流淌的时光?

字典里说,寂寞,就是清静、孤独。可是,喧嚣的尘世里,并不是寂寂的女子才寂寞。

华,四十出头的年纪,却喜欢学生打扮,齐眉的刘海儿发式经年不变。这么多年,她的衣服几乎是一天三换,还经常因为和女儿看上同一款服装,令女儿和她怄气。和兰一样,她也喜欢夸张的颜色和搭配。尤其是冬天,她习惯穿白色的羊绒大衣,黑色的围巾,还有白色长靴。刺骨的寒风中,她的炫目,流出无边的诱惑。

和兰不同的是,她有些浮躁有些飘,年过不惑还像个小女生一样叽叽喳喳的,唯恐旁人忘记了她。单位里经常传出她和谁谁要好,因为她不但穿衣打扮招眼,而且在男人面前说话也总是嗲嗲的,浑身透着娇媚。偶尔,有闲人传闲话给她,她先是狠狠地骂一通,然后说:"人无绯闻不富。"

继而,我行我素。

那一年,华的母亲过世,我们几个同事去吊唁,看见了素面朝天的她。风吹浮世,曾经的浓妆艳抹,浸在泪水涟涟里,难掩几许酸涩。她明显地老了,我想,一个女人的老,不是别人看出来的,是自己最早感知到的。

锦瑟无端五十弦,一弦一柱思华年。衰老,是一根针,扎到女人的心,疼了,惆怅了,空落落的。

华的神伤告诉我,有些女子的寂寞就是张扬、招摇面具下无根的虚空。

女人排遣寂寞的方式有很多种,通用的是打扮自己。不能说喜欢打扮的女人都是源于寂寞,但寂寞的女人通常是妖娆的,由内及外。

妖娆,于寂寞而言,是情致里铺排的花朵。

有多妖娆就有多寂寞。

丰

她有着圆圆的腮,姣好的眉眼。花开的年纪,从不食人间烟火的小龙女到温柔善良的小倩,她的一袭白衣总是摄人魂魄的。

她问:"什么东西这么好吃?"

他说:"是糖果。"

她鼓着腮，又甜甜地说："我想吃一辈子。"

他笑："我可没有那么多。"

她依然是风轻云淡的样子："那谁给我糖果我就喜欢谁了。"

这是《倩女幽魂》里的刘亦菲，清清纯纯的，却不单薄。

朋友说，这叫"丰腴"，是女人的一种美。

我不解，丰腴不就是胖嘛，而年方潋滟的刘亦菲显然是骨感的。

朋友说，所以呀，飘飘出尘的衣袂平添了她的丰腴之美，不胖更不瘦，惹人怜。

词典上说，丰腴，是指丰满，丰裕富厚，浓郁醇美，是一种丰盈，是多而好。

这才想起，小时候在乡下看到最多的就是这个看上去清清瘦瘦的"丰"了，什么五谷丰登、丰衣足食。春节的时候，父亲总是用最潇洒的草书把三横一竖描在大红的纸上，然后贴在门框上，玉米垛上。母亲也会用剪子裁出很多个"丰"，贴在明净的玻璃窗上，透着喜气安稳。

家乡的老人还说，丰腴的女子是旺夫的。

开始时我不信，后来认识了一个女孩，胖乎乎的，圆圆的眼睛，俏皮的小嘴儿，一笑两个很深很深的小酒窝。自从她嫁给村上的一个穷小子，那个男人像是一下子长大了，与她一起开了个小卖部。几年光景，生活奔了小康，还给他家添了男丁。她婆婆笑眯眯地逢人便说："一看她就是个生男娃的坯子。"

我知道，老人嘴里的旺夫相其实就是福态。

一个眉眼之间有福态的人，总会让人心生喜悦。

想那当年的美人杨贵妃，为了她，唐玄宗"春宵苦短日高起，从此君王不早朝"了，连大唐的煌煌岁月，浩浩河山，也嫉妒"名花倾国两相欢，常得君王带笑看"的意绵绵情切切。三郎与玉环"骊山语罢清宵半"的好辰光里,尽是丰腴的撩人的沉溺。

喜欢美好的东西。

女子丰腴一些,会少了寡淡,不清冷,不孤傲,亲切,容易接近。好比牡丹,总是富贵的,大气的。好比海棠,总是亲和的,温暖的。而梅,当然也是美的,只是,梅的清秀总会沾染了彻骨的寒凉。还有河边的垂柳,柳自是窈窕的,只是,无数的柳枝从来都是挤在一起,一起随风摇曳才有了韵致。

喜欢演员周迅,她的冷艳背后隐藏的饱满,寻常人家女子比不得,也学不来。她是妖,是精灵,只是,她若是在生活里,没有邻家小妹美。

日子也是丰裕的好。没有人愿意过苦日子,即使是清贫的岁月,一个"丰"字挂在墙上,也是意蕴深厚的。

有人说,相思是瘦的。古人语:衣带渐宽终不悔,为伊消得人憔悴。只是,爱过的人都知道,没有经历过千回百转算不得爱。

爱情,是丰腴清丽的,属于一颗丰盈的内心。简单爱,是缠绵到骨髓纠结到心碎后,招架不住的求饶。爱情,从来不简单。

朋友说的对,丰腴是一种态,一种刚刚好的美态。

越发喜欢了这个"丰"字,看上去简单,却有着庞大的喜悦和美好。

这,多像是小倩的那句淡淡的话:"糖果,我要吃一辈子。"

娘　子

冬天的寒风是有些肃杀的,刮到脸上,生生的疼,吹进骨头,透心地凉。可我,喜欢这样的冬天,喜欢北方的这般生冷,就像心底眷恋着南方的温润。

就在我两手僵硬得几近没有知觉的时候,手机铃声响了。电话的另一端,她轻声柔气地说:"我想你了。"我抬起头,她的声音隔着高空,薄薄的,轻易地就击中了我的柔软。眼底泛潮的瞬间,她又说:"我在离你很近的地方。"

空旷的冬天,我站在拥挤的车站,和她说着彼此的心情,足够温暖,也足够孤单。北风朔骨,口里哈出的热汽包裹着冰凉的手机,带着忧郁的调调儿,款款扑到心里。

我知道她喜欢,喜欢这种心境上的相通与凄清。

听着她的声音,我莫名地想起一个称呼——娘子。是的,娘子,一个古代男子对自己爱人的昵称,带着前世的味道,路过凛然的北方,漫溢着古意。

娘子,温良的女子,是这样吧?!

我和她说起刚刚看过的女子十二乐坊新年音乐会,说起那十二个小女子的才气,也说起,一曲民乐合奏的《我心永恒》悠扬地响彻剧场时,我听到了自己的心跳,惶惶然,侵吞了我久违的悸动。她问:"你相信吗?"我再一次抬起头,路畔梧桐的叶子已经掉光了,枝丫上垒了一个小小的鸟巢,在风中无限孤苦,也无限温暖。

这就是生活,总会有寒冷,也总会有御寒的路径。

我说:"我相信,一直都相信,相信爱情,相信美好。"

想起整场音乐会安静得只有音乐,《高山流水》《春江花月夜》,还有美丽的《茉莉花》,在动人的舞美里流淌的岂止是景致,那是从古至今的心思啊。

回转身,不远处一个女子背着背包,蹲在寒风里,把头深深地埋在膝盖上,一动不动。我走过去,见她身前的地砖上用粉笔写着几个小字:请求 8 元坐车回家,谢谢! 字体很是清秀、干净、单薄,如风中无语的女子。

掏出 8 元钱,放进她的手里,说:"回家吧。"

她头也不抬,低低地说了声"谢谢",继续蹲在原地,一声不吭,把自己交给冬天的风。

儿子说:"妈妈,你又被骗了。"

老父说:"准是遇到难处了,没人愿意这样的。"

我再次走过去,摸了摸她的头发,转身,步入风中的人流。在这个尘世上,每个人都有自己的隐痛,尤其对一个女子而言,被懂得往往比懂得更难。

或许,她只是以这样的方式等待那个疼自己的人儿吧。

风还是冷的,硬硬地要把我的温暖夺了去。把 MP4 耳机塞紧,马修的《布列瑟农》裹带着一股旷凉,冲进我的心里。我分明看见,那列渐行渐远的火车行驶进望不到头的隧道,在逡巡的感伤里与记忆作别。

很冷的冬天,很安静的我,走在时间的路上。

但是,我不冷。

我知道,有一个温良的娘子,袅袅婷婷飞过红尘,在最世俗的日子里与我相遇,我们会意一笑,什么都不说。

我喜欢与自己相似的女子,也相信世上的某个女子与自己相近又相亲,比如,远方的她,女子十二乐坊,抑或,还有蹲在风中默默等待的那个女子。

我把这样的体己,叫娘子,在这样的冬天里。

娘子,不多,但总会有。

有一首歌,让我想念

每次听到这首歌,我总会想念,想念你们,想念与你们一起走过的春秋和冬夏。

最近,赵薇的电影《致青春》特别火,很多人都陷入了对青葱岁月的感念。其实,青春从来都是用来怀念的,就像同学之间的情谊从来都是澄澈的一样。

和一个年长的同事说起这部电影,她说,她更喜欢《青春万岁》。说到此,我们几乎是同时挺直了腰板,昂起头,大声地朗诵:"所有的,所有的日子都来吧,我爱你们。"

多年前的一句经典台词,连同一份灿烂与激情深深地烙印在记忆里,经历了岁月的雕琢,惆怅之外,亦是温暖的。

所有的,所有的日子都如约而至,亲,你们都好吗?

写下这句话,忽然笑了,又忽然眼睛湿热。在我们的青春里,我们还没有这般称呼,没有网络,不崇尚特立独行,很多时候我们都是一样的。一样地在传统教育下长大,固守着单纯的美丽。也一样地在抚养90后的过程中,学着接受这个世界的不断变换。

我们不得不承认,我们都老了,我们很在意地发现,眼角的细纹多起来,尽管有些时候我们装得没心没肺,说:"不同年龄段的女人有着不同的美。"话是如此,可我们越来越怀旧,越来越想念,想念曾经花开的季节,想念那一季的闲愁,温润了稚嫩的花蕊。

其实,我们是幸福的,因为我们拥有了纯粹。

有一日,在一个家庭聚会上,我和几个90后的孩子聊爱情,谈校园小说。花一般的年纪,她们竟然不相信爱情的纯真。琼瑶说过,爱情是一种信仰。的确,世上有很多的事情,只有相信才会遇见。与现在的孩子比起来,那时候的我们是容易相信的,相信美好,相信爱情,相信浪漫,相信在彼此最美的年华里,我们都如花般静静地开着。

林徽因说:"姹紫嫣红的春光固然赏心悦目,却也抵不过四季流转,该开幕时总会开幕，该散场终要散场，但我们的心灵可以栽种一株菩提，四季常青。"

世上有相遇就有分离，我们已经过了多愁善感的年龄，似乎不再会为了一句诗乱了心思。然而，每当我们翻阅那本粉色的毕业纪念册，读着那些已泛黄的字迹，看着有些陌生甚至有些想不起的名字，心头的眷顾还留有那么一点点的青涩。

亲，冷暖交织的红尘陌上，你们还好吧？

当我们各自奔赴天涯，当年轻的身影渐行渐远，海边的细枝末节注定会成为一抹风景。回眸处，一山一水，一朝一夕，都有你们的影子。或许，如今的你我走在大街上已认不出彼此的容颜，那又有什么关系？我们一直都在一段共同的岁月里，一起在那里笑着闹着，不曾离开，也不会离开。

人到中年，我们都经历了很多，也懂得了很多，余下的流年里，无论我们是否相聚，说起某座城市，我们总会记起某个人，说："那里住着我的一个同学。"

言语很淡很轻，经年的味道里是绿萝拂过衣袖，千帆过尽。

好比，此刻，听着范玮琪的《那些花儿》，你们的样子都在我的脑海里愈发清晰，格外亲暖。如果我说，我在一首歌里感伤了，你们不会笑我矫情吧？

笑就笑吧，都是奔5的人了，都这么多年了，谁还不知道谁呀？流水过往，风尘起落，我知道你们懂得，所以也就任自己的想念生根抽芽。

亲，岁月静好，现世安稳，天各一方的你，故事里已经没有我。年华老去，你若安好，我在远方祝福你，你若偶尔想念那些花儿，那么，我的想念也一定会在老地方，等你。

那些暖在心底的冬阳

他说，"拿起你的书放不下了，不只是因为优雅的文字，还有对岁月的感慨……"

他是我事业上的一位兄长，他的话让我忆起十多年前，我刚刚步入新的领域，干得很辛苦。在一次员工大会上，他赞扬我说："在我们这个行当，很少有人像她这样下了夜班白天还接着干。她真的很勤奋，也很出色。"

我清楚地记得，他的语气是那样的真诚，也清楚地记得那天的我站在会议室的一角，略显羞涩地低着头，而自信心却在高高地扬起。那时的自己，感动中丝毫不怀疑他的话，认为自己就是出类拔萃的那一个。而之后的很多年里，自己结识了很多领军人物，才知道自己是多么渺小，才知晓他当年的话里更多的是鼓励。

"对岁月的感慨"，这话，我懂。

岁月是人心的一面镜子，走过的，当时只道是寻常，多年后再回首，多少感慨多少惆怅会因光阴的流转而越发美好。

谢谢他的一句鼓励，促使我一直都在努力，并把职场的坚持解读成一种美丽。

她，就要退休了，在单位负责一小摊工作，每天坐公交车上下班。那日，她拎着大包小包的东西走过我的车，我摇下窗，喊她："姐，上来，我送你。"她说："我们不顺路，太麻烦。"我笑道："你给我打车费就是了。"她上了我的车，很过意不去的样子。一路上，我们说着家事，愉悦又温暖。我问："姐，你还记得在我生孩子的时候你对我家先生说过什么话吗?"她笑着摇头。而我记得,记得她对我的先生说:"坐月子的女人都心娇,而她又在怀孕的时候没了妈妈,你要多体谅多包容她。"我还记得先生把话学给我后,由衷地说:"这个姐姐真好。"

听了我的叙述,她笑了,说:"那么多年了,都过去了,还提它干吗。"她淡淡的口气与平和的神情就像是她如水的生活。原来,善良是人性的一种温软,总是会与一颗心贴合。

谢谢她的一句善良的话,让我温暖许多年,并学会把关爱融进生活的一点一滴。

他的儿子就要结婚了,我对先生说:"咱一家人都去贺喜。"他是先生刚参加工作时的科长,那一年,我和先生正恋爱,总去他们的办公室玩。有一次,先生不在,我坐在办公室一边等一边和他闲聊。他说:"他是个好孩子,就是脾气倔,不太会说话,你们在一起不要因为一句话伤了感情。"后来,我们结婚的时候,他还让嫂子给我们简陋的新房缝制了粉色的窗帘。事隔多年,他的话一直都是温热的,每每见到他,我心底的亲切感就像是见到了自己的兄长。

看着孩子们都已长大,我和他开玩笑说:"要不是您当年的一句话,也许我早不和他过了。"他叼着烟笑起来:"我哪会说什么呀,日子还是你们自己过的。"

谢谢他的一句叮嘱,陪着我们的婚姻走过似水流年,走过平实的幸福。

我很幸运,在人生的路上遇到了很多"贵人",在我迷茫无助的时候,在我伤心彷徨的时候,在我需要有人扶一下、搀一把的时候……他们出现在我的生命里。一句话、一个眼神、一抹微笑,都是可以经得起时光雕刻的温暖。

想起这些人和事,正值一个冬日的午后,隔着玻璃窗,我手捧一杯咖啡坐在阳光里。孩子从外面裹着寒气回来,说:"外面真冷啊,还是家里暖和。"是啊,冬天是寒冷的季节,可是正是因为有冷,我们才会真切地感受到暖。好比这一窗的阳光,在满目苍凉的冬日格外柔软入心。人生也是如此,那些我们生命中的"贵人",仿佛冬阳一直暖在心底,所以,感恩的路上,我们的生活是如此幸福而纯粹。

生如夏花

一日,在花卉市场忽然就看到了它,五颜六色的,格外鲜亮惹眼也分外朴素清新。这不是"死不了"吗?仿若他乡遇故知,我欣喜地蹲下身,内心满是温暖。

"您喜欢半枝莲?来一把吧。"卖花的小妹走过来说。

"啊? 你说这花叫什么? "

"半枝莲。"

"不是叫'死不了'吗? "

听了我的话,小妹笑了:"它的学名叫'半枝莲',咱老百姓习惯叫它'死不了'。因为它好养,有阳光有水就能活。"

那么小的花,却有着那么坚强的品质,呆呆地望着那一簇簇的艳丽,我的欢喜一下子就回到了小时候。小时候的房前屋后开满了半枝莲,我一直以为它是野生的。却原来,它是小家碧玉也是大家闺秀,它的生命本质兼具了儒雅和朴素的风格。

喜欢生命力旺盛的物质,更欣赏内心飞扬的人。

想起月莉,我认识的一个无时不在传递正能量的朋友。她对这个世界充满了爱,收养了很多的流浪猫和流浪狗,还在自家小院里栽种了很多的花草,她的衣食起居都诠释着人之初的良善。最近,她又重拾英语,每天坚持一个小时的阅读。她说:"再不学习就老了。"

在这个物欲时代,再不学习就老了,如此宣言,包含了对生活多少的热爱啊。

还有天使,一个出版界的文友。她的微信内容总会令你若有所思,怦然心动。她说:"大智慧把复杂的东西弄简单,小聪明把简单的东西弄复杂。"她总是鼓励大家耐心些勤奋些,她的字里行间充溢着生命的睿智。

生活,在她们的生命里没有阴天。这样的女子仿若夏天的花朵,芬芳馥郁,总会在不经意间拂动一缕缕香气,悄悄地浸润了身边人的生活。

一直觉得,人活着就要像花朵,像夏天的花朵,努力绽放。而这份绽放无关年龄无关学识,只和内心的温度有关。

我的老父亲也像一朵夏花。他已经是七十多岁的老人,身体康健,性格开朗,对于新生事物依然充满了好奇。每年暑期,他都盼望着我带他出游,去看看外面的世界。旅途中,每当我看着他不知疲倦地赏景和饶有兴致地听讲解时,总会心生感动。只有热爱生活的人才会对大千世界感兴趣。

最近宋丹丹饰演了一位患有癌症的老母亲。生命的最后,她想留给儿女一段录像,她说:"我不想哭,我要笑着和孩子们说话。"于是,她衣着鲜艳,还围了漂亮的围巾。当老友在一旁用电风扇吹动她的洒脱和慈祥,镜头前,她笑靥如花:"孩子们,我走了……"

那一刻,她的容颜正值花样年华,灿烂得动人非凡。

一朵花,一个人,只有你热爱这个世界,这个世界才会爱着你。

一个朋友带孩子坐邮轮去韩国,每到一处,孩子都不下船,勉强下了船,一家人想留个影,他又坚决不肯,甚至捂住脸;一个朋友自孩子上大学后,家里从不开火,她说没有孩子吃,做饭变得没意思;还有一个朋友退休在家,每每出嫁的女儿要回娘家她都拒绝,说是不喜欢热闹……

或许,像夏天的花朵一样生活,是一种知性和开悟。有一些人,身体再年轻,生活再富有,知识再渊博,也不会理解"内心飞扬"是一种生活姿态,更不会懂得一朵其貌不扬的小花朴实的外表下蕴藉的鲜艳和妥帖。

买了一大把半枝莲,回到家栽到土里,在阳光下在我的心中开得风华绝代。

儿子问:"这是什么花?"

我答:"死不了。"

太文艺

我从不认为自己是一个文艺青年。

哪怕是喜欢看话剧、听昆曲,曾经一个人去国家大剧院听《牡丹亭》;哪怕是喜欢行走,去江南、跑塞北,曾经一个人在乌镇小住,还曾背着旅行包挑战西藏的雪域高原。

一直都不觉得自己和文艺沾边,直到有一天,一个朋友以不屑的口气说我:"太文艺。"我半天缓不过神来,想起宋丹丹回忆自己拍《寻找回来的世界》时说,我那时是文艺青年。她笑意里的"文艺"似乎是青涩的,也是羞涩的。

百度一下才知道,在当代,谁要是说你太文艺那是一种贬义,就是说你与实际生活有距离,是非主流,有些酸腐。

其实那天与朋友闲聊时,我只是说,我有两套窗帘,一套绿色的,一套粉色的,夏天挂绿色的清爽,粉色的在冬天给家温暖的感觉。她看了看我,笑着说:"你还是年轻。"啊?我有些不明白。她说:"生活就是实实在在的日子,不必弄得那么繁复,等你年长一些就会明白,简单最是好。"

也许吧,看着她一副看透岁月的样子,我都不敢告诉她,街角有家咖啡馆特怀旧,很适合阴雨天听着音乐想心事。天知道她会怎么看我如此的"矫情"。

临别时,她还不忘叮咛我一句:"别太文艺了。"

记得在韩国坐大巴车,车窗的窗帘都是雅致的小碎花,并很精致地叠在一起盘成花褶,很随意地垂在玻璃的一侧,看上去很有格调,也很舒适。

还记得在法国,到处都是香气袅袅的咖啡馆,很多人坐在街角喝咖啡,风吹过,素色的桌布和桌下的裙裾一起飞扬,撩动着路人也忍不住要坐下来,品一品浪漫的味道。

这些,是不是太文艺? 如果是,文艺有什么不好?

其实最文艺的莫过于我们的祖先,那些唐诗宋词的典故,那些"梁祝""宝黛"的风花雪月,甚至百姓日子深处的一些习俗,无不透着文艺的气息。

所以,我想,太文艺不是不好,是我们太浮躁,静不下心来享受。

无独有偶,最近上映的《观音山》,尽管票房不错,但也遭到了"太文艺"的批评。

因为"太文艺",我去看了这电影。电影院里,我在三个年轻人和一个老女人的故事里体味着人间的孤独。是的,这个片子说的就是孤独。孤独,不是一个人,而是内心的苍凉。当那辆黑色的火车拉着三个年轻人离开观音山,当长长的日影穿越了隧道,当张艾嘉说出那句"孤独,不会是永远的"，我落了泪，想起了曾经读过的那本厚厚的《百年孤独》。

如果说，用文艺的手法更能挖掘人的内在，那么，文艺本身也是刻在骨子里的。

还是那个朋友，和我们一起去唱歌，她必唱《光阴的故事》，唱到动情处，她的眼睛就像是一扇窗，泄露了多愁善感的过往。那一刻的她，太文艺。

或者说，每个人贴近自己的时候都是文艺的。

太文艺，就是能在流水的日子里望见熠熠的光泽，能在尘土飞扬时望见拐角处有一株淡淡的丁香。太文艺，就是将世俗的生活过成红袖添香。

那么，文艺又何妨？

过往是他乡

过往是他乡

阳光,从窗纱的缝隙里挤进来,钻入我的被子,惹得旧年的棉花轻轻地笑起来。我在暖融融的气息里,静静地躺着,感觉到光阴,一点点从我的身体上飘过去。似乎,我只要伸出手,就能抓住它,可我不想。不想。

就这样任它溜走好了。闭着眼,我能看见光阴蹑手蹑脚的样子。

我从来没有像现在这样,想荒废一些时光。

也从来没有像今年这样,想早早地盘点,打烊,归乡。

其实哪一年都是忙碌,都是累着笑着一路小跑,穿过斑驳陆离的日子,身后,是纷繁的光阴。一日,笑着和一位姐姐说:"我越来越少喝酒,也越来越少穿高跟鞋，更越来越少在冬天穿裙子。"她说："和年龄有关。"我笑："是老了呢。"她也笑："是懂得心疼自己了。"细想想，真的是这样，春天，坐着火车去婺源看油菜花，夏天，坐邮轮转乘飞机游韩国，是多么贴合自己入骨的唯美啊。

火车穿过隧道呼啸而过的旷远，是我喜欢的；邮轮的舒适安逸，是我贪恋的；云端的别样风情，是我向往的。记得我在飞机上握住父亲粗糙的手，感受着他第一次飞越云海的忐忑，问："害怕吧？"他用微笑作答，转头望向窗外。窗外，是最纯净的蓝天，最澄澈的云。那一刻，我悄悄对自己说："只要我站得够高够远，就能望见最美的景致和心底最深处的温润。"

相信世上有一种美好，永远存在。如果我不能与之遇见，那是因为我不够好或是缘分没有修够时间。或许我这一生都不会拥有想要的美好，那也没关系，我会像一朵花一叶草，每逢春暖时节，我的期待总会携着清风，缓缓归。

常常想，对于时光而言，其实走过就是拥有。所以，我们也无需遗憾什么，抱怨什么，那些错失的，或许也是时光的给予。正如这一年，我没能如愿完成自己的小说，几次搁笔，难续情缘。我想我是太投入，把爱融入角色时，故事就有了生活的重量。决定不再给自己定计划，哪一天哪一时若想起那个书中的女子，便再动笔，给她一个随缘的结局，也好。

不知道为什么，我喜欢岁末的空气，也清凉，也温暖，可以让我在暖暖的气息里冷静地回望。其实我一直都知道，万丈红尘中，自己终是不能心如止水，所以被动参与的公事中也会有喜悦；我也知道，自己置身的世事里有很多不喜欢的虚空，所以醉酒的午夜一个人坐在月光里感伤；我还知道，人和事都是讲究缘分的，所以承德庙前我并没有燃香，只是闭目定了定心；我更知道，这世上有两个我，一个活在世俗里，一个活在自己的心里，一个精明强干，一个沉静内敛。

是的，这都是我。

镜头拉远。

所有的过往，在回首的刹那已成为他乡，包括曾经的自己。他乡，在远方，与我们遥遥相望。过往，不是故乡，因为我们回不去了。回去的，只有心思和念想。

玻璃上有一层薄薄的雾气，在游走。我知道，那是屋内的暖与窗外的冷不期而遇。

岁月静好。

时光清淡。

我像一个年幼的孩子，贪心地躲在他乡里发了一会儿呆。

盛　夏

盛夏。听雨。

下了一夜的雨。并非我喜欢的纷飞细雨，夜半有滚滚雷声在天际，我仰躺在沙发里，闭着眼，似乎看见有闪电划过窗前。想起小时候，大雨滂沱的季节，叠一枚小小纸船，放进雨洼里，脚下踩着稀泥巴，脸颊的雨水和着童心清澈地流淌。

那时候，经常在田野里疯跑，哪怕是下着大雨且电闪雷鸣。

呵，"那时候"已经很远了，身边的少年也已长大成人。只是，他的小时候多了几分精致和博学，少了一些野性的欢畅。

其实，同一程山水，山有山的情节，水有水的心事，山重水复间，谁也不必懂得谁的流年，就这般，各自安好，便是芳香馥郁。

雨，如此大，想必那一树合欢定是缤纷了落英。拿过枕边的手机，在微博里写下这样的字:一树合欢半巷红粉,惹满城风雨……六月光阴三分醉,乱了方寸……有梦轻吟。

清楚地记得,在那个古老的城,也是雨丝迷离的情境,我站在陌生的街头,像一个恋爱的女子,满心柔情蜜意……回过头看,也不过是喝醉的自己。

很久不喝酒了。年过四十,愈发爱惜自己的身体。一个男人说,人首先爱自己,然后才会爱别人。他是对自己心爱的女孩说的。女孩轻轻一笑,没有怨和恨。锦瑟已转身,丢了花香,清风自是无语。

最近看了很多悲欢离合的电影。在幽暗的灯光里,听着"海上钢琴师"的独白,我再一次碰触到,人心的孤独深如大海。而在《小时代》的浮华里,我不得不承认,物欲一直都是爱的情敌。

多少次,我侧目望向窗外,阳台的青藤总是遮住我的视线,不告诉我光阴几度。

盛夏。有爱的香气。

关于纯粹的爱情,伤过的很少会再相信,没爱过的依然憧憬。庸常的日子里,爱情似乎要经历柴米油盐才会更稳妥。其实纯粹的爱情从来都是在云端,从来都是文艺的,沾染了烟火就不是最初的模样了。只不过,爱情也需要在世俗里活着。

大雨倾盆,似乎来不及记得什么,日子如禅,倚一扇小窗,那有些矫情的柔软梦境,低眉浅笑着,有如案几上的闲书,沉默,却美得惊心。

有走动的声响,睁开眼,我最爱的少年正俯身看我,黑夜里,他的眸子晶亮得如星星。他说:"写累了。"于是,我搂着他的肩,坐在夏夜里。他很懂事,追求梦想的路上,保持着独立而随和的品格,步履坚定而踏实。

他把手机里的一张图片给我看,是一条花香弥漫的小径,在法国。我知道,少年的骨子里有着古老的情怀,如我,一枝一叶都含着生命的饱满。轻柔的光线下,他圆嘟嘟的小脸儿已越发棱角分明,曾经的奶香被遗落在十年前的歌谣里。其实我一点都不担心他的成长,我相信,在城市的森林里,他会拥有属于自己的鸟语花香。

雨,似乎小了些,潮湿渐浓。看不见的温热在悄悄流动,裹带着窗台上的茉莉花香。少年说,听见了鱼儿在吐泡泡。我一笑,自从荷塘的静谧被安置在家的角落,这夜,亦多了灵动和曼妙。

"怎么还不睡?"先生睡眼惺忪地从卧房出来,催促着。并说:"明早给你们磨豆浆。"灯火阑珊的寂静里,他把雨的世界装进平实,不言诗笺。

守静,向暖,安然。

盛夏。风吹雨成花。

草药·长远心

橘色的灯晕里,我捧着书,一页页一行行静静地读,读到心动处,用羽毛笔在其下面画出细细的线。一篇小文读罢,大约五分钟的时间,放下书和笔,转向身边炉灶上的砂锅,轻轻地揭开盖儿,用木筷慢慢地搅动,屋内氤氲的草药气息便更浓了。如此往复中,文字与草药,仿若心念置于文火上,一点点地熬成了一味药。

这味药,沿着心脉,从昨日到明朝,让我"一日看三回,朝朝频顾惜,夜夜不相忘"。

记得在我二十多岁的时候,与一位四十多岁的姐姐同在一个办公室。那时,她总是看着我慨叹:"年轻就是本钱哪。"每每我"愤世嫉俗"的时候,她也总是和善地笑,对于我那么多的"为什么",她也只是说:"莫急,等你到了年纪就懂了。"当时的我当然不会懂,阅历是一味药,可以帮你调理心智,呵护脆弱的华年。

我是学医的,却很少依赖中医。然而此次身体小恙,大大的磨了我的心性,令我不得不委身于草药的温和、中道。我一直知道自己是有些固执的,与草香相伴的日子里,懂得了一些药理,且也放下了自己内心的些许"执着"。

手里的书与佛法相关。当读到"你只相信自己和自己的修行,无论别人如何说,你都坚持己见,这便称为'误以我见为实相'"时,我着实被触动了。人的"我见"是如此根深蒂固,而人的所不知或不能、不懂的东西又实在太多了。

流动的药香里,我想起了自己很多的执着与坚持,比如,职场上的不肯妥协,日子里的某些在乎,其实一直都是太忠于自己内心的感觉,无法以圆融的方式来处理罢了。回想起来,世相错综复杂,很多时候是自己被自己的见解给捆绑了。

夜色中,我凝视着砂锅缝隙里缓缓溢出的白色水蒸气,似乎体味出人生的点点意涵。

看医生、抓药、泡药、文火熬药,熬够了时辰,将苦汁沥出,盛入青瓷小碗内,之后以原药再熬同样的时辰,又沥出一小碗药汁,两碗相合后分成均等的两份,一碗入睡前服用,一碗晨起后喝下。还有那些熬剩的药渣,需浸泡在温水中暖脚……从不知晓到熟稔,连日来,我仿佛是从村庄到山林,山重水复后,终看得柳暗花明。

冬夜里,草药宛如一朵朵野花,以出尘绝美的姿态在我的家里流转着。我想,于我于它都是一种随缘尽分吧。

这时,一个妹妹打电话进来,在得知我亲历的"繁复"之后,她一语道破天机:"这是'逼'你学会慢生活。"摇头苦笑后,遂以她爱的"甄嬛体"回道:"素闻中药苦口,却不懂得苦汁乃山间花草,须得温柔待之。近日私下里想着,若是固有的执念能在一点一滴中消融,不苦不乐的日子便不再遥不可及,如此定是极好的。"

她咯咯笑着挂了电话,做了一个路过的"染香"之人。

关了炉火。先生还在客厅看新闻时事,儿子在书房读外文书,他们似乎也习惯了每个夜晚这般安适地度过。

穿过客厅,走向阳台,草药的香气流经山间的阳光和泉水,漫过温软的角落,邂逅了我的吊兰。想起前几日,吊兰的花枝伸展,拦住我,似乎怨我不曾看见它欲开的花蕾。而我,确是心念烦扰,匆匆摆弄避开。今晚,在轻袅的草药香里,又有花枝拦腰,我俯下身时,竟见枝间小花煞是白嫩可爱。

清美。安好。呆立了很久。

贪恋形成了世间,人活着不可能丢下欢喜,故而,在无常相续之中,拥有一颗"长远心"是何等重要。

我期勉自己:无论疾病还是健康,无论喜悦还是忧烦,无论在山间还是尘世,都努力保持向善向暖,做一个静敛的赏花人吧。

随　喜

已经数九了,这个冬天深了,风更冷,阳光也更明亮温暖。

北方的冬天窝在家里,是最惬意闲适的。尤其是周末的午后,阳光透过玻璃窗会有一层玄色,闪动着日子的光鲜和沉静。

阳台上的花草葱郁一片,绿萝、吊兰、孔雀竹、五彩叶、幸福树,还有那株最爱的茉莉枝,在它们的世界里,阳光一直都在,严寒似乎很远。偶尔,也会有几片黄色的枯叶感应着季节,炫动的光线里枯黄竟也是极其动人的。

或许是因为腊月的生日,始终有一份欢喜留给冬天。曾经以为,欢喜的是那一片片六瓣花的漫天情怀,然而,岁月经年才发现,喜欢冬天,其实是贪恋静好的光阴。

　　我一直以为,春秋是适合走出去的,不单单是春花绿柳金秋流光,惹人醉,仅是那轻轻吹拂的风,掠过云和月,人心便长了翅膀,心在哪里,脚步就会抵达哪里。而夏天,又是热情的,所有的花和叶都盛开着,芳香袭人,即便是很想躲开那份火辣辣,也会忍不住去嗅一嗅大自然的味道。只有冬,北方的冬,有一份让你安顿下来的力量。

　　不用刻意,节气到了,心念会渐渐收敛,就像窗外肆意的凛冽,总会停下来。或者说,逼人的寒冷,其实也只不过是以别样的方式挽留着安逸。

　　当我意识到这一点的时候,这个冬天的时光有如刚刚沏好的卡布基诺,不紧不慢地升腾着,浸染着曼妙的温暖。

　　手中的手套马上就要完工了,与之相配的围巾正偎在沙发一角,散溢着妥帖的心思。这个冬天,翻出旧日私藏的毛线,找出很久不用的竹针,为儿子织围巾和手套。据说,他喜欢的那所大学的冬天很冷。我想,这一款文艺范儿的装扮与大洋彼岸的校园气质会很合。

　　坐在阳光里,手中的毛线柔软温和,仿若牵着他的手走过的朝与夕。手套拆了很多次,总是设计得太小,忘了他的手掌已经大得可以将我的手紧紧攥住。围巾织得很长,他容易胃寒,私下寻思着,缠绕于脖颈的优雅间,还要兼顾更多地遮盖前胸为好。

　　一针一针地慢慢织着,侧耳能听见他翻弄书本的声音,还有缓缓流淌的欧美音乐。正读高三的少年很累,成绩有好有坏,然而他的读书心情却很少糟糕。备战高考,不得不说成绩很重要,陪读的日子里,我也难免唠叨,他却能够以他的方式安慰父母并享受着自己。

享受自己,多么美。

想起在英国的集市,那位当街织披肩的女子,静静地坐在萨克斯音乐中,手里的颜色美若天边的云朵。当我说 30 英镑有些贵的时候,她微微一笑答道,这是我一针一针织出来的。言外之意,念想、手艺、颜色,还有静谧的慢时光,当这些元素被织进一件饰物里,其实已经是很昂贵很值得的了。

曾记得江南的很多古镇,大多会有手工艺品摆卖。在古镇的小巷深处或是临水而居的雕花格窗前,也总会见到三两个小女子手里织着毛活儿聊着天。那份悠然和闲适与古镇的从容相得益彰。而生活在现代都市里的人,适应了快节奏,过惯了“饭来张口衣来伸手”的日子,已经少有闲暇享受自己了。

手边盛放毛线卷的手袋是我二十世纪九十年代的手工,那时还在医院工作,寻来报废的 X 光片和漂亮的山水挂历纸,粘贴得当后挺括、美观,再用毛线编成麻花辫做提绳,拎着走在大街上,入画的岂止是一个手袋一个女子啊?

近日,我又在悄悄制作“旅行的意义”主题相册,当扉页上写下:“远行,是人生的选择……以内心的坚定和随缘的智慧,向最好的自己出发吧……”,那一帧帧尚未泛黄的照片在流年里有了动感。慢慢看,细细品,儿子的十八岁是他的成长,也是我的欢喜,小小的相册是我的祝福,也是他的感念。

我想,儿子会喜欢这本成人礼,他会记得我们一起走过的地方,也会懂得山长水远的路上涌动的是人生的韵律。

佛家有语:“随喜”,说的是物我无间的一种情怀。而这般情致,在我的生活里愈发多起来。那日偶然读到黄庭坚的“花香熏人乱禅定,心情其实过中年”时,不觉轻轻地笑了,却原来人心也是节气,节气到了,就有了自然而然的修为。

这个冬天,阳光古意而鲜妍,我偎在日子里,朴素相安。

烟月不知人事改

阳光暖暖的冬日午后,案几上的手工布艺玫瑰静悄悄地开着,水晶瓶里的青竹一如最初的样子,鲜亮润泽。而窗外的树枝已没有一片叶子,光光的枝丫被阳光投射进来,我的办公室的地面竟仿若一幅画,一幅经过岁月过滤后温暖依然的画面。

近来得闲,经常坐在音乐里失神很久,总是将一杯茶喝到无味,将一段光阴感念到无心。都说岁月如烟,待到走过了一程又一程山水,那些栖息在尘世的百媚千红,把颜色留给光阴,把清芬留给了灵魂。

旧。老。

这些弥漫着光阴味道的字眼,在岁末年初的光线里,像一本书,那些章节里的朴素和简单,还有繁芜,浓淡相宜处,是为生活的深沉笔墨。

云和英与我同窗多载,前几日一起喝茶聊天,说的最多的是人到中年的心境。云结婚后一直与公婆一起生活,几乎是十指不沾阳春水。英的双方父母都在另一个城市,和我一样,一家三口年复一年。与以往不同的是,英不再艳羡云的安逸,云也不再向往英的自由,彼此接受了属于自己的日子。光阴倏然而过,清澈无尘的校园已遥远,几个青春不再的女子感念的眉目间有了几分禅意的随性。

我们都是平凡的人,在不经意的日子里,做着庸常的事。无论你正值年少或暮年,都是岁月长河的一粒沙,都是古老角落里的陈年旧事。

我所在的办公地点是一所日式小院,据说初建于新中国成立初期,现在是市级文物保护单位。因此,除了一些必要的修缮,这里的一砖一瓦一树一花,都是历史的留痕。冬日的暖煦里,我喜欢放一曲《琵琶语》,在流水的经年里仰望窗外的那一棵树。

我想,它一定也在看着我。

春去春回,前因后果,生命是一场灿烂的相遇,也是一段遗落的流光。与一棵树对视的时候,自己也会变成一株植物,摇曳在风尘里,飞扬的是更替的季节。

想起那一首诗歌:"我打江南走过,那等在季节里的容颜如莲花的开落……你的心如小小的寂寞的城,恰若青石的街道向晚……我"达达"的马蹄是美丽的错误,我不是归人,是个过客。"

只是,梦里不知身是客。

眯上眼睛,阳光穿透肌肤,进入骨髓。我忽然笑了。一棵无言的树,我不知晓它的前生,它懂得我的今世,如此一场相逢,看尽春花秋月,亦无须追寻烟火的结局。甚好。

打开右侧的抽屉,翻开老绣日记本,扉页上写着:生活/总有一些小欢喜/或许微小/清清淡淡/若是累积、叠加/将会是一本厚厚的/幸福。

自己写给自己的句子总是贴心的。抚摸着大红的布面和那几支素雅的水仙,还有右上角的"清欢"两个字,指尖浸着日子的质感。感谢那个叫墨的女子,亲手缝制的工艺,玲珑剔透,拂过沧桑变迁,不变的是字里行间的欢颜。

或许有一日,烟云日月划过记忆的河,风烟俱静,我已不记得这泛黄的纸页上的人和事,却会在翻阅的刹那,将欢喜撒入心田。正如此时,我轻挪细步,将自己置入阳光满屋的如画闲逸中。

几许尘香,几许禅境,吾心清远如冬日的旷野。

光阴掠过，每一次行走都是邂逅的静好，每一处青和灰都是不可说的花木扶疏，每一寸光影都留下了不曾老去的容颜。

卷 三

旅行·约定

古镇·旧光阴

说好的,永相约

　　午后的阳光里,坐着乌篷船,撑着流水穿过石桥,划过一家又一家门前,心底深处的温暖在清冷的古镇气息里升腾着。

　　忆江南,最忆是乌镇。

　　当地人说,西塘是小家碧玉,乌镇是大家闺秀。我去过很多的小镇,可以说,每一个与小桥流水人家相系的地方,都是妩媚的。而我,独爱乌镇。爱她的书香,爱她的藏书羊肉,爱她的逢缘双桥,爱她的蓝印花布,更爱她的故事。

　　倚在傍水廊棚的一角,英和文的爱情仿佛前生的因缘,在今世的无望里寂寞着,惆怅着,浮起一层薄凉的光影,照在小镇的青石板路上,照在外乡人的心头,有一种说不清的况味。

只要是爱,就是美的,却不一定是烟火的。依然记得在雨中,文心痛地抚摸着英的脸庞,哽咽在喉,他爱她,却不能在一起,他不甘心,却无能为力。而她,千里迢迢从台北来寻他,却错过了花开。还能怎样?纵然舍不得,也要放手,因为,有些爱,抓不住。

如今的乌镇把《似水年华》的故事作为一个景观,许多人穿梭在文和英一见钟情的旧房子里, 在潮湿的味道里感受着流逝的光阴。看上去,每个人都兴趣盎然,然而我知道,某些故事就像那一扇雕花格窗,少有人懂。而且在这里,你可以喜欢,可以恋旧,却注定一切都带不走,它永远在这个老地方,等你寻过来又寻过去。

茅盾故居、立志书院、古戏台,都是老样子,和我十年前来时没什么两样。千年的古镇,是有灵气的,来来往往的人和事对于它来说,不过是个刹那。

初冬的水乡是冷的,手一直都暖和不过来,静静的河面上,偶有小船经过,远远望去,白墙乌瓦枕河而居,倒映在水中,可以延伸到梦开始的地方。

河对岸的店铺都是敞开着的,大多是当地的手工作坊。离林家铺子不远的一个小店铺门前,一个老人正在手缝一双童鞋,金鱼红,很喜气,鞋面上绣了一个"王"字。蹲下来细看时,忽然想起一个朋友的孩子刚过百天,于是花二十元买下。递过钱去,老人碰到我冰凉的手时,说了一句当地方言,我没听懂,但明白她的意思是担心我穿得太少,我一笑谢过。在水乡,如果不舞动裙裾岂不是辜负了江南的一往情深?

在老人的善意里转身,我拐进一条窄窄长长的巷子里,很慢很慢地走着,小心翼翼地不去触碰斑驳的墙壁,唯恐惊落了陈年往事。我仰起头看天空的云,我静静地闭着眼呼吸,我望向小巷深处发着呆……

那么美。此刻的所有。

走到一扇旧木门前,门环上锈迹斑斑,让我蓦然间想起陈升的歌:"不管你爱与不爱,都是历史的尘埃……我已等待了千年,为何良人不回来……"

古镇,乌镇,无法与爱情脱了干系。

推门而入,原来门内是蓝印花布作坊。并不大的院落里,美丽被定格了。风中,蓝印花布飘起来,洋溢着古朴、纯美和本真。在古镇,与蓝印花布的缘,是一场令你窒息的相遇。

久久地徜徉在蓝与白的海洋里,心头莫名的悸动。记得在《爱你,那么凉那么暖》里,她来到乌镇怀念旧情,意外地发现他竟也曾来过,一个人,住在客栈,吸着烟……

错过了,有疼;感念着,是暖。

曾经有人探究我写小说的缘起。其实,小说在我的生活之外,正如这个南方小镇,它是我一生的牵念,遥远而亲近,无论是春柳暖水还是冬雨寒烟,无论是哪个季节,走在它的小巷里,都有我写也写不完的梦。

我不知道这样解释我的小说是否妥帖,但我知道,无论是人与人还是人与物之间都是一种情分。一年前,忽然就花了眼,医生说,杭白菊清心明目最是好,而最好杭白菊在桐乡。从此,乌镇味道被浸润在白色的小花里,水灵灵的,绽放在我的案头。

我相信,这是一种念想,一种约定。

初冬的乌镇人很少,走着走着,我便和它融在一起了。桨声水影里,一位老人闲坐在窗前,似乎在侧耳倾听旧光阴咿咿呀呀地唱着戏……

多希望,那是多年以后的我。

思溪的烟雨

　　我很喜欢她的名字——思溪。她就像是一个梦样的女子,日复一日倚靠着村畔的溪流,心怀脉脉心事。我相信,遇见她是我的缘,于是,我决定住下来,走近她。

　　思溪的老屋远远望上去,墙壁上被岁月泼了墨,与村边的绿柳、油菜花融在一起,就是一幅醉人的水墨丹青。得山水乐在怀抱,斜斜的烟雨把思溪拥在怀中时,我伫立村外的小桥,隔着几株桃花心生几许迷离。我知道,这是烟雨在魅惑古老的田园。

　　撑着小伞,我静静地看着桥下洗衣的女子。她似乎也喜欢雨,蹲在溪边洗着衣物,口中还在喃喃软语,就那样在雨中淋着,偶尔抬起头看看青色的天空,她并不因为雨而慌张。她的男人外出打工了,她带着孩子生活在村子里,日子恬淡也寂寞。她说,油菜花是很美,但她最大的价值是可以榨油卖钱,过日子。洗完衣物,儿子恰好放学,撑着一把小伞走过小桥,娘儿俩牵着手,走向深幽的街巷。白居易诗曰:"商人重利轻离别",今日的思溪人,依然在衍生着一种相思两处闲愁。

　　思溪有"儒商第一村"的美誉,那些旧居、古屋无不渗透着儒商"诚"、"信"、"义"、"仁"的文化精髓。从古走到今,思溪的风月与繁华尽在青石板路的斑驳与残破。此行路遇一位徐先生,是个生意人。他说,他的企业文化是"尽职尽责做人,尽心尽力做事"。他觉得做人比做事更重要,也更难。蒙蒙烟雨中,他的话浸透清凉的空气,漫溢着人世的沧桑和人性的美。

　　靠近溪流的一幢老屋便是《聊斋》的拍摄地,当地人称其为"鬼屋"。鬼屋的主人是婆媳俩,婆婆已经八十二岁,儿媳妇也年近六十了。据说拍过《聊斋》之后,他家的男丁们先后离世,只留下了两个女人看守老宅。这样的故事听来有些令人脊背发凉,但村民也说,书生与妖精的相遇是命定的,不可逃。老屋的外面种着两株桃花,娇嫩的花蕊缀了雨珠,像是在轻声地哭泣,风吹过,能听见粉红的喘息声。

原来,村民说的是对的,思溪寻不见恐怖和阴凉,这样的情境美得如同剪纸,又如一帧深邃的写意画。想起电影《画皮》中那个楚楚可怜的女妖,她不是存心害人,也不是故意破坏婚姻,她只是情不自禁,她爱得辛苦而凄凉。其实狐媚存在的根本原因是男人骨子里的喜欢,却又往往徒留女子空幽怨。最近,我在构思我的第一部小说《爱你,那么凉那么暖》,故事中三个女人的爱或朴素、或雅致、或激越。她们为爱而生,她们真实而生动,她们在我的笔下有着甜甜的喜悦和生生的疼。湿润的空气中,我想,小说中那个为爱孤注一掷的女子,就叫思溪吧,这也是她的缘啊。

春暖花又开,花开雨又来。思溪的烟雨挂在黛瓦的檐下,湿漉漉的,流出无边的妩媚。沿着悠长的时光,我悄然走过记忆的青石板,在寂寥的村落,嗅着南国的悠绵和隽永。

千年的等待

还没有抵达瓷都景德镇,就有一位老人告诉我,景德镇的瓷器是白如玉、薄如纸、明如镜、声如磬。还说,景德镇的电线杆都是瓷的。

这位老人是我在火车上认识的,七十岁的他领着老伴儿去黄山看松。

我问他:"这么大年纪出门不想家吗?"

他说:"带着媳妇呢,还想什么家?"

我笑着说:"还有孩子啊。"

他也笑:"孩子都长大了,又有了自己的孩子,只有老伴儿是一直陪着自己的那个人,也是越来越离不开的那个人。"

一句话让我感动了好久。年轻的时候我们常常欣赏烟花的爱情,认为一刹那的美丽就是永恒。等到年长之后才会渐渐明白,人生最美丽的爱恋,是经年之后还能牵着你的手,看风景。

景德镇,在我的想象中是干净、透明的。所以,当我感触到它的嘈杂、凌乱,甚至是破落时,我有一种说不清的怅惘。直到我伫立浮梁古城,蓝天白云下的千年史诗如画卷般在我的眼前铺展,我才觉得自己的呼吸是清新的。

浮梁古城保存着全国唯一的五品县衙和宋代红塔,最可贵的是古城里还居住着五百多户村民,因为有人气使得这个地方格外灵秀。这里没有浓重的商业气息,三三两两的游人显得很悠闲。古城里到处都是香樟树,路边随处可见紫荆花和茶花。在一个角落里,我竟然还发现了几株紫玉兰和盛开的樱花。她们是那么轻柔地绽放,又是那样的不动声色。在她们眼里,春天和我一样只是过客。

沿着少人的小径走进村子深处,徽式民宅的侧墙上隐隐约约还能看出写有"自力更生"的标语痕迹,印证着这个小城曾经走过的那段特殊岁月。在这条小巷里,我遇见了一位老人,她端着一盆衣物与我擦肩而过,表情淡然。我猜不透她的心思,却分明感受到了这个宁静的古城赋予她怎样的生活。没走出多远,我又遇见了一位姑娘。她坐在香樟树下,惬意地嗑着瓜子。我走过去主动和她打招呼,羡慕着她的幸福。她眯起眼睛微微笑,那样子仿若走过千年的精灵,美好而迷人。

与她们相遇的刹那,南方的春风熏香了我的衣裙。

祥集弄民宅,我找了很久。这条保存完好的明代巷道,很多人都不知道。窄窄的巷子,很静,虽然它毗邻喧嚣的商业街。古时的砖瓦早已被风化，墙角的青苔散发着江南的气息，令我萌生漫无边际的向往。轻轻触摸锈迹斑斑的门环，流逝的光阴动人心神。想必这里曾住着一位温婉的闺秀，在缤纷的季节聆听着寂寞的箫音。

那一刻，我懂了。原来这个小城是深邃和诗意的。历史走过了千年，尘埃也掩饰不住她独特的魅力。玲珑剔透的瓷，是这个城市的魂，是岁月深处徐徐走来的女子，连同她的情思。

景德镇的瓷，是美丽的。她的美让人爱不释手，也诚惶诚恐。犹如我们手心里捧着的情感，悉心呵护着，却脆弱。我最终没有带回一件瓷器，我想，我是不舍得，不舍得一份绝美沾染薄薄的凉意。

天青色等烟雨，而我在等你。回望时，我最爱的青花瓷正静静地浅笑，仿佛在说，等待了千年，你依然是我如水的思绪。忽然想起火车上的那对老夫妻，他一边为老伴儿泡方便面一边说："你想去哪里我都带你去。"

她说："你去哪儿，我都跟着你。"

春　晓

天公很作美，在我背着行囊出门的时候便飘起了雨花，契合了我氤氲的心境。是啊，在我的渴望里，江南的三月是与远古的爱恋连在一起的。此次，我是赶赴一场心灵的约会，怎能没有这诗意的雨丝？

当黄灿灿的油菜花绚烂地在我的眼前歌唱，我的心放飞了醉人的目光和心思，恰如潺潺流过的一江春水。

我牵着多情的衣角，开始在婺源的春天里行走。

李坑是婺源的小桥流水人家，景致很雅，颇有些乌镇的韵味。只是，她的商业气息过于浓厚，好比周庄一样，纵然美丽却失去了其本身的味道。坑,是小溪的意思,李氏家族围绕小溪而建的村落,故名李坑。穿行在熙熙攘攘的人流中,我有些不知所措,我一时忘记了自己在找寻什么。我仿佛听见千古的吟唱中有了一抹淡淡的忧伤。低头,脚边三只可爱的小狗懒洋洋地晒着太阳,憨态可掬。或许,它们才是这个古村真正的主人。

汪口很幽静,没有如织的人流,古埠头、古街巷、古商宅和古民居押着唐韵,坐落在溪畔的一角,静观着似水流年。悠长的小巷里,老人们坐在自家店铺的门口,做着好吃的清明粿。这种吃食是用一种清明草与糯米糅合在一起蒸制而成,口感软软的,似乎有桂花糕的香味。在古老的小巷边走边吃,光阴也随之慢了下来。

江湾,萧江祠堂很气派,而我,尤其喜欢那条长长的滕家巷,还有滕家老屋斑驳的痕迹。这里的徽派商宅古朴典雅,几乎家家都有关不拢的门,意即未了的心愿。据说,徽商们骨子里还是崇尚读书做官,所以古宅的大门都是错着关的,就是希望有朝一日能够做官,虽然现在是还"没官(关)"。而且,古宅门口的台阶也很有讲究。商宅是一级台阶,普通百姓家是二级,官宅是三级台阶。

"古树高低屋,斜阳远近山,林梢烟似带,村外水如环"是天人合一的自然环境。当我依着千年古樟树绕行,时光忽然倒流了千百年。千百年前,我是这村落的一个女子,住在小巷的深处,每天写诗、作画,还要与我的外婆一起去茶园采茶。外婆说,春天的茶尖儿经了我的手会格外清香。多么旖旎的梦啊,在我今生的笑容里古雅而清秀着。

白墙灰瓦的乡村是真实的,无为的,亦是醉人的。黄昏时分,我终于置身江岭万亩梯田。这是名副其实的"天上人间"。很多摄影人在找寻最佳的角度拍摄美景,而我,也找了一个最佳的视野,坐在湿润的土地上,美美地发呆。金色的田野里,我贪婪地呼吸着阳光的芬芳,身边一个五六岁模样的小女孩甜甜地唱着："甜蜜蜜,你笑得多甜蜜,好像花儿开在春风里……"

袅袅炊烟升起时,我坐在农家的小院里,吃着当地著名的荷包红鲤鱼,品着清泉酒。院落外,一畦油菜花自顾自地萦绕着溪流艳丽而朴素地开着,风过有香。

入夜,我枕着潺潺的溪水声入眠,梦里,小雨将心事托付给清风,飘飞了一季的诗情。世上的缘有些是不可解的,比如,一个北方女子与江南的情缘,穿过岁月,涉过流年,绵长悠远。

笑春风

一夜喜雨,我睡得很沉。梦里,我伏在江南的肩头依依不舍。清晨,小鸟叽叽喳喳地唤醒我的眷恋,拉开窗帘,我发现玻璃蒙上了一层雾水,窗外的空气有些湿冷。收拾好行囊,我准备沿着泥泞的田埂开始从此村到彼村的又一次行走。

古村的清晨,清爽而美好。村口的小摊上炉火正旺,竹屉上的豆腐馅包子热气腾腾地惹人口水。老板说,五毛钱一个。掏出一元硬币,换来两个包子,暖暖地捧在手里,就着微凉的晨风和扑面的雨星,边走边咀嚼着从没吃过的美味。我的胃从来都是娇气的,此刻却是出奇地好。看来,我身上的每一个细胞都是与江南有缘的。

不远处,一位老翁牵着牛,在原野里慢慢地走着。他们被一条缰绳连接,而那根绳子几乎是垂在地上的。我一直以为这样的场景是老人放牛吃草的,这样湿润的晨风里,我却愿意相信是黄牛陪着它的主人在散步。在最美丽的乡村,我不得不相信一草一木都是通人性的。记得夜深人静时收到女友的短信:如果有坏人骚扰,你就妩媚一些,他肯定怕了。

我当即笑出声来，说："如果在漆黑的小巷遇到这样的人，我一定温柔地唤他'公子'，还娇滴滴地说，小女子迷了路，可否借书房一宿？"彼时，夜雨声正紧，笑过后，我痴痴地想，如果女子都是妖，那么，命定的相遇便是淡淡的云烟。

由于夜雨连绵，远处的山峰之间升腾起薄薄的轻雾，仿若仙境般。路边的桃花只有三两枝，笑得很羞涩。路上没有行人，我轻轻地贴近她，与她一起笑，笑得眼睛很小。想起那天在江岭的梯田，我请一位摄影老师为我和油菜花合影，连拍了几张，他都不满意，说："怎么都闭着眼啊？"我拿过相机一看，不好意思起来，是我把眼睛笑小了。婺源的田野里，我始终与花们一起笑着，笑醉了春风。

江南，真的是一个浪漫的地方，山水里蕴藏着无限风情，会让你放不下。"落霞与孤鹜齐飞，秋水共长天一色"，与黄鹤楼、岳阳楼并称江南三大名楼的滕王阁，饱经了千年春花与秋月。匆匆抵达那里，我竟遇见了杜丽娘和柳梦梅的爱情。据说汤显祖首次在滕王阁排演《牡丹亭》，于梦幻之美中淡扫轻描"不到园林，焉知春色如许"的怅惘与怀想。滕王阁的壁画《临川梦》再现了当年的亦真亦幻，久久仰视驻足时，墨迹飘香的古事里自己竟也似游园惊梦。

绳金塔的风铃，是我此行江南的完美句点。香樟树下，微闭双目，风拂过耳畔，越过树梢，轻轻摇动飞檐上的铜铃，七层七音，萦绕心怀。在"双树影回平野暮，百铃声彻大江寒"的意境里，我收到先生和孩子的想念。原来，最美丽的行走就是当你疲累的时候，转过身，有家的温暖在等你。

怀揣一丛又一丛的美丽，我在浪漫的空气里飘飞着温柔的心思。除了沉醉，除了感念，还能怎样？

木渎的早晨

我喜欢水乡的早晨，从容、闲适，似乎繁华与喧嚣从来就不曾存在过。

木渎，是苏州的一个古镇，很小，颇有私家庭园的味道。因为是冬季，因为不是周末，镇上好像只有我一个外乡人。缓慢地穿行在吴侬软语里，我的心也变得温软起来。

远远望去，贴水廊棚错落有致，香溪、胥江二道吴越名水从小桥下潺潺流过，水畔人家的阿嫂正在洗衣。严家花园的几个小导游闲来无事，在门前打起了羽毛球。街角卖烤红薯的母女还没有开张，便自己先吃起来，小女儿甜甜香香的样子在母亲的笑容里越发动人心扉。街边的店铺不管有没有生意，都早早卸下了门板。店里的主人大多是不招揽生意，或坐在屋角看电视，或坐在门槛上织毛衣，或与邻家的店主聊着家常。或许，他们打理的本就不是生意，而是生活。

路过一家桂花云片糕店铺，一对中年夫妇正对坐在面板两侧，一边手工制作桂花糕，一边笑着说着什么，忽然女人扬起手在男人的脸上抹了一下，然后咯咯地笑起来。男人不慌也不忙，更不去擦脸上的面粉，而是继续调侃着什么，惹得女人忍不住地笑。我羡慕地站在一旁，看着水乡人把恬淡的日子过成一种习惯。

木渎古镇虽小，却有着浓郁的历史渊源。这里的三塘老街，百年前康熙、乾隆走过。当年乾隆登岸的御码头，如今是古镇老人晒太阳的悠闲之地。清道光年间，这里还曾出过"榜眼"，他的府第保存完好，是小镇人的骄傲。西施桥两侧，满是拍古装的店铺，那些看上去不像是婚纱，也说不清属于哪个朝代的古装，吸引了很多的小姑娘。她们饶有兴致地试穿着,还画了浓浓的妆。我问:"这是哪朝的古装?"她们说:"西施穿的。"原来,她们都想成为那个水边浣纱的绝色女子。她们不知道,这样的青春年华本身就很曼妙,她们个个都是西施呢。

走到香溪桥,遇见了第一个旅游团。导游大声地介绍说:"传说吴越春秋时,西施住在灵岩山馆娃宫里,每日用香料沐浴,这洗妆水流入山下河水中,满河生香,故得名香溪。"传说总是美的。转头看去,桥上有一对恋人正在旁若无人地玩着翻转皮筋儿的游戏,小女生亲昵地坐在男孩的腿上,呼吸间可以吻到他的脸。忽然,男孩故意拉长了皮筋儿,口中还念着"别松开,别松开啊",终于,"啪"的一声,皮筋儿在男孩一松手后,重重地打在女孩的手上。女孩噘起了嘴,男孩借势将她搂在怀里,轻轻地哄着。这就是爱情啊,有甜腻也有疼痛,甜腻会在彼此的爱惜中滋长,而疼总是打在不肯松手的那个人的心上。悠远的香溪边,二千五百年前的吴宫花草正流溢着爱情的芳香。

小镇上的人渐渐多起来,转身,我拐进一条叫"书弄"的小巷,沿着窄窄长长的古道悠然地走着。显然,这里不是旅游区,没有商铺,只有人家。一米见宽的巷子深处,一根竹竿搭在自家和对门的屋檐上,便晾起了被子和衣服。楼上的阿公和楼下的阿婆有一搭没一搭地说着话,丝毫不介意邻人听见。冬天的小巷少见青苔,也没有落叶,各家门前都很洁净。在一座挂满枯败藤蔓的人家门口,一位看上去很老的阿婆,披着宝石蓝的披肩,戴着老花镜,蜷坐在藤椅里,看报纸。那样子极其认真,也相当舒适。

我很想和她说说话,却始终没敢打扰她的清静。就这样远远地,站在阳光里,看着她。然后,微笑着离开。我想,多年后的自己若能如她一般美丽优雅,该是怎样的幸福。

明月寺的钟声敲响的时候,我带上地道的松子枣泥麻饼和草编的手工小玩意儿，告别了木渎。回望处，正午的阳光已漫上来，古镇的早晨悄无声息地隐匿进一个外乡人的梦里。

在雨中，我遇见你

江南的雨，自是诗意的。坐着人力三轮车穿过绍兴的古街小巷，缠绵悱恻的江南小雨便又平添了一份浓郁的人文气息。

在雨中，我遇见了文字。

不必说百草园里光滑的石井栏、高大的皂荚树，不必说三味书屋里蒙了灰尘的小小的"早"字，也不必说头戴小毡帽、颈上套一个明晃晃银项圈，有一张紫色圆脸的少年闰土，更不必说当年的戏台前还在摇啊摇的乌篷船，单是咸亨酒店里粉板上的那一行"孔乙己欠十九个钱"，便令人无法不在回想中对鲁迅的文字心生敬意。

雨，一直在下。我坐在咸亨酒店的长条板凳上，一碟茴香豆，一盘臭豆腐，一碗绍兴黄酒。店里的阿嫂告诉我，绍兴的黄酒有两个名字，一个是状元红，一个是女儿红。在绍兴，谁家有小孩出生，便会埋一坛黄酒于院落的地下，待到十八年后，孩子成人的时候才取出来。不同的是，当年生的男孩这酒就是状元红，是女孩自然就叫女儿红了。

我端起粗瓷花碗，品了一口，味道没有酒的辛辣，却有一丝丝甜。撰了一粒茴香豆，想起鲁迅笔下那个酸腐文人的"多乎哉？不多也"，不禁哑然失笑。或许，文化之乡的魅力就在于一街一景皆是文章。就说眼前的这盘金黄色的豆腐吧，外酥里嫩，清淡奇鲜，而且它有个很好听的名字：千里飘香。

呵呵，香气缭绕的绍兴小城在雨雾里蛊惑了我的江南梦。

撑着小伞，走上古桥，雨丝淅淅沥沥地落进绿色的流水，一串串的水花,芬芳四溢。水畔人家的窗是敞开的,黑色的雕花格窗里两个女人在聊天,手里还在织着毛活儿。远远地望过去,她们闲散地聊着,淡淡地织着,时而一起仰起头,望着灰蒙蒙的天,像是在遥望着什么,也在期盼着什么……

就那样静静地站在雨里,看窗中的风景,心思恬淡。微笑着想起自己已经很久不织东西了,最近的一次好像是怀孕那年织给孩子的,如今孩子已是十五岁的少年。偶尔手痒,也会拿过女友的活计在指间穿梭一种心情,只是,再没有更多的时间编织一件温暖牌的毛衣。

我知道,一件手工毛衣,对于女人来说已经远远超出了编织的本身。就像笔下的文字,无论是鲁迅,还是一位普通的作者,写出的便是被赋予了鲜活灵性的。

青石板小巷湿漉漉的,走了很久很久以后,我推开了沈园的门。雨中的沈园,雅致清幽,在这里,我遇见了爱情。

他和她两情相悦,却无奈分离。离别后,再一次相遇,就在"满城春色宫墙柳"的时节,望见她"春如旧,人空瘦,泪痕红浥鲛绡透",他不禁慨叹"一怀愁绪,几年离索。错、错、错。"

晓风干,泪痕残,当一切都成为过往,怎能不"雨送黄昏花易落"呀。她说:"怕人询问,咽泪妆欢,瞒、瞒、瞒。"

这两首著名的《钗头凤》刻在花木扶疏的曲径幽深处。墙上的绿苔将这一段前尘往事浸染得越发斑驳。

他就是著名诗人陆游,她是他一生心疼的唐婉。

倚着身后的荷,廊下的风铃和着雨声萧瑟,我想象着陆游晚年多次到沈园,追忆曾经的情怨,写下了无数的眷顾诗篇。心,温暖而酸涩。

都说人生不可能只爱一次,但我想,总有一次是最美好的。

而文字中的爱情,会美到极致。

雨,没有停下的意思。无数的乌篷船泊在岸边,听雨。在水一方的戏台上,一个女子在唱越剧。我看不清她的容颜,然而,她婉转的唱腔和窈窕的身姿,在水乡的氤氲里,有一种入骨的寂寥。看得出,她丝毫不在乎是否有人听,也不在乎雨丝飘飞到她的水袖上。

她只管唱,在雨中,一个人。

世上有一种相遇就是这样的,相顾无言,心生牵念。

我与绍兴,与江南,与文字,就是。

已足够。

我知道你会来

在大理,爱情就是金花与阿鹏哥。

无论是在大理古城,还是在洱海,在崇圣寺三塔,你都会听到白族人亲切地称呼女游客"金花"。这个民族崇尚白色,崇尚孝顺,所以被唤作"金花"的女子一定是美丽温良的好姑娘。

生于二十世纪六七十年代的人都会记得老电影《五朵金花》,记得蝴蝶泉边的爱情。如今,在蝴蝶泉边依然有五位白族姑娘坐在蝴蝶树下绣花。她们的服饰、笑容和歌声,总会让人对这个民族的生存状态心生羡慕。

清风徐来,蝴蝶树有如一个妖娆的女子在细语。其实,蝴蝶树就是毛合欢树,每年四五月份花盛开时,阳光下的花朵仿若翩翩起舞的蝴蝶,暮色四合,她又会悄悄收拢花瓣,羞涩地散溢着独有的香气。月光下,总会有蝴蝶被芬芳袭心,盘旋缠绕,不肯离去。

我想,在这样的地方有着这样的树开着这样的花,不能不说万物的灵犀是相通的。这就是尘世的爱情啊,我为你翩跹,你为我姗姗而来。

蝴蝶,一定是爱过的。

"一水绕苍山,苍山抱古城",说的就是初建于南诏国的大理古城,已有1200年的历史。这个小城的沧桑与斑驳不是一间间房舍,也不是一条条花巷,而是远远望去,城墙上郭沫若书写的"大理"两个字在古树掩映下,分外有隔世的恍然。

曾记得金庸小说笔下的大理国国王段誉的情深义重,曾记得《西游记》剧组在这里拍下了最清澈的篇章——女儿国。

据说,那个"女儿国国王"与她的御弟哥哥一见倾心,怎奈他已有家室,于是,她痴痴地守,一个人,就像她扮演的那个角色一样,忧伤地看着他远走,一直未嫁。

不知道这样的传闻是否属实,只知道,这样的风花雪月发生在花香弥漫的大理,仿如古城中穿街绕巷的清冽泉水,叮叮咚咚,悦耳人心,更是与大理最著名的风花雪月四景:下关风、上关花、苍山雪、洱海月如出一脉。

爱,碧波荡漾时怎知千山万水的愁苦。

值得欣慰的是,白族人至今保留着"绕三灵"的传统。每到这个节日,白族人会穿上盛装来到蝴蝶泉边,与相爱不能相守的旧人约会,哪怕是那个旧人已经不在了,哪怕是已然白发苍苍。

一个白族小妹告诉我,她的祖母每到这个节日都会把自己打扮得很美。我相信。

爱着的人总是美的,经年的爱更是。

记得《西游记》中,唐僧三人取得真经返唐,在云端,八戒对师傅说:"那不是女儿国吗?"唐僧无语,双手合十。

如果说爱是一种慈悲,那么,金花与阿鹏哥的故事就是蓝天白云下的一种温婉与惆怅。君不见蝴蝶泉边的倒影里,岁岁年年,时光已远?

月色的清辉里,有没有一只蝴蝶飞累了,依然不厌不倦不归? 有没有一朵金花等到自己的心上人后喜极而泣:"阿鹏哥,我知道你会来。"

如果有,再多的苦涩与孤独也都是甜蜜的。

大理的爱情,就是这样的吧。

去丽江,柔软一下

在丽江,不住下来不能算是来过。

丽江和很多江南古镇的不同之处,不仅仅是其独有的纳西民族风情,还在于古镇浓郁的商业气息不会让你感觉浮躁,反而会使你在琳琅满目的工艺里爱上这里的生动。

在历史留下的茶马古道上,那些精致的小店,要么叫"西街往事",要么叫"丽江故事",还有那"雪月风花",无不令你在驻足的瞬间心思温软。

如果你想淘一件美丽的银饰,那么,在货真价实的老店,你要谨慎讲价,讲不好店主会不卖给你。纳西人直来直去的性格认为,你和他讲价就是说他的货品不值。他刚刚还在客气地称呼你"胖金妹",一转身,又会很霸道地沉下黝黑的脸。

披肩,是丽江一道流动的风景,几乎没有女人会抗拒这种美的诱惑。在这里,将摩梭风情披在肩头,慢慢地在石板路上踱步,你就会是一个穿越了时光的妖娆女子。不必担心披肩过于艳俗,也不必拘谨于如此装束会遇上异样的目光,小桥流水一隅,只有那些匆匆过客才会与这个慵懒的古镇格格不入。

说它慵懒,是因为这里的光阴似乎只是用来发呆的。

在一家木刻店,我正欣赏着东巴文化的韵味,耳畔忽然传来一个熟

悉的音律："滴答滴答滴答滴答,时光不停在转动,滴答滴答滴答滴答,
小雨拍打着水花……"

隔壁是一家几平方米的小店,没有名字,只是在墙上贴了"淘碟"两
个字。走进去,瘫在藤椅里的女子双目微闭,深陷在自我的世界中,并
不理会我的到来。静静地置身在她的小屋,我忽然忆起唱歌的女子叫
侃侃,据说曾经是丽江酒吧的当红歌手,她的原创音乐很暗合丽江的
气质。

终是不忍打扰那个女子的清梦,悄悄折身出来,明丽的阳光下竟飘
起了雨丝。抬起头,暖暖的太阳雨柔柔的,滴落在脸颊,伸出手刚要接住
却又忽而不见。

在丽江,你总会有恍惚的一刻,哪怕是小小的一个刹那,心头也会
浮出一些记得一些忘不了。

那些生命中的印记在你并不知晓的时候,已然尾随至丽江,何不柔
软一下?

找一处被流年磨光了的石桥,寻一条斑驳的小巷,选一家临水的酒
吧,把自己放进绵柔的心事里,想个够吧。不要说自己没有故事,也不要
说看透世态炎凉,你没见清澈的溪水正流过你的心房,有几尾红鲤鱼摆
动着你的年华?

在丽江,每个人都可以宠一下自己。

华灯初上,玉龙雪山隐进白云深处,红灯笼挂上树梢屋瓦,丽江最
动人的妩媚翩翩而来。尤其是傍水的酒吧里传来老歌的苍凉,一些经年
的味道便越发浓了。

喜欢丽江,因为它不是让你忘记和逃避的,而是任你梳理并渐渐回
暖的。

就像那个侃侃女子所唱的:"整理好心情再出发……还会有人把

你牵挂。"风中摇曳的红灯笼与心灵私语的时候,你会对自己说:"该回去了。"

是啊,丽江的秋天叶子没有落,花还在开。秋天的丽江有一点点凉,却不孤寂。

如梦令·倾城

香远益清

素未谋面的苏州,在我的想象中,是一位古时深宅的闺秀。当我真的伫立于她的街头,雾气霭霭的古城依然披着面纱,与我若即若离,然而,我却闻到了心底的香。

苏州的冬天也是冷的,却保持着骨子里的清秀与温婉。清早,拙政园的游人很少,本就幽深的庭院显得愈发贴心。拙政园是苏州园林的经典,穿越了五百年的风尘,亭榭楼台,一草一木,依然疏朗隽秀。最喜那取意《爱莲说》的远香堂,古典又时尚,玲珑剔透,听说当年中国还没有玻璃,如今镶玻璃之处当年皆是用上好的丝绸——绢丝装饰。安坐于堂内,荷风拂面,桂花飘香,白玉兰婀娜多姿,想来好不风雅。这个冬天,我错过了一年一度的杜鹃花节和荷花节,却欣喜地逢见蜡梅花正依墙而开,还有厅堂内羞答答的水仙,在清冷的空气里,香气弥漫。

拙政园里的楼阁都有着诗意的名字,比如,待霜亭,怎一个"待"字了得,又加上"霜"的冷意,古人的寂寞格外惊心。"与谁同坐轩",这样的意境让我呆住了,浮尘一世,知音难觅,唯有这水阁下的绿漪绕过了前世与今生啊。

依水而居的苏州城是有灵气和诗韵的。走出拙政园,我直奔姑苏城外寒山寺,寺内的许愿树上挂满了善男信女的心事。一个小妹问我:"你是江南哪里人?"我笑答:"北方人。"她说:"你的头发好柔顺,你更像是这里的人呢。"我笑着不再说话。寺院的墙上写着:每个人都是菩萨,而我是凡夫。一座古庙,一首《枫桥夜泊》,一颗谦卑的女儿心,意在清远。寒山寺并不大,我静静地凭栏一隅,悠扬而苍老的钟声里,依然能够体味到诗人张继的"月落乌啼霜满天,江枫渔火对愁眠"的意境。据说每年的除夕夜,很多海内外游子都会来寒山寺聆听夜半钟声,祈福一年无忧无愁。

走出寒山寺时,见到这样的话:"带着满心的自在,回归滚滚红尘,其实你什么也带不走,因为那是你自性的本来。"是啊,古时的客船已远,一腔愁绪,依稀有痕,人间许多事,几多轮回与辗转。

有人说,相思之曲美在渔歌。水畔的大红灯笼高高亮起后,山塘书院的评弹便开始了。小三弦与琵琶托着才子佳人的故事,牵着风花雪月传唱了千年。"西宫夜静百花香,欲卷珠帘春恨长……",贵妃的幽怨直唱得"云烟烟烟云笼帘房,月朦朦朦月色昏黄"。窗外,七里山塘老街也卸掉了白日的喧哗,静看一轮明月亭亭玉立在水中央,任由温软的评弹拽住衣袖,走进古时的相思。

苏州是一个充满了感情色彩的城市。如果说古典园林的"锦"倾注的是古人的独具匠心，那么"家家闺阁架绣棚，妇姑人人习巧针"的苏绣则是一个个江南女子细腻心思的流露，还有评弹的韵致与风情，令你心动至无语。

不单这些，那一天，我漫步充满烟火气的菜市场，买了草莓、沙甜橘和板栗饼，每一个摊主都很热情，对我这样一个有着明显北方口音的外乡人，丝毫没有拒人之感。当我站在市场的过道上，要了一小碗豆花，美美地一边吃一边与摊主聊天时，她温和地说："好吃吧？好吃要记得再来的啦。"我说："再来苏州一定会再吃你的豆花。"她笑着，一点都不怀疑这种可能性，让我萌生感动。

人在苏州住，不思桃花源。站在酒店的二十六楼窗前，大运河的水闪着熠熠银波，三三两两的船只好像一片片娴静的枫叶，脉脉情怀，静静地流淌着，从古到今。其实，从古到今，时光也只不过是打了一个盹儿。

苏州，在水一方。清风徐来，我的梦遗落在她的身旁。

淡若烟雨是嘉兴

提到嘉兴，人们首先想到的自然是南湖。南湖是浙江三大名湖之一，因位于嘉兴城南而得名。1921年，中国共产党第一次代表大会在南湖的一艘画舫上闭幕，宣告中国共产党成立。自此，南湖成为革命圣地，那条开会的船被称为"红船"。

初冬季节，我来到嘉兴，那一天，阳光晴好，没有杨万里笔下"烟雨漠漠雨疏疏"的景致，然而，南湖湖畔的柔柳依然婀娜，缓缓亲吻着静静的湖水，仿佛是春天里的温情约会。

红船泊在岸边,静默如时光。尽管如今的红船是仿制品,当你伫立在万福桥旁,面对一艘江南小船承载的历史时,内心的激越会拂过岁月的尘埃,在远走的年代里燃烧。其实,无论是一个政党还是一个人,走过风雨之后,慨叹的不仅仅是回首时的一幕幕,还有未来将要行走的路。

未来,有阳光,有彩虹,也还会有风有雨。

人们怀着敬仰的心情纷纷与红船合影,似乎站在那里,就是一种信念一种执着的认可,也是对美好愿景的期待。

南湖最有名气的是红船,但它的历史还要追溯到更远。资料说,史书在三国时期就有对南湖秀丽风景的记载,历代许多文化名人都曾慕名前来,吟咏佳句无数。或许,最著名的要数"乾隆六下江南八登烟雨楼,先后赋诗二十余首"之说了。记得在承德避暑山庄,亦有一座烟雨楼,便是乾隆喜爱至极,在北国仿建的水乡情怀。

湖心岛上,烟雨楼仿若一个端庄的江南女子,临水而居,深情款款。唐朝杜牧有诗曰:"南朝四百八十寺,多少楼台烟雨中。"烟雨楼台,玲珑有致,错过了花木扶疏的时节,沿回廊曲径拾级而上,凭栏远眺,院落中那两棵金灿灿的银杏树,那一抹风中摇曳的红枫,依然会令我怦然心动。

游南湖,登烟雨楼,已是心旷神怡,午后时分走在干净古朴的月河古街上,轻轻踩着石板路,在原木门板、雕花格窗、屋瓦白墙中寻觅小桥流水人家的古韵,更是一件幸福的事。最令我开心的是,在这样的一条古街上,邂逅了一家主题书屋,名曰"一杯时光"。推开那扇门,我几乎呆住:午后的阳光照进来,朴素、时尚、简约的设计风格,连同摆放错落有致的书本一起漫溢着浓郁的文艺气息,由不得你不驻足。

从书架上随手取一本书,都是与文学有关,与清雅有关,浮躁的文字在这里没有落脚的地方。坐下来,要一杯咖啡,店员端过来,整个小屋立即充溢着咖啡豆的香气。他说："刚刚为您磨好的,所以很香。"见我喜书,他又说："我们有一个读书角,都是读者推荐的书。"于是要了地址,准备寄几本文字过去。这样的宁静安然之所,本是文字的栖息之地。

书屋里人很少,静静地坐了一会儿,选了几张原创的明信片,以纪念在嘉兴的这一段午后时光。

有人说,嘉兴是一个藏在粽子香里的幸福小城。这话不无道理。在嘉兴市,随处可见中华老字号"五芳斋"的店铺。据说五芳斋一天要生产150万只粽子,而且都是纯手工包裹的,包粽子所需的米和叶子也是"特供"的,所以才会有"糯而不烂、肥而不腻、肉嫩味香、咸甜适中"的口碑。离开时,买了大大的一兜子,有排骨的、鲜肉的、栗子的、蛋黄的、豆沙的、枣泥的。各种味道的粽子馅儿就像是嘉兴人的生活,有滋有味,鲜香四溢。

烟雨、五芳斋、一杯时光,是我对嘉兴的印象。如果说旅行的意义就是寻找,那么,在嘉兴,我寻到了一缕静好:淡若烟雨,斋藏五芳,在初冬的时光里。

渡　口

前往普陀山是要乘船的。

周一的早晨,摆渡的口岸边早早地排起了长龙。问过才知道,转天是观音菩萨的得道日,很多善男信女会在前一天上山,并夜宿普陀山,等待次日子时与寺内的方丈一起跪拜着登临最高峰——佛顶山,开始一天的礼佛朝圣。

身边的小周说,他的母亲也会在黄昏时分上山。为此,他推了晚上的应酬,要全程陪着。我夸他孝顺,他笑着说:"老人就是家里的活菩萨。"

潮湿的海风中，走近"人间第一清静境"，燥热的心渐渐有了丝丝清凉。

普济寺里人头攒动，香火缭绕，静坐在古树下，听身边的导游说起当年乾隆下江南的故事，不由人心思柔软：几乎所有的佛教名山都烙印着历代帝王亲佛的渊源。或许，佛与每一个人都是有缘的。在宁波，更是。

来普陀山之前刚刚去过奉化溪口，那里是蒋介石的故乡，是一个建置千余年的山乡古镇。小镇风光秀美，尤其是街道两旁葱郁的广玉兰树，依傍着一脉剡溪，清净浅洌，悠远绵长。当地的老百姓说，小镇背靠的雪窦山是弥勒佛的道场。

走出普济寺，穿过一片紫竹林，在清风徐徐的小径上慢慢地走着，耳畔梵音袅袅，潮声阵阵，一片海天佛国的盛景。迎面走来几位僧人，身披袈裟，步履轻盈。几张看上去颇年轻的脸，仿若普陀的晴空，给人以清澈和温暖。

我并不是一心向佛的信徒，走进普陀山，更多在意的是佛光禅意。在深山幽寺，人的心神会远离纷扰，遇见一些深邃的时光。

忘不了蒋氏故居里有两棵桂树，一棵是金桂，一棵是银桂。两棵都是宋美龄亲手种植。她说，金桂是毛福梅，银桂是自己。身为蒋介石的原配夫人，毛福梅一直居住在溪口镇的宅院里。每每蒋介石回老家，离了婚的女人还是会给他做他爱吃的千层饼。而洋气十足的宋美龄，也深知奉化溪口是毛福梅的"道场"，很是尊敬这位姐姐，甘为银桂。而且，从妙高台到千丈岩瀑布，从雪窦寺到文昌阁，心性高傲的宋美龄挽着蒋介石徜徉在陶渊明笔下的桃花源，尽是温柔与妖娆的微笑。

抛开民国历史的政治云烟，他们的幸福身影告诉我，每个人的生活都有渡口,只是,渡过自己的河靠的是自己。

席慕蓉有诗:"渡口旁找不到一朵可以相送的花,就把祝福别在襟上吧。"

是啊,山水不语总有情,即使明日又隔天涯,华年从此停顿,祝福,会陪你去向彼岸。

拜别佛韵悠长的普陀山时,渡口旁依然是人来人往。

我对小周说:"我一定会再找个充裕的时间,夜宿普陀,听潮。"想象着在海水的浸润下披一身皎洁的月光,澎湃的涛声会多了一份清宁。

在宁波的老外滩,枝繁叶茂的香樟树旁有这样一句话:"如果幸福不在路口,那一定在路的尽头。"我想,普陀山的山路上一定有幸福在等待,等待一颗心放下繁杂,去追寻自己内心的宁静与纯粹。

该来的人和事,一直都在你必经的渡口。

有缘,就会遇到。

湖光潋滟梦刚好

好一片湖光山色啊。

从上海到千岛湖,恍如穿越了时空,让人一下子从现实步入了仙境。

"轻舟白帆飘欲仙,三千西子舞翩跹",那些千姿百态的岛屿倒影在浓绿无边的意境里,怎能不叫人百转千回?怎能不唤回我最纯美的情怀。

房东是一个腼腆的男人,不爱说话。在车站接到我们,也只是一笑,算是打过招呼。沿着湖边小路,转过几个弯,便到了他的家——湾坑村。说是一个村,其实只有几户人家,房屋依山而建,房前就是一池的碧绿和满山的葱翠。

放下行李,我才发现手机没了信号,见我有些不安的样子,房东笑着指了指院子里的车,看过去,刚刚带我们进山的汽车的车身上有一行小字:走进世外桃源,享受隐居生活。

与先生相视一笑,趁房东做饭的空隙,我们牵着手走到村头的小溪边,脱了鞋,坐在光滑的石头上,把脚放进流动的溪水里,一股喜悦便从脚底升腾到内心最温暖的地方。梳起长发,盘成马尾,捧一掬清凉撩向汗津津的脸,有一点点甜挂在了嘴边。

先生笑着说:"瞧你,像个村姑。"

我也笑,我本就是一个村姑,只是在城里生活得太久,很是想念原野的味道。

正说笑着,一个小姑娘光着脚跑到溪边,看到我们似是一愣,随即弯下腰翻弄起溪水里的石头。我凑过去问:"你在干吗?"她抬起头,忽闪着一双明亮的清水眼,怯怯地说:"捉螃蟹。"然后,掉头跑开了。

山里的孩子没有城里的孩子见多识广,却拥有令所有城里人羡慕的自由自在。生活总是有那么多的非此即彼,让贪心的人们在缺憾中感悟人生。

回到住处,院子里的木桌上已经摆上了饭菜,房东说:"先冲个凉吧,还有个鱼头马上就好。"

浴室并不大,没有窗帘,窗外是群山,山腰上是一片密匝匝的绿竹。山风吹过来,吻过竹叶,吻过湖水,吻过我的肌肤……忽然觉得自己很奢侈,在湖景房里用山泉洗澡,真的是再幸福不过的事情了。

一家人坐在院子里,抬起头,星星已经挂在天边。桌上的千岛湖有机鱼肉嫩汤鲜,清炒的野菜色泽鲜亮。如此曼妙的夜晚,儿子美美地说:"明天我要睡到自然醒。"房东笑着说:"早上的鸟叫声会很吵的。"

果然,山里的早晨来得早。枕着溪水,美梦也就是打了一个盹儿,鸟儿就在树梢间唱歌了。推开窗,一层薄雾在山间缭绕,有水声叮叮咚咚地流过开满黄色小花的丝瓜秧,房东正一个人坐在院门口的石碾上,望天。

互相问"早"后,我们便闲聊起家常。

他告诉我,他的老婆在杭州工作,去年儿子也转学到了那里,可是自己不喜欢城市。他习惯睁开眼就能看见山,转过弯就能见到湖,听不到鸟叫声,闻不见草香,他就会浑身不舒服。于是,他留下来,和老母亲一起开了农家旅馆。

他真的是一个懂得幸福的人。

别过房东,我们一家人乘游船穿梭在水天一色的清绝光阴里,我说:"千岛湖是一处福地,走进它就拥有了闲适与美好。"

一旁的儿子说:"我还是喜欢上海的现代气息。"

我笑了,他还小,不懂得万物的轮回与回归。其实,人性最终还是要贴合本真的。我想,经年之后,他会懂得梦开始的地方才是美。

山温水润尽妖娆

早晨 5:30 分抵达这个小城时,它还没有完全醒来。路两旁清一色的梧桐树,其粗壮的树干托举着七扭八歪的枝条懒洋洋地伸展着腰肢。这和我在法国看到的修剪整齐的梧桐完全不同。如此的恣意婀娜让我忽地想到了一个字:"妖"。

是的,梧桐枝条的舒展有一种天然的妖娆,在这个千年古城静谧的春光里。

在镇江,最著名的"妖"自然是白娘子和青蛇了。《白蛇传》中的水漫金山寺的故事就发生在这里。放下行囊,我便来到京口三山之一的金山，走过清康熙皇帝亲笔题写的"江天禅寺"庙门，步入大雄宝殿，正赶上一位慈眉善目的老师傅在主持一场水陆法会。于是，双手合十，微闭双目，在阵阵晨钟与诵经声中，静默。

头上，是释迦牟尼、阿弥陀佛和药师佛在淡看着尘世，身旁是芸芸众生祈祷的虔诚，寺外的小导游还在讲解着白娘子与法海和尚的斗法。我的眼睛一热，蓦然了悟，其实爱情就是一种禅，一种慈悲，而法海和尚就是他们爱情的劫数。试想，哪一段相遇没有孽障呢？不管这孽障以怎样的方式存在，都是爱的一部分，不可分的一部分。

据说前些年，在镇江的某一处先后发现了两条蛇，而且是一条白一条青。现在这两条蛇就供养在金山上的博物馆里。走到门前，忽然想起白素贞的那句唱："妻本是峨眉山上一蛇仙……"心头一软，掉头走开。如若真是白娘子显灵，那么，她的痴情与寂寞怎堪光阴的流转？

镇江，古为润州，东汉末年，孙权从苏州迁到镇江建都，古人以"天下第一江山"来形容镇江山水之气势。又一个早晨，我在北固山的江畔凭栏远眺，江水拍打声入耳，仿若历史的潮音滚滚而来。回眸处，甘露寺的灰瓦白墙掩映在苍翠之中，庭院深深。当年，孙权想用妹妹做诱饵谋害刘备，不想孙尚香却爱上了刘皇叔，成就了一段《龙凤呈祥》的佳话。"舞榭歌台，风流总被雨打风吹去……"，早春的清冽里，一段阴错阳差的爱情泛着历史的流光。

前往焦山需要乘轮渡，在上山的渡口，便是定慧寺，一方静雅的佛地。正午的阳光里，寺院里几乎没有游人，大殿里的僧人在诵念，我坐在古老的银杏树下，听前世今生的故事。一个看上去眉毛已花白的老师傅，身穿黄色袈裟在殿外踱着步。柔软的光阴里，我们互不相扰，享受着这份难得的"清缘"。

一望无边的红尘中，到底需要怎样的一颗慧心？离开时，我与老师傅相视一笑，他依旧踱着步，从这棵银杏树到那棵银杏树，从此生到彼岸……

镇江，千年古韵散溢着历史豪气，美丽传说演绎着动人的温情，而街头小巷的流香——锅盖面，会让你口舌生津、心生喜欢。就是这样一碗面的由来也有关夫妻的恩爱呢。在镇江，随处可见卖锅盖面的小吃店。我去过西津渡古街的锅盖面品鉴馆，也去过长长弄巷里的老作坊。无论你坐在古香古色的楼阁里，还是街头的小板凳上，"面锅里煮锅盖"的做法都会让你惊奇。煮沸的大锅里漂着小锅盖，水蒸气漫溢，但面条不会沸出来，而且杉木锅盖独有的木香使得面条筋道味浓，格外入口。如果再配上一小碟香嫩不腻的肴肉，那么，你绝对会相信，白娘子贪恋的红尘，一定是包含了江南浓郁的生活香。

坐 2 路公交车去火车站时，遇到一位老者，他说，金山上的白龙洞直通杭州的苏堤。相隔千里的杭州与镇江被融进了一个神话故事里，不能说这不是爱情的传奇。推开窗，风吹进来，我望见流年碎影散落在镇江的山水里，温润、闲散、妖娆。

是天然。

有个女子叫琼花

有些心事，说不得，甚至是想不得的。一进江南，我便期望着与一场雨相遇，江南之行没有雨总是缺了一点点味道的。

就在一个温软的午后，雨来了，隔着窗，喝着咖啡敲着字，我被一种细润的气息罩住了。我想，我是越发贪恋了这江南，这扬州，这一场风花雪月的相遇啊。

怎能不贪恋？那美丽入骨的瘦西湖，仿若一个窈窕的女子，袅袅婷婷,摇曳着春色,迷惑了每一个过客。一个清秀的"瘦"字像极了无端的爱情,莫名其妙,一下子就入了心,惶惶然,喜悦而惆怅。在千古有名的二十四桥,一个女孩站在人来人往中,笑眯眯地望着不远处那个笨拙的男孩,他正在熙攘中摆放一个相架,不慌不忙地把相机放在架子上,从镜头里看着自己心爱的女孩。就那样望着,不远不近,似乎是怨他凝视得太久,女孩娇嗔地走过来打他的头。他笑着解释:"人太多,镜头不好对焦嘛。"呵呵,如此诗情画意,爱情岂能不撒娇?"二十四桥明月夜,玉人何处教吹箫",我知道,摩肩接踵的人流中,她就是他眼里的那个玉人,只有她。

烟花三月,瘦西湖里花团锦簇,牡丹、芍药、绣球花、樱花、郁金香,而我独喜欢琼花,白色蝴蝶一样的小花,不张扬,却极尽风情。"东方万木竞纷华,天下无双独此花",只有她是属于扬州的。蹁跹的心情前,我请一位先生为我与琼花合影,他愉快地向我建议:"看着花照吧。"为春剪影的刹那,陌生也变成了和善。

烟,柳絮也。"乱花渐欲迷人眼"的春图里,白飘飘的柳絮最是亲近的,无论是年少的,年长的,人们伸出手,去触碰心中的牵念,那飞扬的心思,该是何等的温煦?

"天下三分明月夜,二分无赖是扬州",怎能不贪恋?何园里片石山房的那一方"水中月镜中花"的意境,让一座私家园林有了禅的深邃。花木错落的楼廊里,三位老人在听扬剧,悠扬婉转的词调,我听不懂,只听得戏里的小女子嗲声嗲气地唤着"李郎",听到时,我侧目望见厅堂里的剪纸灯笼上的"福"和"囍"红红的,分外缠绵悱恻。

喜欢个园的名字是因为竹子的叶子形状像"个"字而来,颇有一缕书香暗藏的清幽。坐在竹林的石凳上,风穿过竹叶沙沙作响,好像在述说着这座深宅大院人家的陈年旧事。走在斑驳的青石小巷中,廊檐上的青藤与古老的灰瓦相偎相依着，又美好又寂寞。

隔着窗听雨，春光暗流转。我发现，自己不可救药地被扬州的古典和香艳所蛊惑。东关街小店里的古瓷片挂链、老字号"谢馥春"的香粉，还有那些满眼的"春"和"香"，什么富春、冶春、共和春，什么天香、聚香、菜根香，名字里掩不住古运河畔的妩媚。还有，夕阳下大明寺的钟声，引得古今多少文人墨客在这一方温柔乡里挥毫泼墨啊。

还有，还有我所在的这个咖啡馆，叫"水天堂"，如此美，怎能不贪恋？

琼花初落疏疏雨，柳枝轻摇淡淡风。就要离开绿柳扶疏的扬州城了，我坐着三轮车，穿过窄窄长长的巷子，任由时光交错，把我拉回民国、晚清，甚至更远。我知晓，百年前的光阴里，曾有个女子一袭旗袍，走下三轮车，叩响门环，推开厚重的木门，在一株苍绿的树下，喝着散淡的茶……

她叫琼花。

冤　家

有多少种欣赏方式就会有多少道风景。所以，这世上才会有那么多的美丽相遇。

六月的西湖，映日荷花别样红。黏稠的风中，我被一种甜腻腻的荷香包裹着。断桥边，无数的情侣在漫步，年老的，年少的，南来北往的男男女女伫立风中，是在倾听白娘子与许仙的传说吗？

她爱他，他是她的风景，他是她命里的冤家。即使是他变了心，不念旧情，令她痛断心肠，她还是悲戚戚地唱："青妹慢举龙泉剑……"

有爱就会有伤害，没有疼痛的爱情算不得爱。断桥，一个断字，真真的道尽了爱的意味。

故事中,她被镇压在雷峰塔下,除非雷峰塔倒,西湖水干;他剃度成僧,只因"雷峰塔百步之内,非出家人不得擅入",他要陪着她,每日扫塔,风雨无阻。

这样的一份孽缘,不是冤家是什么?

老人常说,不是冤家不聚头。想那红尘中的缘分,都是上苍安排好的吧?记得有一次,女友和爱人吵架后,她哭着对我说:"他就是老天派来和我作对的。"

还有那天上掉下来的林妹妹,与宝玉爱了一场,欢心自是有的,可更多的是眼泪,最终连同心事与诗稿俱焚,喊了一句:"宝玉,你好……"便质本洁来还洁去了。

是"你好狠"吗?

细想想,哪一段爱情不是"好狠"呢?让你在莫名地欢喜之后,无端地受伤。

夏日的杭州有些慵懒,我坐在西子湖畔的长椅上,看百年的法桐与细腻的垂柳,沉溺在接天莲叶无穷碧的风情里。

身边一个女孩问男孩:"你说,是先有的白娘子还是先有的断桥?"

男孩说:"应该是先有断桥,不然,他们怎么相遇?"

女孩说:"不对,没有白娘子就不会有断桥。"

我笑了,或许爱情从来都是这样的,它一直都在,但只有你遇见时才会相信。

听朋友说,陈升曾经举办过一场音乐会,提前一年售票,只卖情侣票。一年后,很多爱情已不在,竟空了很多位子。朋友说,演唱会的名字就是"你是否依然爱我?"

都说爱情不会苍老,但它只停留在老地方。每每回忆起那个地方那段时间,心依然是温热的,就足够好了。

不是吗?爱情的天长地久不是朝朝暮暮,而是需要用一辈子去忘记。

走过白堤与苏堤,才知道为什么西湖会有"你妻不是凡间女,妻本峨眉一蛇仙……"的缠绵与纠结,才知道款款西湖水是杭州温润妖娆的情人,是一生一世的厮守。

低下头,摸了摸颈上的挂链,一块细致的青花瓷,绘了一朵优雅的莲,下方缀了三个小小的银色的铃儿。走得快了,铃儿会发出叮当的声响,令我心生喜悦。

在清雅的西湖边,在幽怨的断桥旁,我似乎是有意放慢了脚步,可是,我分明又听见了铃声。听见时,我望见有一家咖啡馆叫"寒烟",我想起经过杭州的一个地名叫"留下",我望见满池的夏荷牵念无限。

"清远深美。"

吐出这四个字的一刹,我呆住了。

原来,杭州是我的冤家,我命里的喜欢是西湖,是断桥,是那一片小小的青花。

如果说每次来江南都是我的一次恋爱,那么,江南忆,最忆有杭州。

我愿意相信,人生会恋爱很多次就像一个人会喜欢很多个地方,但是,总有一个地方是魂牵梦萦的,就像总有一段感情是最美好的。

杭州,就是一个为爱书写传奇的地方。

厦门,厦门

一

华灯初上,我回到鹭岛。是的,是回到。

我清楚地记得这个城市扑鼻的花香,记得鼓浪屿上古意的老街和木碗,记得我在电话亭动情地对他说,真不想走啊。他在那一边哈着气说,家里下雪了。

又是一年风雪又是一年花开,十几年后,我牵着他的手回到厦门。他说,感觉不错。我笑道,这是一个可以让浪漫时光慢慢游走的地方。

晚风中,我大口地品嚼着"阿妹薄饼",亲切如昨,恍如回到从前。

二

还没有睡醒,就听到了汽笛声,微笑着起床,换上裙装,我要去拜访我的老友——鼓浪屿。

二十分钟的轮渡,我便贴近了这个干净、纯粹、诗意的小岛。椰树在微风中向我张开了怀抱,海水与沙滩正在温柔缱绻,美丽的三角梅探出了栅栏,娇嫩的爆竹花在阳光里歌唱,还有老房子斑驳的墙上绕过光阴的青藤,都似我心有灵犀的旧友,让我与之相视的一刹那欣喜至极,感伤至极。

不看地图,不问路,一个人静静地走,在这个没有车马行迹的地方。

小巷幽深而寂寥,和着一栋又一栋古建筑里长长的故事,海的味道咸咸的,黏黏的。走了很长很长的路,也没遇上人,凉凉的空气里,我能听见自己前世的心思依附在老榕树的树影里,一曲一折地向今生的梦里延伸。我无力抗拒,只得由着心绪跌跌撞撞。据说这里随便遇上一棵大榕树都会是百岁老人,它们的枝蔓在清幽的院落吹起洞箫,丝丝缕缕地述说着无人知晓的沧桑。

走过皓月园,"思君寝不寐,皓月透素帷"的诗句穿越了郑成功威武的雕像,在历史的寂静中回响。在毓园,我看到医学专家林巧稚的话:"我一闲下来就会感到寂寞、孤单;我喜欢晴朗的天和晴朗天空下的生活。"把这两句话抄在小本子上,仿如把心事和日子折叠在一起。转了几个弯,终于立于林语堂故居前,锈迹斑斑的门环,破落的窗棂掩映在枝节盘绕的古木中，无语。雕栏还在，主人已逝，一部《京华烟云》流转了时光啊。

蓦然，我听到了歌声，一个男人苍凉的吟唱。循声望去，一棵古老的榕树下，一个男人自弹自唱着："早晨的花园里盛开了两朵蔷薇，送一朵给亲爱的母亲，另一朵想送给亲爱的姑娘，却还不知道她是谁。"走过去，买了他的唱片，为了多情的鼓浪屿。

"叶氏麻糍"还在街角的转弯处，还是沙甜沙甜的记忆。海蛎煎第一次吃，鲜香的海味，蘸着醋料，别有一番滋味在舌翼。就这样，一边逛一边吃着特色美食，不觉已是午后时光。远远的，看到一个阿婆担着水果过来，一边是翠绿色的青枣，一边是粉红色的莲雾，煞是诱人。尤其是那莲雾，淡淡的，仿若它的名字，清雅得很，轻轻咬上一口，汁液满口，有些涩，有些甜，给人以似曾相识的美感。

再一次被这个小岛的风情所折服。

脚都走累了，心情还不肯收。榕树下，紫砂壶、铁观音，我就着阵阵涛声慢慢地消磨着时光。茶铺的阿伯说："人生虽然很短，泡茶也是要得的，而且品茶的时候心是静的，这很好。"我重重地点头表示赞同他的观点。没有人能够留住时光，珍惜眼前，不单单是努力工作努力生活，还要懂得浪费掉一些时光，所谓有舍才有得。

我确信，鼓浪屿是一个浪漫到极致的地方，适合恋人相拥，适合朋友相携，更适合一个人发呆。这不，几杯茶入口，天公竟飘起了雨。我问："这个季节多雨吗？"阿伯笑："我们闽南人比喻冬季的雨是贵如茶油哦。"

静静地坐在榕树下，心思散淡，雨丝在脸上飘来拂去，与我一起享受着人生的不期而遇。十分钟后，雨停了，小岛开始弥漫着湿漉漉的香气……

三

又一个早晨,我拉着他又上了鼓浪屿。

这一次,没有走太多的路,沿着窄窄长长的小巷,拜访了榕树老人,问候了美丽的三角梅,寻了一处幽深的院落,要了卡布基诺咖啡,与他慢慢品着,轻轻说着。不经意间,谁家的钢琴声爬过古墙,漫溢着琴岛特有的从容、优雅和书卷气。想起刚刚和一个阿婆聊起林语堂故居,她淡淡地说:"那老屋太破落了,其实我家也是世代书香嘞。"是啊,只有世世代代固守住拒绝喧嚣的矜持,琴岛,才会在袅袅书香里妩媚生姿,风情依旧。

在厦门的几天里,我一直充溢着感恩,对能拥有如此幸福而闲适的光阴。所以,当来到南普陀寺,先生帮我请了香,递到我手里时,从不燃香的我没有拒绝。双手合十,低眉闭目,身边的人声渐渐远去,我只听见鸟声、风声和心跳声温柔地缠绕交织,瞬间,眼里有一股湿热在悄悄涌起,心中一遍遍默念着:安好! 安好!

步出南普陀的时候才知道,弘一法师曾在这里居住多年,怪不得佛香里流淌着《送别》的气息:"长亭外,古道边,芳草碧连天,问君此去几时还,来时莫徘徊。"

我想,美丽的离别都应是为了下一次的再聚吧。临行前,我和先生坐在厦门街边的小摊上,美滋滋地品尝独一家特色小吃——乌糖沙茶面。浓香的味道里,我们笑着,笑着和这个城市依依作别。

是时,晓风拂面香尽来,夕阳山外山。

椰风徐来天之涯

清晨出门赶飞机时,北方的雪花零落了一地。踏雪的一瞬,曼妙的心情有如天使的翅膀翩翩飞舞。清冷的空气里，我无法想象南国的风景。而在几小时后的美兰机场，我竟看到了一个大爷当众脱掉保暖裤换上夏装的"暖"镜头。那场景，令人忍俊不禁。

或许，这就是海南的别具一格吧。

其实，海南是没有景点的。这样说，是因为只要你踏上海南岛的土地，天之涯海之角的一草一木，都会是你心头的欣喜。

海边的城市大抵相同，但这个小岛海岸边的椰子树成就了它的别样风情。清风徐来，浪花咯咯笑着袭上岸，追逐着椰树下恋人们的爱情。白色的沙滩细软温和，用手轻轻捧起，闭上眼睛，风吹过耳边，你能听见一些故事，故事中的悲欢离合浸入椰奶的香气，没有凉薄，留在心底的都是暖。

无论是在天涯海角，还是亚龙湾的小木屋，爱情，是这里最美的主题。她是一个人来的，走在双双对对的情侣中间，曾经的记忆浮在脑海，忍不住泪湿。他说，分手吧，不爱了。她不甘，说如果是我不好我改。他摇头，坚决不妥协。看到海岸边大大的礁石上刻着"天涯"两个字，她终于明白，不爱了就是爱到尽头。刺目的阳光下，礁石上那一道大大的裂缝触痛了她的心。是啊，分手了就不能做朋友，因为曾经伤害过，分手了也不能做仇人，因为彼此相爱过。

她，也是一个人来的，戴着耳机在沙滩上与浪花嬉戏着。他打来电话问，在哪里？她说，天之涯。他问，与你贴心地流浪，好不好？她笑着在沙滩上写下了"带我走吧"。今年他们就要完婚了，他说，我会让你幸福的。她相信。只是，她心底有些恐婚，她怕进了围城爱就不见了。

南山寺的缓坡上种着大片的菩提树，看透，顿空，似是一种生活的悟念。离异的她匍匐在观音的脚下，往事纵是清透，心潮湿润也只是寂寂而已。而热恋的她，他的微笑却是她永远的魔。在南山寺吃素斋时，她想起他的晴朗笑容,说,这素斋的味道里有他喜欢的香。另一个女子听了,无语。

在海南岛,邂逅了这样的两个80后女子。如花的年龄,难免在幸福与哀愁中徘徊。我问她们,听过《请到天涯海角来》这首歌吗?她们摇头。

于是,我迎着椰风轻轻哼唱着:

"请到天涯海角来/这里四季春常在/海南岛上春风暖/好花让你喜心怀;

请到天涯海角来/这里瓜果遍地栽/百种水果百样甜/随你甜到千里外。"

"旋律真美。"她们说。

我笑了:"请你们喝椰子汁吧。"捧着又大又圆的椰子,我们在沙滩上说笑着。每一个女子都在海潮中听到了心音,都在暖暖的流光里回眸一笑。

有人说,难过了,不要告诉别人,因为别人不在乎。如果你来到海南岛,你会发现,这里的椰风是你的知己,很多人很多事都经不起岛上的花香与果甜。沐浴在小岛的椰风中,你会情不自禁地越发热爱生活,生活中的烦恼都会是天边的云朵,淡淡远去。

海南岛是一个适合倾听的地方。每一个故事走到了天涯海角,爱都会被浸染了禅意。在小岛上,幸福与快乐,就是鲜艳欲滴的水果,就是白色的沙滩蓝色的海,一直在原地等待你的青睐……

海南岛是一个适合自由行的地方。一顶草帽,一双拖鞋,一身艳丽的岛服,会让你的脚步和心思一起慢下来,不慌不忙地牵着时光的手散步。

离开小岛的时候,我在阳光下拍下了自己的影子。我知道,椰风拂过,裙裾和长发一起飞扬时,是我生命中又一段美丽的行走时光。

北方·向暖

冰城的夏天

在上个世纪八十年代,几乎没有人不知道,有一座与太阳有关的城市,叫哈尔滨。这样说,是因为在那个年代,流行一首歌——《太阳岛上》。

"明媚的夏日里天空多么晴朗,美丽的太阳岛多么令人神往……幸福的热望在心头燃烧,甜蜜的喜悦挂在眉梢……我们来到了太阳岛上……"

当我带着父亲和孩子伫立在松花江畔,清凉的江风中,父亲念叨了一句:"唱歌的郑绪岚也老了。"谁说不是呢?光阴流转总是无声无息,我

180

们生命中那些或轻或重的印记，飘远了，也一直都在。

记得那一年好像是 1988 年暑假，也可能是 1989 年吧，我与春红一起回家，她的家。我们坐的是绿皮火车，没有座位，站着的人很多，站累了，抬起脚活动活动再放下，会发现那个小小的地方被占用了。即便是如此艰苦，快乐和开心一路陪伴着两颗年少的心。很多年过去了，一些景致都变得模糊，但我始终忘不了她的哥哥来接站，热情地带我们坐汽艇"飞越"松花江来到太阳岛上，更忘不了她的母亲笑眯眯地端来两盆热水，满是疼爱地让我们泡那双已经肿胀的脚。

太阳、温软，这座城市在我的心里，一直都是暖的。

有人说，太阳岛上的那块太阳石是太上老君炼制丹药遗落在人间的一粒仙丹，也有人说，岛上的天鹅湖是最美妙的风景，当然，还有水阁云天、太阳瀑，尽管都是人工景观，但游人的好心情并不会因此而减弱。就像歌中所描述的："带着垂钓的鱼竿，带着露营的篷帐，幸福的花儿多么美好。"

在这里，无论你心中是否有故事，这个被风吹过的夏天都是舒适而甜美的。

哈尔滨是黑龙江一方土地上的冰城，有着浓郁的大东北风情。无论是在东北虎林园的惊叹惊叫，还是坐在满屋贴着大红花墙纸的火炕上怀旧，无论是吃大铁锅炖鱼、东北大拉皮，还是酱骨头、东北饺子，你都会在一片淳朴的腔调里感受到黑土地的豪迈。若是再喝上一杯哈尔滨啤酒，丝丝的沁凉漫上心头，冰城的夏天会让你不舍得离开。

东方小莫斯科，是哈尔滨的又一雅号。这里的一草一木，在历史的烟尘中沾染了苏联的味道。红星路、红军路，斯大林公园，还有俄式哈尔滨红肠、秋林·格瓦斯发酵饮料，甚至是中央大街上马迭尔宾馆旁的酸奶冰棍儿，都会让你在"大楂子粥"的味道之外，体味到一种异域风情。

二十多年前，我第一次见到春红的姐姐，她的长发烫着大弯儿，还焗染了金黄色，格外"洋气"。如今中央大街上的姑娘们，更是"乱花渐欲迷人眼"。我们去逛的那个下午，街道两旁挂着五颜六色的纸片，起初以为是广告，看过才知道，是征婚。每张小纸片上都有姑娘或小伙儿的基本情况和择偶条件，还有联系方式。当看到几个俄罗斯年轻人也在喜滋滋地翻阅时，我忍俊不禁。

我想，开放、包容，造就了这座城市"土"与"洋"的完美契合。

走近圣·索菲亚教堂时，细柔的阳光缓缓投射下来，轻抚着这座远东地区最大的东正教堂。这里，没有礼拜活动，已是哈尔滨建筑艺术馆。清风中，鸽子和游人都在慢悠悠地闲庭信步，使得这座典型拜占庭式建筑愈发充溢着迷人的色彩。步入教堂，触摸斑驳的墙和那些被镜头定格的黑白照片，时光，有如一位伟大的雕刻师，留痕处，饱满入心。

其实，在时光的隧道里，每个人都是过客，渺小的过客。

坐在斯大林公园的长椅上，黄昏中的哈尔滨涌动着一份闲适和散淡。老人在下棋，孩子在玩水，艺人在吹萨克斯，身边有一个中年姐姐戴着耳机，不慌不忙地吃着一包膨化食品。

我笑着对父亲说："冰城的人们真会享受生活。"儿子边看手机边说："咱家今天是 37 度。"

我们都笑了，在这个燥热的夏天，冰城就像是一个特立独行者，与众不同。不忍辜负了这份惬意与清爽，索性闭上眼睛，在松花江畔，做一个悠然的过客吧。

且听风吟不须归

旅行，不是行万里路，是在另一个时空里遇见久违的自己。

出了哈尔滨,一路向北,我感觉自己就像是一只小鸟,浑身洋溢着飞翔的欢畅。从窗户望出去,天很蓝,云很白,是那种令我们都惊呆了的蓝和白。

"快看啊,快看。"

"看见了看见了,真是好。"

最初,我们彼此招呼着,雀跃着,渐渐的,我们安静下来,完全被一幅田园油画所淹没。云很低,一朵一朵,纯白得犹如不食人间烟火的仙子。一望无垠的原野上,绿油油的庄稼又是那般的烟火气。白、蓝、绿,还有远山淡淡的青,一起装入一个旅行者的背包,云淡风轻是再简单不过的因果。

一路向北,云一直在,在树梢,在头顶,伸出手时,在指尖。

我们的目的地是伊春——"地球上一块大自然意义上的祖母绿"。大自然的恩赐,使得伊春被赋予了"祖国林都"、"红松故乡"、"恐龙家园"等美誉,是一座"城在林中、林在城中"的森林城市,曾是辽金时代的故地,也就是满族先人的故乡。伊春,是满语的译音,是"衣料毛皮"的意思。

原始森林,红松、白桦林、落叶松,树,还是树,都是树。林海茫茫,绿野仙踪,美丽的小兴安岭。在五营森林公园,在汤旺河石林,森林就是一个大浴场,无论是在林中木制栈道散步,还是倚靠在七百多年的古树上遐思,或是坐着电瓶车环园观光兜风,沐浴在天然大氧吧里,呼与吸,是最惬意的享受。据说,这里的红松是地球上较为古老的家族,堪称"第三纪森林",是欧亚大陆北温带最古老、最丰富、最多样的森林生态系统。徜徉其中,所有的景致都不是孤立的,浑然一体,是其最质朴的底蕴。

仰起头,高而直的红松已入云端,闭上眼,听见风像一首明媚的歌曲。那一刻,城市已被远隔在山的另一边,某些执迷与匆忙,被风带向很远的地方抑或是深埋。

如果说,林海会让你忘却,那么,奇特的火山岩形成的石海则会是一种记忆。公元 1719—1721 年,火山爆发堵塞了当年的河道,形成了五个互相连通的熔岩堰塞湖,所以,这里有个地方叫五大连池。除此之外,它还分布着 14 座火山体,素有"火山博物馆"之称。进入老黑山的时候,天阴着,当那片独特而壮观的火山岩石海呈现眼前时,我们无法想象当年火山喷发的一刹,更不敢想象喷发之后死一般的沉寂。很长很长一段时光里,这里没有生物,如今,依势而生的火山杨伫立在黑黝黝的石海中,是生命的奇迹。登上火山口,风大得几乎站不住,又逢阵雨,我们手拉着手,且听风吟,雨丝打湿了头发,笑声却朗朗。

极目远眺,300 年前的故事以静默的姿态诉说着……

与老黑山不同,火烧山仿若是沙漠里的绿洲,清丽而温婉。来到火烧山的山脚下,天已放晴,藏起来的云朵复出后都笑眯眯地,挂在不远处,倒映在水中,颇有"回首向来萧瑟处,也无风雨也无晴"的心境。晴好的天空下,黑色的火山岩不再沉重,与白云、蓝天、绿水融在一起,该过去的终会过去,世间万物,谁也走不出离别与相聚的循环往复。

林海,石海,似乎还不是对大自然完美的诠释,当我们驱车赶到镜泊湖的时候,水的汪洋令人啧啧惊叹。当地人说,今年雨水大,所以吊水楼瀑布愈发壮观。瀑布的水呈锈色,多是绕枯死的树桩和败叶冲刷而成。镜泊湖惹人注目的地方,不仅仅因为它是中国最大高山堰塞湖,还因为这里的一项吉尼斯世界纪录——瀑布跳水第一人。当那个叫狄焕然的老者纵身一跃,飞瀑直下时,周围的尖叫声证实了这是一个勇敢者的游戏。

镜泊,意为"清平如镜"。住下后我发现,镜泊湖的"清静"不是坐游船环湖,不是徐徐漫步在湖畔,而是在夜雨后的清晨,推开阳台的落地门,站在阳光里,望着青山远黛,耳畔是瀑布流水经过窗下的潺潺声。

想来,静谧是人最本真的需求吧,几日里,在黑龙江的土地上若风般自由穿行,竟达两千三百多公里。不问世事,只追着雾气环绕树梢,随着流水叮咚哼唱,只望着小雨在稻田的上方环成一片白色的缎带,只痴痴地想象云和天的爱情。

有时候,我是风,寻见了自己在山峦叠翠的深处,有一份安然守望。有时候,风不是我,我在追逐它的路上,深情满怀。

不须归。听风的日子,被风吹起的自己,贪恋在山林。

信天游

极目远眺,昔日的黄土高坡已是一片葱郁,导游说,这是老区人的幸福。

我倒是以为,陕北老乡最美的幸福莫过于"不管是西北风还是东南风,都是我的歌我的歌"的信天游状态。在上个世纪七八十年代,陕北民歌几乎是唱遍了大江南北,所以,在陕北是一路回忆一路歌。

到陕北,不能不看壶口瀑布。壶口瀑布,号称"黄河奇观",是黄河上唯一的黄色大瀑布,也是中国的第二大瀑布。唐代诗人李白曾经这样写道:"黄河之水天上来,奔流到海不复回。"当你真正听到了黄河的奔腾呼啸,仿若战马嘶鸣,亲眼看到黄河跃入深潭,沸腾翻滚得有如狼烟四起,一团团水雾烟云中,你会有一种彻骨的震撼,让你情不自禁地和身边的人大声合唱:"风在吼,马在叫,黄河在咆哮。"

一位贵州的朋友说,黄果树瀑布也很壮观,但和黄河岸边的感受不一样。

是的,因为这里是母亲河,是中华民族的精魂。

看罢壶口瀑布的气吞山河,再到天下第一陵——黄帝陵,每一个炎黄子孙的心情会愈发敬仰和肃穆。轩辕庙里的黄帝手植柏距今已经五千年,依然郁郁葱葱,在香火缭绕的情境中透着一种空灵之气。走出轩辕庙,沿着石阶前往黄帝陵的衣冠冢,两侧苍松翠柏层层密密,走到"文武百官到此下马"处,轻吸一口气,这里便不再是清新的原始森林,而是炎黄子孙祭祖的地方。

导游说,每年的清明,都会有很多的游子到此寻根。

在陕北,有"三黄一圣"之说,黄河、黄帝陵,还有黄土高坡窑洞并称"三黄"。当晚,我们夜宿孟门山脚下。窑洞,是黄土高原特有的民居,是依山势开凿出来的房屋,冬暖夏凉。七月的夏季,挑帘走进去,仿佛置身空调环境,晚上睡觉还是要盖被子的。窑洞,让我想起那首暖暖的《想亲亲》:"想亲亲想得额手腕腕软,拿起个筷子额端不起碗;想亲亲想得额心花花乱,三天额没吃下一颗颗饭……"还有《兰花花》、《绣荷包》和《走西口》等。陕北人淳朴耿直,连情歌也是别致的。夜半时分,听着黄河水流过门口的声响,想象着小妹妹一边剪窗花一边相思的怀春情景,这梦,都是甜的。

"一圣",指的是圣地延安。如今前往延安的路不再崎岖,全程高速,只是,一路上要穿过数不清的山洞隧道。路过南泥湾的时候,当导游说这就是三五九旅居住的地方时,年长的人忍不住齐声唱起来:"花篮的花儿香,听我来唱一唱,唱一呀唱,来到了南泥湾,南泥湾好地方,好地呀方,好地方来好风光,好地方来好风光,到处是庄稼遍地是牛羊……"侧过头,我发现70岁的老父亲神态愉悦,声音温软:"陕北的好江南,鲜花开满山,开呀满山,学习那南泥湾,处处呀是江南,是江呀南,又战斗来又生产,三五九旅是模范,咱们走向前呀,鲜花送模范。"

心头忽生温暖的刹那,90后的儿子迷茫地问我:"郭兰英是谁?"

一代人有一代人的情结，很多东西是根深蒂固的。在延安的毛主席故居前，不喜照相的老父亲主动要求在窑洞门前留个影。一生节俭的他还毫不吝啬地自费观看大型实景演出《延安保卫战》。演出即将结束时，全场上万名观众与演员一起高唱："一道道的那个山来呦，一道道水，咱们中央红军到陕北……山丹丹的那个开花呦，红艳艳，毛主席领导咱打江山……"

　　那一刻，我看到很多老人的笑容里有泪花在闪。

　　陕北，是中国的一章历史，是几代人的深深情怀。信天游的曲调里，我们无法不回到从前。从前的故事里，时而激情满怀，时而情思绵软，只因，几回回梦里到陕北。

长安·未央

　　有人说，看千年文化去北京，读中国五千年历史，去西安。的确，西安是举世闻名的世界四大文明古都之一，居中国古都之首，是中国历史上建都时间最长、建都朝代最多、影响力最大的都城。据资料记载，历史上曾先后有周、秦、汉、唐等 13 个王朝在这里建都，享有"秦中自古帝王州"的美誉，而"西罗马，东长安"则是其世界历史地位的写照。

　　夕阳中，走进西安，看上去它和很多城市一样车水马龙，一派嘈杂。不过，你只需抬起头，望一望高高在上的明朝古墙，便会闻到这个城市与众不同的味道。沿着古城墙慢慢地走着，身边有很多本地人在健身，而很多的外乡人都端着相机，摆弄着不同的角度拍下心中的长安城。我相信，在这个有着厚重历史感的古都，每人眼中的风景都是一样的。

　　提到古城西安，自然会想到秦始皇兵马俑。被称作世界第八大奇迹的兵马俑陪葬群，其壮观场面和千人千面的精致超出了人们的想象。

"静极则生动,愈静则愈动",在这个井然有序的静态军阵面前,震撼和敬仰是不可言喻的,只有身临其境才会真切地体会到古人的气势和独特的艺术魅力。据说,只要你用心,表情各异的陶俑中总有一位和你相似,如果你找到了,也许他就是你的前生,而你是他的今世。

多么唯美的说法。在西安,如此细腻的情致几乎无所不在,最美当属"在天愿做比翼鸟,在地愿为连理枝"了。诗人白居易的《长恨歌》写尽了唐明皇与杨贵妃哀婉动人、缠绵悱恻的爱情。梦回大唐,国色天香的杨玉环,"回眸一笑百媚生,六宫粉黛无颜色",怎不令君王神驰?只是,含情凝睇之后,难逃泪眼相望……故事就发生在华清池,骊山上至今保留着两人当年种下的皂角树。

华清池,听起来是如此美不胜收。今日的华清池,依然温泉喷涌,走累了,可以坐下来,让一双脚体味一下与日月同流的温暖。记得千年前的冬天,华清宫漫天飞雪,轻盈的雪花落在玉环的胳膊上,三郎问:"为什么这白色的雪花在你的肌肤上变成了黑色?"

温泉水滑,洗出肤若凝脂。

这是爱的理由,却不是爱的全部。回眸历史,或许有人称玉环为祸水,亦有人怨三郎负心,其实"天长地久有时尽,此恨绵绵无绝期"的嗟叹已然越过了烟尘,正如在西安街头随处可见的"未央"两个字。

未央一词出自《诗经》,未尽、未深之意。在西安,因为有汉代的未央宫,故而多见。而我却愿意相信,这是一种情致。细想想,在古长安城,有着太多未尽之深意:原始社会母系氏族的村落,乾陵武则天女皇的无字碑,西安事变的惊心动魄,法门寺的佛家舍利,甚至是街头的一碗羊肉泡馍,都是非物质文化遗产。

这样的一座古城,置身其中时,仿若不停地在上演着穿越剧,而每一个人都只是剧中的一粒微尘,所有的笑泪歌哭都与你有关,又与你无关。

那个说话像是唱秦腔的关中汉子告诉我，长安，意为长治久安之意，朱元璋在南京建都以后，才把长安改为了西安。我想，一定会有很多人和我一样，更喜欢叫它长安。

离开西安的时候，天空飘起了细雨，撑着花伞，莫名想起一个朋友，想了又想，终是没有联系。在这样的都市，长长的想念在心底泛起后会渐渐安然。

西安的风拂过心径，那些年那些事静若止水，我知道，一寸光影容纳了万水千山。

古长安，情未央。

百年镜像

或许是昨夜刚刚下过雨的缘故，天津五大道的夏风格外清爽。和儿子坐着人力三轮车在历史风貌建筑间穿行，仿若回到了上个世纪初。

北京四合院，天津小洋楼。据说，在天津五大道上，有着一千六百多幢民国时期的私邸公寓别墅，名人名宅将近百座，而且个个是豪宅，幢幢有故事。

三轮车夫是一个胖胖的中年人，用一口流利的普通话介绍说："五大道主要是英租界，这里的万国建筑展示了当年达官富贾的生活，是'盛产'洋古董的地方，也是上个世纪初'生产'世界时尚的地方。"

我微笑着对他说："咱们都是本地人，您就说家乡话吧，这样亲切些。"他有些腼腆地笑了，那样子带着老天津卫人的淳朴。在这个城市生活多年，我深知天津是地地道道的平民文化，喝海河水长大的人们知足常乐，从不会因为羡慕别人的生活而丢了自己的日子。所以，在"穷乐呵"的天津人眼里,五大道是另一种生活。

五大道的小洋楼现在大多是办公机构,少有民宅。在一幢坡瓦顶的小楼前,我有幸看到一位白发苍苍的老妪,静静地坐在楼门台阶前,轻轻摇着蒲扇。隔着爬满青藤的栅栏,我问:"这房子是她家的吗?"车夫说:"不知道,不过人家肯定是贵族的后代。"院外车水马龙,院内清幽寂静,老人的眼神是我读不懂的,有点旧,有些淡,一下子就把人拉远了,远到用目光无法丈量。蓦然想起曹禺先生笔下的《雷雨》和《日出》,很多人都认为那是发生在老上海的风花雪月,殊不知,那个清纯的四凤、寂寞的繁漪,还有风情善良的陈白露,其实都是天津往事。

正想着,又来到了天津外国语学院。因正值暑假,校园里很静,会让人不由想起那个沉静温婉的女子——冷清秋。这个院落因为《金粉世家》的拍摄,越发地散溢着一股淡淡的香气。"当花瓣离开花朵,暗香残留,香消在风起雨后,无人来嗅……"红砖清水墙内,装满了灿烂的记忆,青春的味道里有喜悦也有哀愁。

儿子最喜欢古香古色的"瓷房子"。这是一座法式小洋楼,主人将传统元素与中国文化韵味巧妙地糅合在一起,用了四千多件古瓷器、四百多件汉白玉瓷片,二十多吨水晶石与玛瑙以及数以万计的瓷片把房子装饰成了艺术品。据说墙上镶嵌的瓷器包含了晋代青瓷、唐三彩、宋代钧瓷、元明青花等,几乎每一处、每一个细节都蕴含着特定的韵味。而最独具匠心之处是,在瓷的国度里,其内核是一家环境幽雅的小餐馆,美其名曰:能吃的博物馆。

走下三轮车,我和儿子意犹未尽地走进了五大道博物馆。这是一座私人博物馆,馆长是一位五十多岁的女人。三十多年来,她收藏了数千件五大道宅门中的文物,为人们寻找历史打开了一扇门。法国的白铜床、英国绅士帽架、美国"哥伦比亚"手摇唱机、百年前欧式家具,民国时期的老照片……窄小的空间角落里弥漫着浓浓的怀旧情结而又洋味十足,任你在十九世纪末的光阴里徜徉、遐想……

走进天津五大道,也就走进了那段遥远的岁月。回到百年前的瞬间,我仿佛听到了留声机还在咿咿呀呀地唱着,相隔很远,却音质完美。

有香倾城

一种朴素和传统,在这个小城原汁原味地存在着,是一种生存方式,也是一种记忆。

承德,又名热河。因在著名的避暑山庄里有一处热河泉,常年温度最低在8—9度,最高时可达三四十度,故名热河。在清朝雍正年间,改为承德,意为承载皇祖的恩德。

艳阳天下,我的手指轻轻触摸转经筒,心头一阵阵温热。想起仓央嘉措的诗:

> 那一世
> 我转山转水转佛塔
> 不为修来生
> 只为途中与你相见
> …………

我想,我是一个与此有缘的女子,不然怎么会偏偏选择来到这里,在这样萧瑟的时日。

中秋佳节来到这个小城,身处我国现存的最大的皇家寺庙群,不由人不沉浸。外八庙中的代表普宁寺,也叫大佛寺,是汉式建筑与藏传佛教相交融的一座庙宇,取人民"安其居,乐其业,永永普宁"之意。据说,当年的乾隆皇帝住在避暑山庄时,逢初一、十五都会到此礼佛。今天,普宁寺里也是人头攒动,香火缭绕。

导游说,人生下来就是受苦的,所以人的五官看起来就像是一个"苦"字。她虔诚地在金漆木佛前燃香磕头,我站在人群之外,看尘世的人们把日子过成一抹倒影。

蓝天白云下的普宁寺散溢着一种香气,我深深地闭目呼吸着,清澈、悠远而舒适。都说诵经有很多种,念念有词是口诵、触摸转经筒是手诵,而此刻的我便是风诵了。原来,我是为这一缕温暖而来。

在承德旅游,讲究的是上午看一山一庙,下午看皇帝睡觉。走出普宁寺,看过双塔山的辽代古塔,我走进了我国现存最大的古典园林——避暑山庄,也叫热河行宫。

资料记载,避暑山庄始建于康熙年间,乾隆时期完工,历时将近九十年,它几乎占据了承德市区的一半面积,其山中有园,园中有山,分为宫殿区和苑景区。宫殿区是清朝的第二个政治中心,而苑景区建筑大多是仿造江南美景而建,其名字听起来都透着江南的雅致和灵秀,比如,烟雨楼、如意洲、月色江声,还有文津阁、水心榭、水芳碧秀。行宫内林木繁茂,清静幽雅,随处可见梅花鹿与人嬉戏,空气中飘浮着楠木的清冽之香。

山庄深处有一僻静所在,叫青枫绿屿。据传这里曾经关过两个妃子,一个妃子每日赏景在深山清幽处,修身养性,终等到被皇帝召回身边。而另一个女子被关后,心性刚烈,郁郁而终。走进这个小小的院落,辽代编钟为游客演奏了一曲《女儿情》:"悄悄问圣僧,女儿美不美?"

不由得又一次想起仓央嘉措的诗:

曾虑多情损梵行,

入山又恐别倾城。

世间安得双全法,

不负如来不负卿。

　　这,到底是怎样的渊源?远远望去,小布达拉宫与六世班禅的行宫在避暑山庄的另一端熠熠生辉。风过处,角落里的枫叶已红透,片片是惆怅,有匾书着:风泉满清听。

　　每一个城市都有属于自己的味道,在这个香雾弥漫的小城,我依然听不懂梵唱,悟不透轮回。然而,尘的气息顺着香气住进了我的心里,静默,安然。

虚掩的夜

　　夜,总是这样的,虚掩着一扇门。门外,流光溢彩,门内,静谧安然。

　　爱上北京的夜,因为喜欢紫禁城外的沉静与灵动。

　　常常想,城市就像是历史,包容了太多的喧嚣后,便会成为一幅画。这画在夜色里会慢慢扩散、消融,波纹荡漾处,是虚掩的过往。

[茶·曲艺]

　　老舍茶馆里宾朋满座,小伙计长袍加身,毡帽在顶,肩搭平整的白毛巾,一句亮堂的"里边请您哪——"还原了老北京的原汁原味。

　　古色古香的八仙桌上,摆上了京糕、点心、瓜子和炸春卷。茶碗是黄底雕花,看上去有如承蒙皇家的恩宠。左手端碗,右手轻启碗盖儿,一缕扑鼻的茶香溢出,由不得你不平心静气。

台上穿旗袍的女子,在古筝的伴奏下,将茶艺与人生调和得如高山流水般惬意;妙趣横生的双簧和手影戏,惹得金发碧眼的老外笑如春花;还有京剧的唱念做打、川剧的神奇变脸,在红灯笼的映衬下,流溢着中国的传统美。

如痴如醉之时,小伙计已将温热的米粥端至面前。于是,心底的暖便被这唇齿间的香,撩开了。

[戏剧·舞台]

"立秋了,早上立了秋,晚上冷飕飕……"一代晋商在暮年感慨着人生沉浮。

"后来呢?"小孙子天真地问。

"后来?后来是白露、秋分……霜降、立冬……又立春啊……"

舞台是时间的故乡,延伸了马家大院的兴衰悲欢。静静的夜里,一部《立秋》倾倒了国家大剧院唯美的舞台:那个经风经雨却经不起丧子之痛的父亲,那个疼爱晚辈却给不了他们幸福的老祖母,那个在绣楼苦等情郎的悲苦女子……话剧,以其独特的艺术表现唤回了远去的光影,这光影让爱恨情愁在小小的舞台上驻足、飘移。

我喜欢剧院里的静,舞台灯光掠过,台下像是关了声音的按钮,不管是男是女,是老人是孩子,也不管你来自哪里,进入一片静寂后,都在台上的世界里行走。

那是一种心灵深处的静。

[长安街·后海]

从天安门西向天安门东,沿着遗留的皇城墙走过长安街,总会听见高大的杨树与城墙在说话。侧耳细听,那些旧事虚掩在叶的缝隙里,少有人懂。

正是柳絮飞满城的时节,入夜,白色的柳絮犹如一盏盏萤火虫的光亮,依着红墙缠绕着,不肯降落。看着风轻轻地将絮花揽在怀中,一个女孩靠在男孩的肩头,笑出了声。

此时,恭王府的大门也已落锁,些许历史的枝枝蔓蔓抖落了五千年的锈斑,攀着丁香树的清冽爬出了古墙,赏观着后海酒吧街上亮丽深情的灯光。

夜初上,梦阑珊,是谁在夜的岸边,等候着香甜的鼾声?又是谁,把夜关在水草游弋的思绪里,任往事如鱼啄开心湖的波圈?

往事如烟

沈阳城并不大,仿若城内那座小小的故宫,清风拂过,一些经年的痕迹犹在,某些触动心头柔软的部分依然如烟般游动着,挥之不去。

很多人都说,去过北京的紫禁城便可不看沈阳的故宫,其实不然。沈阳故宫是清代入关前的皇宫,占地虽不及北京故宫的十分之一,却历经清太祖努尔哈赤、皇太极和乾隆三代帝王兴建和修缮,建筑布局分三路,具有独特的满、蒙、藏特色。而沈阳故宫的故事,犹如早春的午后阳光,越过高高的红墙和黄色琉璃瓦,有一种夺目的光泽流经那年那月,会惊醒你所有爱的感觉。

自古以来,宫墙内的欢爱似乎都是与利益与生存相牵系。所以,关于真心故事便愈发难得。在这座高墙庭院里,住着一个叫"海兰珠"的女子,一个 26 岁才嫁给皇太极,却得到了至上宠爱,33 岁早逝后亦让他念念不忘的薄命红颜。相传,海兰珠病重时,皇太极正在外征战,得知消息后,他竟不顾战事,策马飞向皇宫……他们的爱巢叫"关雎宫",象征着爱情的纯粹和恒久。

关雎宫斜对面是永福宫，是历史上颇有盛名的孝庄皇太后最早居住的地方，那时候她还年轻，皇太极封她为庄妃。她和海兰珠是亲姐妹，同样倾国倾城，同样贤淑端庄，不同的是海兰珠的眸子里有一抹淡淡的忧伤，而她的眼神清澈却倔强。相关影视剧中，最喜欢何赛飞扮演的海兰珠和宁静扮演的孝庄，恍惚中，似水流年里的缠绵与惆怅似乎就是她们的样子。

不爱江山爱美人，说的是君王。那么，对于如花美眷而言，一世盛名的福分远不及三千宠爱在一身的温暖。

无独有偶，在沈阳这座叫奉天城的年月，又上演了一段旷世奇恋。

黄昏时分，走进大帅府，也是张学良旧居，人们总会想起赵一荻，那个陪伴少帅一生，直到暮年才与其结婚的知己。大帅府是坐北朝南的三进四合院，雕梁画栋，朱漆廊柱，是砖木结构的仿王府式建筑。在这个深宅大院里，当然没有赵四小姐的一席之地，但东墙外，有一座二层中西合璧式建筑，据说是张学良夫人于凤至感念赵四小姐的深情专门为她买下，方便其与少帅幽会的地方。听来，令人唏嘘不已。

如果说赵四小姐是张学良的爱人，那于凤至就是他的贵人。错爱一生啊，她的步步成全与相依相伴比起来，爱得愈发厚重。然而，这份痴情也只是换来张学良在她墓前的一句怅叹：生平无憾事，唯负此一人。

或许，爱一个人不求圆满，只求值得。且不说一代帝王皇太极的丰功伟绩，且不说张学良将军的爱国情怀，单是步入大帅府一侧的边业银行——当年张氏父子的私人银行，如今的沈阳金融博物馆，只是一刹那，你便会被金融世界的繁荣而折服，亦会被张氏父子"东北王"的气势所震撼。

所谓英雄配美人，一场场小城大爱，走过历史云烟，散入世人的流年,无语。

每座城市都有其特有的味道,沈阳也是。前往慈恩寺的路上,出租车司机为一个路边招手的小伙子停了车。他告诉我,东北天冷,所以拼车是互相关照。或许,人与人相互取暖,一直是这个城市从古至今的味道吧。我想起一个写儿童文学的女子,她简单、纯朴、干净的文字就像是她的生活。她是沈阳城里我唯一的朋友,也是我写字的路上,需感恩的那个人。

匆匆的三天里,在沈阳城缅怀历史感念恩泽,品尝地道的熏肉大饼、老边饺子,似乎所有的行程都是一个缘来的约定。

往事如烟,然而,无论是一座城市还是一个人,当一些"遇见"遁入人群和光阴中,也会深深地埋进人心。

雪域风情·西藏

题记：

　　灵息吹拂的西藏，吸引着世人探秘的脚步。

　　我一直以为，风情是一种妖娆。在西藏的日子里，我越来越深地体会到：风情的极致是纯粹，就像淡是人间最浓的滋味。

　　走进西藏，答应了孩子，一定要记"流水账"，因为，这是一个美到无从抒怀的地方；因为，我相信尘缘，是一种浅浅的相遇，入骨的铭记。

5 月 30 日　　小雨

　　火车在行驶了二十多个小时后进入青海境内。黄昏时分，似乎只是

198

一瞬间，窗外不见了西北风情，不知哪个魔法师，藏起了窑洞、麦田、黄河的支流和小小的村落，把一望无际的草原、湖泊呈现在我们面前。车厢里一下子兴奋起来，人们趴在窗前，满脸喜悦，随之，是出奇的安静。

我想，人们是被美丽震住了。白色的羊群，黑色的牦牛，蓝色的湖泊，绿色的草坡，还有远处雪山上淡淡的雾气，萦绕着清新的呼吸。有人说，现在的海拔已经很高了，空气已经很稀薄，可我分明感觉到了一种心旷神怡，正幸福吉祥地包裹着每一个人，使大家暂时淡忘了对高原反应的担心。

广播里说，凌晨三点将到达格尔木。

我知道，明晨的景色将会是我今夜的梦境。

5 月 31 日　　多云

无论如何我也不会想到，当我在清晨六点醒来时，火车正在皑皑白雪中穿行，就像是一个童话。恍惚间，我看到车厢的显示，现在的海拔将近 5000 米。暖气热起来，氧气孔也在滋滋的发着声响，洗脸水冰冷冰冷的，车厢之间的缝隙飘过飕飕的寒气，直透骨髓。

披着披肩，倚窗而坐，望着雪域高原深处正在移动的车队的灯光，听着火车呼啸着碾过铁轨的声音，时光就这样交错着。

同行的姐姐说，有些头疼，我也感觉到了轻微的气闷。

一个小时后，雪山渐渐远了，草原再一次尽显眼前。因为海拔高空气冷，草还是凄黄的。当藏羚羊如雀跃的孩童跳入人们眼帘时，车厢里的喜悦升腾了，照相机、录像机的咔嚓声和人们的惊呼声、笑声暖暖地交织在了一起。就这样，一汪水，一片草，一层霜，眼前的颜色像万花筒般随着景致变换着。最让我想不到的是，经过一片薄薄的雪地时，一头黑色的牦牛孤零零地卧在一片苍茫里，身上还挂有点点落雪。一个男人脱口而出："失恋的牦牛。"大家都笑起来,而我,忽然想起一句歌词:"如果流浪是你的天赋,那么你一定是我最美的追逐。"

将近十一点时,火车经过唐古拉山口,才正式进入了西藏。

中午的时候,人们习惯了窗外的美丽,却蓦然发现每个人的嘴唇都因缺氧转为紫色,吸烟用的打火机也不怎么好使了,餐车无法供应鸡蛋炒菜了。尽管如此,几个年轻人全然不顾进藏需禁烟酒的说法,还嚷着要喝啤酒,他们笑着说:"只要相信自己,就能挑战自我。"

午后,火车再次驶入雪域高原,临时停车在一个叫岗秀的小站,标识上写着海拔 4646 米。人们安静了许多,在这个陌生的地方,望着成群的牦牛悠然地在雪地上寻草,用心聆听着雪花的传说。

浪漫,在这里就这样简单。

不知是午后几点,我开始头疼欲裂,并伴有恶心、心慌,浑身出汗,手脚冰冷,近乎虚脱的状态。同行的姐姐连忙拿出丹参滴丸,让我含在舌底,下铺的长者也让出了床位。我就那样蜷缩着,在大家关注的目光里,承受着雪域高原带给我的疼痛。我一直以为自己是坚强的,却在虚弱的忍耐里,贴近了自己的脆弱和渺小。

傍晚时分抵达日光城——拉萨时,我的症状开始减轻,同行的几个朋友有的还在呕吐,有的还在流鼻血。或许,这就是青藏高原给予人们的别样呼唤吧。

6月1日　小雨转晴

下了一夜的雨,早晨的拉萨市显得格外清爽,含氧量也大大提升,人们都长长地舒着气,似乎,我们已经和高原是老友了。

布达拉,梵语的意思是"普陀山",布达拉宫,是观音菩萨的第二个道场，它与浙江的普陀山在一个纬度上。远远看上去，这座神秘的宫殿仿佛是一幅画，吸引着世人仰视的目光。它的主体分为白宫和红宫，白色代表和平，红色则是权力和尊贵的象征。最早的布达拉宫是松赞干布为迎娶文成公主而修建的寝宫，在五世达赖时期，成为政教合一的中心，现在是一座历史博物馆，一座绵延着藏传佛教的宏伟宫殿。它的垂直高度只有117米，而我们走得气喘吁吁。

对于不懂佛教的我来说，在布达拉宫内，我记不清世世代代达赖的故事和功绩，却被他们的灵塔所震撼，为昏暗的酥油灯下那些经年的壁画和佛书所折服。这个美丽的地方蕴藉着深厚的人文和传奇色彩，置身其中，历史尘烟缥缈如颗粒。在宫殿内，见到很多来朝拜的藏民，有一个中年人带着仅有两岁的儿子来磕头，他虔诚的神态和孩子清澈的双眼让我相信，有信仰，可以让人活得幸福。

大昭寺始建于公元七世纪，拥有一千三百多年历史，因其寺内主殿佛堂内供奉的主尊佛像为稀世文物珍品释迦牟尼十二岁等身像，而称"觉康"，意为释迦牟尼的殿堂。导游说，我们是有佛缘的人，因为我们不但听到了经幡诵经，看到了藏人转经，还遇到了僧人诵经。几十个僧人一起诵念的经文确实很悠扬，却美不过大殿外一群藏人一边打阿嘎（为寺庙做修缮工作）一边有节奏地哼唱着藏族民谣，那旋律，那节拍，在蓝天白云下洋溢着快乐吉祥。听说，人在高原生活久了，因为大脑缺氧会反应迟钝，变得傻乎乎的。如果真的是这样，藏家儿女的简单会是都市人无法企及的幸福。

在西藏，心体偕一的幸福随处可见，比如，在布达拉宫和大昭寺往功德箱里投钱，是可以找零的。如果你口袋里没有正好的零钱，那么你可以把一百元放进去，然后根据自己的意愿再拿回一部分。而这些，没有人监管，全凭一颗心。

在这一天,我双手合十地走过布达拉宫,走过大昭寺,仿若穿越了今生的苍凉和来世的渴望。

6月2日　晴

今天的挑战是海拔5013.25米的米拉山口。到达的时候, 阳光正强,我和姐姐手拉着手小心翼翼地下车,感觉身体轻飘飘的,脑袋中有根神经线一跳一跳地蹦着。同伴中有两个人因为头晕,没能下车,所以我们骄傲地自诩为英雄。那一刻,雪山在身后,云朵在头顶,雪域的芬芳在蓝天下弥漫着古老的传奇。

过了米拉山口,沿着清澈见底的尼洋河,顺着川藏公路,我们直奔西藏的小江南——林芝地区。尼洋河畔的油菜花正开,娇嫩的黄与藏族小村屋顶的艳丽错落有致, 在蓝天白云的怀抱里流淌着一份安逸和美好。尼洋河,在藏语里是"圣女的眼泪",我们不知道圣女为什么哭泣,却为一路上的雪山、牧场、羊群而欢喜和沉醉。

傍晚时分,我们一行来到阿沛新村,走进一位藏族阿妈的家。阿妈拿出酥油茶、青稞饼招待我们。在这里,我知道了,他们这一带的房子都是政府盖的安居房,而且房顶的颜色是根据哈达的颜色来定的。住在这个村子的藏民都是贵族,因为他们有名也有姓,而一般的藏民只有名字没有姓氏。阿妈的家中,供奉着唐卡,也挂着毛主席像,使用的家什大多是铜器。

西藏地区与内地城市有两个小时的时差,走出阿妈的家,太阳还高高的挂在雪山顶上。村口,老人和孩子坐在树荫里说着话,脚边是慵懒的猫狗,几只黑黑的藏香猪在慢悠悠地走来走去。

回望时,墙根儿的花朵正依附着斑斓的窗,在听一个男孩唱歌,那歌声传出很远,在天边的西藏,走进我梦的天堂。

6月3日　雨转晴

清晨六点,天还没有亮,我们便起身赶往雅鲁藏布大峡谷——世界上最长、最深的大峡谷。从娘欧码头上船,一个叫央珍的小姑娘,陪着我们漂流。她告诉我们,雅鲁藏布江是西藏各民族的母亲河,它发源于喜马拉雅与冈底斯山脉之间的杰玛央宗冰川,全长504.6公里,极值深度6009米,被誉为"极地天河"。

一个多小时的水路,景色美到极致。不远处的雪山层层叠叠、云雾缭绕,江畔的藏民人家在雪山脚下过着令人羡慕的田园生活。央珍说:"雅鲁藏布江就是'从高山上流下来的雪水'。"是啊,这水,滋养了藏族儿女,也使这里成为"生物基因宝库",人类最后的密地。

下了船,我们坐大巴车继续向峡谷深处前行,路遇一株树龄一千四百五十多年的大桑树,古树枝繁叶茂,年年开花,但无果实,相传是由松赞干布和文成公主亲手所植,被当地人视为吉祥物。按照当地的说法,我们顺时针绕树三周,把吉祥和幸福装进了行囊。

大峡谷充满了神秘的气息,一块巨大的岩石一分为二,夹缝中生长出一株桃树,甚为奇特的景观在当地流传着一段桃树王之女与部落男子的爱情故事。不仅如此,我们的车从一个木制的小村落穿过,那是门巴族。

唏嘘中,我们又远远看见一座古堡旧址,断壁残垣上依然飘着祈福的经幡。这个古老的民族在大峡谷深处,越发透着不可知的神秘。

穿过格嘎大桥,才算真正抵达了雅鲁藏布大峡谷,在这里,可以看到如鬼斧神工雕刻的"直刺南天的战矛"——南迦巴瓦峰。它是世界最美十大名山之首，世界排名第十五位，海拔 7782 米，至今没有任何人登上去，也被称为处女峰。我们等了很久，也没见到它的真颜，只是与云中天堂遥遥相对着，在震耳的水流中静静地体味着雪山峡谷之壮美。

据说，这里只是大峡谷的开端，再往前走已没有了路，徒步进入需要 25 天，而且峡谷深处只有一个村落，村上只有两户人家。忽然想起全国唯一一个不通公路的墨脱县，也在西藏，听说徒步进去也需要十多天。

想象着走进最原生态的世界，我的心里莫名地向往。或许走进西藏，真的就是走进了理想。

6月4日 晴

感谢又一夜的雨，使得山峦叠嶂、云蒸雾绕的画卷从天上飘了下来。早就听说，到了西藏才知道天有多么蓝，云有多么白。而我，看到了蓝天白云才知道什么叫圣地，什么是一方净土。同伴手里的相机一直不舍得放下，而我痴痴地望着窗外，不敢说话，怕一出声，便惊了一朵又一朵近在咫尺的飘逸的云仙。

很有缘的一件事，正午时分，我们遇到了在路畔住帐篷的游牧民。他们一家正在做午饭，帐篷顶上冒着袅袅炊烟。停了车，走过去，我们拿出饼干等小食品，三个藏族孩子高兴地接过去，说着很纯正的汉语"谢谢"。帐篷外，两只牧羊犬被拴着绳索，十几只羊和牛在悠然地吃草，被藏民用作燃料的牛粪饼圆圆的堆成了小山，远处的雪山上白云缠绕，一派人间仙境。导游告诉我们，游牧民依然传承着"钻帐篷"的习俗。也就是说，自家的女儿初次来潮后，便会被父母安排单独住在白色的帐篷里,帐篷上绣着美丽的格桑花。这时候,藏家的男儿可以钻进帐篷与姑娘约会。只要姑娘不拒绝,便可以行夫妻之事,直到姑娘怀了孕。而这些,与婚姻并无直接的关系。或许这些还过于原始,然而,洁白的雪莲花开在山上,只有当春风吹来的时候,才会有花香,只有闻到花香,雄鹰才会翱翔。

川藏公路是中国最美的公路,在这条路上徜徉,由不得你不神驰:"我磕长头匍匐在山路,不为觐见,只为贴着你的温暖;我转山转水转佛塔,不为轮回,只为与你途中相见。"

灵山秀水里,我再一次想起六世达赖仓央嘉措。

导游告诉我,由于五世达赖的丰功伟绩,他在圆寂后被管家暂时封锁了消息,并偷偷地在民间寻找转世灵童、修行经文。所以,仓央嘉措入住布达拉宫时已是成年,他比其他的转世活佛生活在民间的时间长一些,更多地贴近了草原牧场,他创作的诗歌有的是口头流传,有的是手抄本,深受藏民的喜爱。仓央嘉措在布达拉宫没有灵塔,是因为找不到他的真身,并非是网上流传的他对清规戒律的淡漠。

我想,如果云知道蓝天下的相思,也一定会"不负如来不负卿"。

6月5日　雨转晴

一大早,导游便告诉我们,由于拉萨市下了一夜的雨,相对的,念青唐古拉山便会下雪。所以,纳木错有可能封路,进不去。曾经去过青海湖,见识过蓝宝石的美丽,所以这几天一直惦念着去拜访中国第二大咸水湖。这样的天气让我们多少有些惴惴。

为了等到午后天晴,可以顺利地观赏纳木错,我们一行先来到了羊八井地热温泉。一进去,便被蒸腾的热气笼罩了,服务员说,这里的温泉常年水温在 40—60℃,冬天的时候可以在温泉里欣赏漫天飞雪,很浪漫也很惬意。说着,他还在温泉里给我们煮鸡蛋,剥开皮,蛋清软软的,蛋黄已熟透,咬上一口,鲜嫩清香。我笑着对同伴说:"原来煮鸡蛋也可以这么好吃。"

走出羊八井温泉,太阳在山顶露出了笑脸,我们欣喜地沿着青藏公路赶往纳木错。这是当年唐僧取经之路,据说流沙河收沙僧的故事就发生在西藏。经过那根拉山口的时候,我再次感觉到了高原反应。那里的标识显示:海拔 5190 米,相当于珠穆朗玛峰大本营的高度。我又一次征服了自己,并调皮地猜想,当年吴承恩一定来过雪域高原,不然不会惟妙惟肖地写出观音菩萨的紧箍咒。我的想法让大家笑出了声,导游说:"《西游记》的人物其实就是佛家'贪嗔痴'的故事演绎。"

站在念青唐古拉山口远眺,白雪皑皑深处,一汪深蓝有如一颗熠熠闪光的明珠,挂在天边。我们连忙驱车盘山而下,竟又开了半个多小时才来到她的身边。藏语中的"错"是湖的意思,纳木错就是我们神往的一池碧蓝,面积相当于两个新加坡大。几乎所有的人,在她的面前都呆住了:蓝蓝的水清澈如阿妹的眼眸,温柔地依偎在雪山的脚下,天边的云朵拂过,分不清哪片是天哪片是湖。我坐在岸边,有一些迷失。世上真的有一种纯粹,可以让我们找不到自己。

午后返回的路上,山顶的积雪变淡了,远远望去,仿佛一匹匹斑马依附着大山的脊梁。来时看到的几个藏人还在路边三步一头地向着拉萨的方向磕着。导游说,他们有的人会死在磕长头的路上,他的同伴便会拔下他的一颗牙或剪下一缕头发带着,最终一起到达布达拉宫。

藏传佛教修的是来世,所以,今生今世他们活得似乎没有纠结。隔着匍匐的身影,一列进藏火车正呼啸而过,在虔诚的诵念中,把时光拉得很长很长。

6月6日　雨夹雪

今天,我们去后藏日喀则。

西藏分为前藏和后藏,日喀则属于后藏。前藏属于达赖管辖,后藏是班禅的领地。较于前藏,后藏相对落后贫穷一些。

翻过冈巴拉山,沿着蜿蜒的山路迂回而上,我们便来到了海拔5012米的卡诺拉冰川,冰川对面便是被藏人称为"天鹅湖"的羊卓雍错,她像一块碧玉一样镶嵌在群山之中。

当我们又一次沉浸在湖光山色的迤逦时,天空竟飘起了雪花。穿着夏天的单衣,披着羊绒围巾,感受着雪的沁凉,唯美,在神山圣湖面前让我猝不及防。

进入后藏区域后,牧场上的羊群多起来,农田里的青稞和小麦刚刚出苗,少有人在田里耕作,经过的村口却总会看到背着孩子摇转经筒的藏民。

中午,匆匆而过江孜古城。江孜古城是英雄城,至今仍保留着1904年江孜军民保卫祖国领土的抗英炮台。电影《红河谷》拍摄的就是这块神圣的土地上感人的故事。在这里,路遇很多藏民,大多是妇女孩子,她们围着你,伸着脏兮兮的手要钱,要吃的。一个看上去只有五六岁的小女孩,一把拽住我包上的饰物,生硬地说:"送给我",吓了我一跳,也让我无法理解。一路上,遇到藏民总是习惯给他们吃的,但我很不喜欢他们的开口索要。导游说:"这个民族习惯布施,你给了他钱财,他会帮你捐到寺庙里,为你诵经祈福的,所以他们并不以伸手为耻。"

抵达扎什伦布寺的时候,已是黄昏,僧人们刚刚诵过经,正准备用晚餐。扎什伦布寺是历代班禅的驻锡之地,尽管只有六百多年的历史,但气势并不亚于大昭寺,单纯从感官上说,我更喜欢这里。寺庙内的地砖被岁月打磨得很光滑,僧人住的老房子弥漫着光阴的苍凉,几百年的灯芯树在悠远的钟声里诉说着历史。所有的一切,有我熟悉的味道。

拜过世界最大的镀金强巴铜佛像,将白色的哈达献给爱民爱教爱国的十世班禅,在经书阁下悄悄穿过,被经书轻轻触头,我们静静地沐浴着佛光,感受着。

离开扎什伦布寺时才知道,十一世班禅于昨晚从北京回到了拉萨,怪不得寺庙内的僧人面带喜色地打扫院落,更换窗幔,原来是为了迎接他们的精神领袖。

我越来越相信,美好是无处不在的。

6月7日　晴

沿着雅鲁藏布江从日喀则返回拉萨的途中,临近拉萨的时候,经过一条山路的路口,徒步进去是一个小地方,叫任布县。据说那里有一个圣湖,可以看到自己的今生来世。她的故事打动了我,但是导游说这个圣湖不允许外人进去的。于是,我在拉萨买了任布县出产的藏香,想以一缕香气承接尘与佛的灵犀。

一直以为,藏族是最贴近大自然的人类。玛尼堆、风马旗、经幡、白塔,家家门框上雕画的太阳、月亮,还有神奇的藏药,总是给生活在水泥森林里的我们以梦幻般的向往。

下午,在藏药厂,我知道了:冬虫夏草、藏红花、喜马拉雅紫茉莉、酸藤果、朱砂、雪莲花,这些听起来很美丽的名字,对人的身体都有着奇特的功效。

最原始的,也许就是最本真的。

6月8日　晴

　　今天就要离开西藏了,有同伴计算过,我们一行在西藏的行程达两千四百多公里。太多的人说,西藏是一个来了就不想走的地方。我们逐步适应了高原气候,却也要回家了。最后一天,我们早早起来,相约去拉萨的大街小巷体味古老和时尚。

　　我们住的是刚坚酒店,刚坚是"雪域"的意思。酒店出门便是建于公元七世纪的老房子,每个窗户外周都涂抹着黑框,用于避邪之意,在藏区沿用至今。它曾经是印经书的地方,如今已闲置。

　　沿着并不宽敞的街道慢悠悠地走着,时光真的就停了下来。这是一个慢生活的地方,高原氧气稀薄"逼"着你轻轻地说话,懒懒地走路,笨笨地生活。在西藏,你如果想取笑一个男人笨,那么就叫他"牦牛"。当然,喜欢一个女人的温柔时,她就是你怀里温顺的小绵羊。

　　八角街,在游人眼里是大昭寺外的一条商贸街,在藏人眼里却是一条转经道。藏族全民信教,而且家里生了男孩便会很小就被送到寺庙里去修行。在八角街上,我们会看到很多藏民的虔诚和执着。

　　清晨,拉萨的街道似乎还没有睡醒,我们便看到了浩浩荡荡的转经队伍。很奇怪的是,在一个街口有一块看上去经历了岁月沧桑的大石头,许多藏民转到此都会在上面蹭来蹭去的。问过才知道,他们信奉那块石头能祛病。

　　一开始听了,觉得他们迷信,渐渐地了解了西藏的地貌,才知道这个神奇的地方蕴藉着丰富的矿藏,有很多奇特的石头,人们赋予了这些石头以灵性。最著名的就是天珠和绿松石了。据说一亿年前,西藏是海底世界,天珠就是一种海底软体动物的化石。在布达拉宫、大昭寺和扎什伦布寺,我们可以看到很多被藏人供奉的价值连城的天珠和绿松石。

　　当然,无论天珠还是绿松石都应是稀罕物,不会像拉萨店面里那样的琳琅满目,或许在我们都市的小店里也会淘到类似的石头,不过,在西藏这样一个充满了神秘的地方,为自己和家人选一件喜欢的饰物,不失为一种别致的祈祷和祝福。

　　吃午饭的时候,我依依不舍地对同伴说:"以后我们一定要再来,再来时一定去'通往天堂最近的路'——阿里,一定去珠穆朗玛峰的大本营驻扎,伸手触摸头顶的星星。"

　　西藏,美丽得让你好想唱情歌,神圣得让你不相信自己的眼睛。在这里,生活着一群本性纯朴、憨实,也有着原始的莽撞和简单的人。

　　西藏,你念,或是不念我,我都会在开心或不开心的时候想起你,想起我痴痴呆呆地在这片土地上的疼痛和欢喜。

　　走进西藏,我一寸寸靠近,满怀忐忑。离开时,只是一个腾空的姿势,任眷恋住进我的心里。或许,这就是人生,当你心中满是期待和梦想,时光便会住在蓝天和白云深处,而转身之后,那些经历的美丽会成为一种幻象,最终在心中雕塑成像。

初见·越南印象

越南,是一个面积只有我国广东省大小的国家。小小的国家有着浓郁的风土人情,给我留下了深刻的印象。

苗条的民居壮观的墓地

踏上越南领土,首先映入眼帘的是又窄又长的房子。据说,越南人都希望自己的房子临街,这样可以把底层租给别人或自己经商。为此,政府在批地的时候,宽只批 3~5 米,长却可达 10~15 米,于是就有了扁扁的长方形民居。与之相对应的是,越南的墓地颇为壮观,而且毗邻民居。远远地望去,一望无垠的稻田里,红色的琉璃瓦泛着温暖的光泽,与田里耕作的农民、悠然吃草的老牛,还有民居前嬉戏的孩童融在一起,少了几许萧瑟和清冷。

男人的绿帽子女人的旗袍

绿帽子,在我国是男人的忌讳,而在越南,随处可见戴着绿帽子的男人。那是越南男人的一种荣耀,因为当年胡志明的部队就是戴着绿帽子打天下的。越南女人也穿旗袍,也多是丝质的面料,多彩的色泽。不同的是,她们的旗袍襟摆的开口一直开到腰部,下身多配一条白色的长裤。走起来,没有中国旗袍的含蓄和内敛,却添了一缕飘逸,是街头一道流动的风景。

好吃的水果难咽的菜

越南,是纯亚热带风景,盛产水果。大街两侧的店铺门口,摆放着色泽鲜亮的芒果、火龙果、杨梅、木瓜、椰子等地方水果,价格比我国北方要便宜得多,口感也鲜香得多。另外,越南人和中国人不同,他们不喜欢油炒菜,认为炒菜时油放多了菜就不香了,太辣或太咸都是不爽口的。所以,喜欢色香味俱佳的中国人并不能习惯越南人的口味。但是,想借机减肥的女士,不妨美美地品尝水果,少吃一些水煮菜,会达到塑身美容的效果。

摩托车和鲜花

与苗条的房子一样,越南的街道一般都比较狭窄,摩托车是人们主要的交通工具。在那里,日本、韩国的摩托车要七八万一辆,越南本地产的也要七八千元人民币,而我国的一些知名品牌只卖到两三千元。导游说,价格主要是由质量决定的。越南的交通状况不是很好,满大街的摩托车,让一个城市变得嘈杂、混乱。不过,稍稍用心,会发现越南的鲜花店比比皆是。羞涩的玫瑰、圣洁的百合成捆成捆地倚靠在街市的一角,呼吸着温润的空气,给人以难得的宁静。这一动一静恰似尘世的喧嚣和心灵的纯净,并存着。

风趣幽默与友善

现在的越南也实行一夫一妻制。为此,越南导游说:"我们这里的男人没有从前幸福了。从前,我们把大老婆比喻成大米饭,把二老婆叫米粉。"在大家的笑声里,他还告诉我们,越南也提倡计划生育,每对夫妻可以生一至两个孩子。不过,如果他想超生,可以使用"游击战术",即使被抓住,处罚也会很轻。偶尔有人提起曾经发生的战争,他微微一笑说:"亲兄弟也有吵架的时候嘛。"和导游一样,越南人都很友善。在胡志明纪念堂前,越南中学生非常大方友好的与我们合影,并一一点头说着"心昭(你好)",我们也微笑着回应着"感恩(谢谢)"。

在我们离开越南首都河内的时候,街中心的广告牌告诉我们,再有九百多天,这个城市就是1000年了。对于这样一个千年古城,我想,没有静心住下来,没有走进它的小街深巷,是不能完全读懂它的。因此,越南印象只是一些表浅认知。这让我想起越南盛产的法国巴黎香水,正品是香水,赝品叫水香。

不过无论优与劣,水的味道总是香柔的。

韩国·唯美之旅

7 月 26 日　晴

住进天仁邮轮七楼客房的刹那，我们便感受到了这是一次浪漫的旅程。

扑进眼帘的淡淡的米黄色床盖上缀着清秀的小花，给人舒适而高雅的暖意。床头白色的玉兰灯在古铜色的枝叶上，微笑着开放，与中国红的沙发如一对恋人，脉脉相对。尤其令人高兴的是，房间外带有一个小小的露台，推开门，潮湿的海风吹过来，遥遥海天苍茫处，蔚蓝被静静的时光雕刻。

孩子们一直在甲板上流连忘返，时而伸展双臂呼吸温润的空气，时而看着越来越多的海洋生物欢叫着。深海里的生物真是美极了,那些好像是叫作水母的小东西浮在海面上,像一把把撑开的小伞,又像是一个又一个可爱的小蘑菇,其五彩的瑰丽令人眩目。一个游人说,或许一会儿还能遇见美人鱼。人们不约而同笑起来,这真的是一场美丽的邂逅,这些美丽的生物年年在这里,在这里等待,等待人们的惊叹和喜欢。而我们,远道赶来,看着白色的浪花匆匆飞过,才知道,原来它们一直在这里。

韩国和我们国家有一个小时的时差,晚上十点钟,广播里的韩国小妹温柔地提醒我们将时间调为韩国时间的十一点整。彼时,窗外已是黑漆漆一片,甲板上几个韩国老人还在一边吃烧烤一边喝着啤酒唱歌,天上的星星很亮也很近。

夜,总是静的。海上的夜,更是。躺下来,枕着波涛,梦难以入睡。

有人说,韩国的风景其实没有想象的好。我想,凡是风景,自然的就是美的。走进自然的本身更是无与伦比的浪漫。

7 月 27 日　　晴

每天的太阳都是新的。

韩国时间早五点整,我和儿子拿着相机、录像机站在船头,迎接东方破晓。天已经微微亮,远处的云朵仿若仙子在海面上抖动着霓裳,以动人的舞姿静候心中的太阳。海上的能见度很高,所以我们相信今天是个晴天,也相信能欣赏到冉冉升起的美丽。

父亲说:"那是东南方向。"天像一块大大的红布,遮在云层后面,努力地想浮出海平面。渐渐的,红色变得淡了些,云层似乎厚了起来。孩子担心地说:"是不是看不到了?"

大约十分钟后,当我们就要失去信心的时候,儿子忽然喊道:"妈妈快看。"转过头,我被惊住了:一个孩子的笑脸正调皮地从云层里冒出来,他的样子似乎并不着急,悠然地一点点升起,在我们快要按捺不住的时候,他才轻轻一跃,红彤彤的,像一盏红灯笼挂在了空中。红色,一直都是中国人的最爱,热烈且艳丽,而眼前的红,却是一种纯美的诱惑。

我静静地站在栏杆旁,任海风吹乱了长发,任天际的红色转亮阳光变得刺眼也不舍得离开。海腥味道里,我最近地贴合着自己。

或许是早晨的日出带给我美妙的心情,抵达韩国的仁川后,走在月美岛国际步行街,我满心的喜悦和亲切。我发现,凡是咖啡馆或啤酒屋不但外观雅致,而且几乎其外墙上都攀爬着长长的绿藤,浪漫满屋啊。我不用猜就知道,如此意境的小屋里漫溢的一定是温柔的故事。大街小巷都是我看不懂的韩文,五颜六色的写在青砖红瓦上,我竟没有生疏感。据说,当年的统治者根据人们发音时的表情创造了拼音文字,这听起来是多么美妙。在现今的韩国学校里,除了韩文,每个学生都还要至少学会一千个汉字,以此来弥补拼音文化的不足。

韩国总统府,也叫青瓦台,还曾附庸着美国白宫叫过"蓝宫"。在该国国民的眼中,总统府的风水不好,尽管广场上矗立着象征吉祥的凤凰。因为,韩国历届总统几乎没有善终的。不过,我倒是蛮喜欢这个地方的,喜欢数不过来的银杏树,喜欢清风徐来时叶与叶的亲昵低语,还有银杏树下白衣女警的笑容。

7月28日 雨

济州岛号称是浪漫之岛、蜜月之岛,有东方夏威夷的美誉。非常巧合的是,我们入住的酒店就叫"蜜月酒店"。非常浪漫的是,昨晚入住时天气晴好,今晨还没醒来,便在梦中与雨相遇了。

城山日出峰是世界上最大的突出于海岸的火山口,伫立在山脚下,仰视绿意盎然的草坡,原汁原味的木头扶栏,还有扑面的星星雨,忽然觉得,韩国人真是有福气,小小的地域却有如此令人心旷神怡的仙境。在这里,无论是漫步还是攀登,都是一种享受。

由汉拿山火山口喷出的熔岩在海上凝结而成的龙头岩,是济州岛上奇特的自然景观。黑色的岩石宛如一块块炭,依海而立。或者说,当海水为它跋涉而来,两者碰撞出白色的浪花,游人的心会知晓火山的温度。

我一直认为,女人是水做的,一旦水流成瀑布,其气势便像了男儿。我曾经在黄河壶口瀑布前心潮澎湃,今天看到济州岛的天地渊瀑布,我的心思竟如涓涓细流,缠绵而细柔。身边很多游客抱怨说,这瀑布真是和国内的没法比。我倒是觉得,山长水远各有风韵,济州岛的味道是值得品读的。

尤其是自然风情村,石头堆砌成的房子以芦苇草为房冠,质朴得好像回到了远古时代。撑着伞,听着雨落房檐的声音,脚下溅起的泥水弄湿了我的丝袜。我走到一户人家,看到门前横着三道木杆,于是知道这家主人不在。这是济州岛的"三无"中的"一无":无小偷、无乞丐、无大门。无大门就是指家家门前只有三根木杆,三根都横着是家中无人,横着两根是主人不在但离家不远,只有一根木杆是说家里只有孩子在。门前没有木杆时才是家中有人,欢迎来访。

另外,济州岛还有三多,即风多、石头多、女人多,形象地说明了这里的海洋气候、自然景观和人们的生活状态。

入夜,浪漫的雨终于下大了,雨点急急地敲打着我的窗,我不由惊喜地想,明晨飞往韩国首都首尔时,会不会在空中遇见彩虹?

7 月 29 日　晴

南怡岛,美不过它的名字,却因拍摄《冬季恋歌》吸引了无数游人。

喜欢韩剧,却很少看,因为赔不起时间。有时想,看韩剧本身就是一件很浪漫的事,不仅故事情节唯美,而且男女主人公的服饰也很让人赏心悦目。我曾经买过很多的长披肩,就是受了韩剧的蛊惑。现如今,韩剧已发展成为该国的一项产业,越来越多的人通过韩剧了解这个民族的文化,这个民族的文化也通过影视剧得到了传承和弘扬。

南怡岛上有一片美丽的杉树林,雅致的小木屋前,背靠着粗壮的树干,我贪婪地呼吸着爱情的美妙。仰着头,我傻傻地想,到底是爱情成就了景致还是风情成全了爱?

韩国是一个男尊女卑的民族,深受儒家思想的影响。男儿自小受到的教育就是心中要有天下,而女人一出生便被灌输相夫教子的思想。在这里,男人和女人同工不同酬。同样的工作,女人的薪水只是男人的60%。所以,在韩国,女人结婚后一般都不再工作,只在家相夫教子。与中国的全职太太在家时习惯素面朝天不同,韩国女人每天起来的第一件事就是花费约两个小时打扮自己,为使自己的男人在出门之前拥有好心情。

这真的是一个爱美的民族,为此,化妆品的品牌多而且精,一个个美丽的小瓶子装载了女人的梦和男人的爱。在韩国,不管哪个年龄段的女人,脸上的岁月都会被化妆品掩盖,据一项调查显示,最近在韩国的整容队伍中,老人的比例正在增加。

女人是物质的,一点不假。下午,我们到东大门购物,狠狠地心疼了自己。我发现,同样品牌的化妆品价格只是国内价格的1/3,不过,韩国市场上80%的东西都是来源于中国制造,如果看不清,远道拎回来的也可能是 Made in China。

晚上躺在床上,敷上一帖 THE FACE SHOP 面膜,凉凉的奶香浸润着肌肤,疲劳渐渐退去,美滋滋的心情漫了上来。

7 月 30 日　晴

韩国的故宫叫景福宫,是他们古代的王宫。与我们的紫禁城不同的是,它一点都不气派,它就像是一个大家族的庭院,青瓦灰墙绿树荫,看不见华丽的琉璃瓦,也没有如织的游人,夏天的风吹过历史,这个古代宫殿有些寂寥有些落寞。一个民族长期是附属国,隐忍与谦和就会成为其国民的一种习惯。从某种角度说,我们"大国"的民众在生活方式和待人接物方面有时显得过于奢华了。

三八线,没有景致,只有历史。当年,美国和苏联的军队在朝鲜和韩国接受日本人的战败投降,也因此有了这两个国家两种不同的社会状态。三八线是以北纬38度划分的军事分界线,两国以此为界,各退后两公里,宣布休战,直到今天。多年来,两国关系微妙而紧张,尽管多次出现一触即发的态势,但分界线两侧已形成了自然保护区,多种珍贵动物栖息于此,与战士们一起见证历史,祈愿和平。这里被称为非武装地带,即 DMZ。

在边界军事区,我们沿着第三隧道充分感受到两国的纷争。隧道内宽两米、高两米,冰凉的花岗岩上缀着水珠和湿气,直逼观者的关节和内心。隧道距地面垂直深度达76米,长一千六百多米,供游人参观的也近三百米。关于隧道,韩国和朝鲜各说各理,都不承认是自己挖掘的。其实,国与国之间的说辞,是政治,而老百姓要的是生活。所以,边界线的自由之桥、展望台等仅从名字上就可以看出民众内心的善良。

都罗山火车站，是南北分裂的象征，开通从首尔到平壤的列车，从形式到内涵都给了痛楚的人们以统一的信心。

本是同根生，相煎何太急？

父亲说："亲兄弟，打断骨头连着筋。"

7月31日　晴

今天是在韩国的最后一天，一早参观了南山谷韩屋村——韩国古代贵族的家屋之后，我们进一步体验了韩国传统文化：亲手制作泡菜、自选韩服留影。

在韩国的几天里，吃的最多的就是泡菜了。泡菜的制作很考究，从白菜、辣椒的选择，到腌制、保存的方法，每一道工序都是细致的。老师说，韩国的泡菜虽然辣而且酸，却不上火，而且营养价值丰富。这一点我是相信的。这几日的吃食比起中国餐虽然简单，但餐餐小菜的色泽鲜艳，或清淡或浓香，从营养学的角度，都是讲究的。

早晨，喝上一碗鲍鱼粥，香鲜的咸味会很入胃；中午吃韩国的"汉堡包"，掌上托着绿得发亮的生菜叶、根据自己的口味抹上一些甜辣酱，再放一勺米饭在上面，还有一片嫩嫩的烤肉，轻轻地卷起来放进嘴里，米香、肉香、青叶香在微辣的酱香里浑然一体，是上好的美味；傍晚，可以喝参鸡汤，韩国的高丽参是有名的补品，煲锅里一只小巧的童子鸡，怀抱糯米饭和一块参，端上来，还没有吃就闻到了汤的浓香，鸡肉的口感也是又酥又软。

印象深刻的还有春川烤鸡，在平底锅上翻炒鸡块和白菜叶，吃到一半时，再放些辣酱和大米饭一起炒，味道很是独特；海鲜锅淡淡的，清口,有营养。

正宗的韩国料理吃起来,不一定觉得好吃,却会喜欢上饭食本身的健康和过程的精细。

韩服,是这个国家的传统服饰,一般由绸缎和丝纱缝制而成。在韩国传统的布景中,我一连换了三种颜色的长裙,左拍右照的,喜悦得忘记了脸上的皱纹,忘记了几日来的腰痛。很久没这么臭美过了,却原来,美丽心情是最美。

8月1日　晴

倚着船栏远眺,海一直是静止的。

陪老爸聊聊天,和孩子一起打打扑克,与好友在甲板上说说悄悄话,一个人看着夕阳发发呆……就这样,在海上漂了一天,安逸而温润。

心是云,身是故乡。云可以自由自在地漂泊,故乡不可以。于是,手表和心情都调回了北京时间。

邮轮在傍晚时分抵达了天津。

"阿纳哈塞优——"我和孩子面对来接船的一家之主,用学来的韩语弯腰问好,引得他哈哈大笑。

我对先生说:"韩国是一个传统且发达的国家, 那里的文字像一幅幅字画,那里的语言温柔如音乐,那里的气息唯美得仿若从不曾沾染过尘埃。"

欧洲·时光的住处

记得欧洲

　　欧洲,在我的梦里是文明发达的地方,遥远而令人神往。当我辗转十多个小时,双脚踏在魂牵梦萦的土地上,竟没有异域的疏离感。尤其是看到窗外田野里那么多的卷帘,犹如我家乡的石碾子带给我的亲切,我仿佛看到了茂密的牧草在丰沛的雨水里迎风舒展的美态。自然、朴实、亲和的欧洲,一下子从梦里走到我的身边。

　　走遍千山万水,最忆是江南。越过万水千山,欧洲有如梦里江南,令我深深沉溺。这是一种缘吗?

　　在欧洲街头,在教堂,我在一次次的仰视里蓦然明白,我身上有一种与生俱来的东西,和一种旧很合拍。江南的小桥流水,欧洲积淀了几百年的风情,都有我喜欢的旧光阴。

记得在罗马参观斗兽场,一个朋友感慨道:"这个城市就是废墟多,看来欧洲人喜欢残缺的美。"真的是,残缺一直都是一种美,只是,很多时候生活承担不起,但艺术可以,欧洲可以。无法忘记那里的吃穿住行都留有岁月的影子,无法忘记有个小小的酒店门前开着银灰色的花,远远望去,我以为是一种枯萎,近了才触到她小小花瓣的润泽。这花,很像欧洲,淡定,从容,不张扬。

在欧洲的城市之间流连,很多风景都是在路上。在意大利,到处都是粉红的夹竹桃和高大的地中海松树,而梧桐和鲜花,则会在法国的街角静静地等着你,笑眯眯的,不动声色地惊了你的心。

还有高速路旁大片大片的向日葵,在夕阳下格外沉静,让人不由怀念起梵高的画。有人说,梵高的画不是写实的,却很真实,有些看上去很粗糙,看着看着又往往会被画里的一种细腻所打动。我不懂画,但是我想,一个人的作品,无论是画还是字,其实本身都不再是画和字,那是对生活的理解,是一种情感。在卢浮宫,我看到了《蒙娜丽莎》的真迹。达·芬奇的画作前,我发现少有人能够静下来。而没有静下来的心,怎能触摸到神秘的微笑?

有时,看和读有着本质的区别。

夏末时光里,欧洲的艺术气息无处不在,伴随着地中海的风,一点一点地熏染着,柔软地营造了一种境。这种境,不在眼里,只迎合着你的心。

好比,与普罗旺斯擦肩而过。

从阿维尼翁坐上 TGV 高速列车,很多人因为错过了薰衣草的季节而沮丧,而我,在浅笑中静默。或许,这就是真实的欧洲,给你的心绪就像它的天气,清爽而温柔地缠绕着一丝凉。

天涯咫尺,君不见,车窗外,夏末初秋的田野或黄或绿,黄色的田间散落着大大的卷帘,绿色的植被上有白色的牛在散步,不远处的缓坡上偶见红顶的小房子三三两两,掩映在葱郁的丛林中,静谧而美好。日子,在这里没有理由不是散淡的,所以相遇,亦是波澜不惊才曼妙。

最难忘,在欧洲特意安排了一个中午,坐在街头的小餐馆,要上一份地道的比萨饼,当然,还有一杯纯正的咖啡,外加巧克力冰淇凌,在一份甜甜的浓香里体味幸福的味道。这时,一个留着络腮胡子的艺人抱着电吉他走过来,唱起了悠扬的美声。顿时,每一个人的脸上都洋溢着笑容,有一个黑人小伙儿还起身伴起舞,浓郁的异域情调将阳光和海风浪漫地糅合在了一起。

朋友告诉我,这些艺人并不是没有经济来源的流浪者,很多人都是有工作的,他们之所以出来"卖唱",是因为欧洲人喜欢将自己的爱好与人分享。

这就是"旧"光阴里的"慢"生活吧?

隔着薄薄的秋色,我将关于欧洲的记忆放进墨香疏淡之中。因为,我不想忘记,也不会忘记。

我会一直记得,记得欧洲。

巴黎的浪漫,我的柔情

黄昏时分,抵达我梦中的花都——巴黎。巴黎火车站旧而不破,熙熙攘攘的人流中弥漫着旧光阴的味道。拎着皮箱,在异域城市不紧不慢地前行,我不知道那种感觉是迷失了自己,还是找到了归家的路。

协和广场上的游人并不多,爱丽舍宫门前只有两个警卫在执勤,似乎宫内的法国总统正在休假，不需要那么紧张地戒备。香榭丽舍大街两帝，不管是法国人还是游人，人们都在悠然地享受着微凉的夕阳。下了车，朋友们开始忙着拍照，我，悄悄地选一处僻静角落的长椅坐下来，难仰心中的柔软。抬起头，一树的叶子一半黄一半绿，还有些许的红。她们静静的，陪着我在夏末的余晖里，倾听着初秋的歌吟。

匆匆一瞥之后，似乎是为了要让人读懂法国的浪漫，第二天，我们先去了恬静古典的卢瓦尔河谷，那里有宏伟的香波堡和香浓舍城堡。有人说，香波堡真正具有王者风范，卓尔不群，也有人说，香浓舍城堡的高傲、细致、神秘的色彩，是阴柔的"女人堡"。附近的居民喜欢把这两个地方称为法国古堡里的一王一后。在古堡内，穿着长裙顺着螺旋式楼梯拾级而上，我蓦然触碰到了贵妇人的尊贵和宽宽。凭栏远眺，古堡的院子仿佛是绿野仙境，那么妖娆那么多的花枝，那么清澈的河水，还有望不到边的蓝天和白云，怎能不衍生浪漫又凄楚的故事？

其实，走过百年历史的氤氲，如今的城堡更多的弥漫着田园的幽静。

苍凉的古堡，奢华的凡尔赛宫，仿佛是巴黎的面纱，在我真正地走进巴黎前演绎着万种风情。而我，似乎只想走在巴黎的街头。

在巴黎，没有正南正北的方向，街道都是围绕着巴黎圣母院为原点修建的。所以，对于方向感很差的我来说，巴黎的"左转右拐"又平添了几分亲切。

朋友说，来巴黎，要先领略夜巴黎的风情。

夜巴黎是静的，浪漫的静。晚上七点一过，商家店铺都会关了门，但是临街的橱窗还会亮着柔和的灯，一条又一条街巷看上去静谧而清幽。当然，咖啡馆和酒吧是会开到夜间十一点的。巴黎的咖啡香萦绕在夜的每一个角落，令初秋的风都少了些凉意。

法国人喜欢坐在街边看着行人喝咖啡，就像喜欢坐在梧桐树下亲吻。在凯旋门附近的长椅上,一对老人亲昵地面对面坐着,老先生爱怜地抚摸老太的银发,并轻轻地吻着她的脸颊,那份深情没有丝毫的做作。不由记起卢浮宫里的油画场景:一个艺术家深深地爱上了自己的雕塑作品不能自拔,维纳斯女神成全了他,于是,在艺术家痴痴地注视中,雕塑作品一点点地转化为人,她的脸已经有了光泽,正羞涩地笑着,而她的脚还是雕塑,木然地立在原地。整幅绘画细腻而温馨,充满了动感和灵性。

这就是巴黎,艺术的浪漫在生活里。

埃菲尔铁塔,每晚都会在整点的时候闪光,被很多的年轻人视为爱情的见证。我们匆匆赶到的时候,十一点的闪光刚刚开始,很多年轻人在繁星点点中欢呼雀跃,或拍照,或拥吻,整个夜晚洋溢着童话般的甜蜜。

登上蒙马特高地远眺,夜色中的巴黎没有想象中那般灯红酒绿,不是一片迷醉的海洋,倒像是一个娇羞的少女,美丽却不张扬,安详里流动着古朴和幽香。

又一个清晨,我对朋友说:"我要去看梧桐树,去看纯正的法桐。"

塞纳河两岸的梧桐树与我家门前的不同,不仅粗壮而且树干仿佛穿上了深色的迷彩衣,斑斓的色彩有如抽象派画作。细柔的微风里,拥吻的恋人,推着婴儿车的夫妻,满脸沧桑却穿着露背装的老人,还有服饰标新立异的年轻黑人,都在扑簌簌的梧桐树下捡拾着属于自己的时光。转过脸,一些看上去和我们的垃圾箱有些相似的绿箱子映入眼帘。朋友告诉我,里面装的都是旧杂志和书籍,在天黑上锁之前,人们可以在这里自由买卖和借阅。原来,在法桐下的绿箱子旁读旧书,是塞纳河畔独特的风景。

离开前的一个下午,我穿上最爱的长裙,围上丝巾,像一个巴黎主妇一样,在中餐馆附近的超市买了水果出来。风吹到我的脸上,轻轻的,有些痒。我笑着扬起手,想抚弄飞起的发梢,不经意间竟发现街角有一家花店。那么多那么美的叫上名和叫不上名的花儿喜盈盈地摆在路边,舒展着水灵灵的腰肢。我经不起诱惑跑过去,满心荡漾着欢喜。店铺老板径自忙着,隔着一片绚烂向我点头微笑,算是打过招呼。我知道,我尽可以在花前待上一个下午,她也不会打扰我,更不会在意我买或不买。

这就是巴黎,与我有着额头与额头相贴的亲近,它让一颗凡尘俗世的心醉在其中,走不出来。这就是一种缘定,巴黎的浪漫邂逅了我的柔情,不早也不晚。从欧洲回来后,这份美丽被我搁在遥远的云端,在我的梦里暖暖地,历久弥香。

教堂里的阳光

教堂,在许许多多的西方人眼里,是离神离自己最近的地方,而对于我们东方人来说,教堂就是一座艺术宝库,它的彩绘、雕刻以及《圣经》故事总会有无尽的欣赏价值。

教皇之国——梵蒂冈,是世界上最小的国家,面积只有 0.44 平方公里,相当于故宫的三分之二大。据说,这个国家有 2000 公民,其中 900 个神职人员生活在梵蒂冈,其他人在全球各地传教。而且,由于传教士和修女都不能结婚,所以这个国家公民的延续不靠繁衍,而是在信徒中选拔。

这个最小的国家却拥有世界上最大的天主教堂——圣彼得大教堂。清晨,缓缓步入教堂的时候,初秋的阳光正从高高的天窗照进来,像绸缎,无比柔软地披在壁画上,依恋着画中的传说。教堂深处,历代教皇的遗骨安静地躺在角落里,接受着信徒和游人的瞻仰。高大而神秘的空间里,一点没有阴凉之感,相反,无论有没有阳光的地方,都会被一种温暖所笼罩。

有人说,东方的庙多,西方的教堂多。我不信佛,更不懂教,但却能感受到它们之间似乎是相通的。比如,肃穆、静谧,会在无形中赢得人们内心的尊重。静静地走出圣彼得教堂时,我忍不住回望,恰巧望见一个修女坐在椅子上在默默祈祷,阳光投射在她的一身黑白颜色上,竟格外美丽。我不知道她是否有着往事,但我相信,那一刻,仁爱的圣母玛丽亚正如阳光般抚爱着她的心灵。

教堂的钟声敲响,广场上的鸽子悠然地在游人的脚边漫步,而我,倚靠在粗粗的罗马柱上,任一些思绪飞向天边的云朵,任一些光阴从阳光里悄无声息地滑过去。

如果说圣彼得教堂彰显了教皇的权贵,那么,多姆大教堂却有着更多的平和与亲近。多姆大教堂是米兰的象征,被马克·吐温称为"大理石上的诗",它看上去像是一座地上森林,与其附近的世界排名第三的斯卡拉歌剧院比起来,越发显得华丽。然而走进去,其质朴之感很是贴心。因为是周末,有牧师在讲《圣经》,唱诗班的歌声极具穿透力,在管风琴的伴奏下直击人的灵魂。那天,教堂外下着雨,我静静地坐在长椅上,深深地吸进一口气,用舌头舔了舔,竟有阳光甜甜的味道,还夹杂着淡淡的芬芳。原来,阳光在教堂里是无处不在的。

于是想,西方人每周都可以去教堂做礼拜,真是一件幸福的事。在这里,日子的繁杂可以被淡淡化解,生活的美好可以被温柔地延续。

巴黎圣母院的早晨静谧如一条无欲的河流,就像是约好了似的,走进圣母院的时候,阳光已早早地透过彩绘玻璃窗,静静地等在那里。坐在长椅上,怎能不忆起雨果笔下的爱情,那个丑陋的敲钟人和美丽的吉卜赛女郎的故事在古老的教堂里依然温热。圣母玛丽亚的画前,白色的蜡烛柔柔的,仿佛听见那句深情的誓言:我愿意,无论富有与贫穷,无论疾病与健康。

是啊,如此神圣的地方最适合承载如此纯粹的情感。

抬起头,有一种叫"温暖"的东西爬进我的身体,占据了心房的每一个空隙。闭上眼,我的心窗豁然打开,整个身体都变得暖和起来。我曾经以为,慈爱离我很远很远,却原来,仁爱的天使就在每个人的内心。

犹记得,在佛罗伦萨市转过一条长长的小巷,世界上第三大教堂——圣母百花大教堂豁然跃入视线,我一下子呆住了:其典雅与精致在天堂之门的遥遥相望中,被漫天的阳光环拥着,那么多,那么亮,那么美。

风吹过,我伸手一摸,阳光飘进了我的眼眸,在我的心头熠熠闪光⋯⋯

时光的住处

都说时光是一条流动的河流,到了欧洲才知道,原来时光一直都住在欧洲。在意大利的日子里,我越来越相信,时光赋予了那些城市独特的气质。

庞贝,一座有着千年历史的古城,坐落在意大利南部。据说,在公元前七世纪,也就是我们的周朝时期,维苏威火山在毫无征兆的情况下爆发,一瞬间,繁华的古城被吞没。

走在被岁月打磨得光滑如镜的马道上,暖暖的阳光穿越了时光照进断壁残垣的角落,没有人会无动于衷。街巷里的游人来自不同的国度,人们将镜头和目光伸向这里的每一寸微痕,想象着曾经的男女老少,或在当街叫卖,或在自家门前小憩,或与恋人耳语,或与街坊邻居唠家常……安逸的市井生活定格在永远的国度。

沿着阳光的缝隙,我将手指轻轻地贴在斑驳的古罗马柱上,光阴的凉意让我屏住了呼吸,些许静谧慢慢沉淀着:如果再回到从前,地中海的风是否还会匆匆掠过美丽的那不勒斯湾,拂过中世纪的古教堂,将碎金般的阳光洒向庞贝的美好?!

庞贝的旧时光是凝固的,那么,罗马呢?罗马被誉为"永恒之都",也有人说,罗马是"啃老族",建筑是旧的不拆,新的也不会太奢华。走在罗马的帝国大道上,会忽然明白这是为什么。原来,古朴是典雅的极致,历史是厚重的美丽。

有着两千多年历史的斗兽场千疮百孔,依然与早于法国凯旋门一千五百多年的君士坦丁凯旋门相依相偎着,古罗马废墟、古城墙,就那样毫不修饰地站在你的面前,却显得格外端庄秀丽。步行在罗马市老城区的街头,随意的一处房子一条胡同都有着百年以上的历史。仰起头,并不算高的楼上,有绿色的藤垂下来,有粉色的花微微笑,有梦从古流到今。

在西班牙广场,我坐在浪漫的台阶上,想象着著名诗人拜伦、济慈、雪莱、钢琴大师李斯特在这里留下的诗情,想象着奥黛丽·赫本在《罗马假日》里邂逅的爱情,看着卖玫瑰花的黑人小伙浅浅的笑容,我无法不浸泡在浓浓的文艺气息里。于是,我挤到许愿池前,背对传说中的少女喷泉,许下有关幸福的愿望。

当地人说,要想愿望实现,那么第一个愿望必是"重回罗马"才行。多么美的心思,我相信没有人不愿意重回罗马,没有人不想住下来,真正地走进欧洲。这里,有那么多的旧时光,住在时光的家里,挽住时光的手梦游该是多么幸福的生活。

何况,欧洲不单是古典的,还是时尚的。在佛罗伦萨,徜徉在文艺复兴时期许多重要的艺术作品中,不同肤色的人们都变得优雅而安静。那一天,细雨霏霏的空气里,这座被徐志摩称为"翡冷翠"的鲜花之城,弥漫着文艺复兴发源地所特有的气息。君主广场上那些知名的裸体雕像,就像是一面旗帜,引领着现代人靠近艺术,贴近最纯净的自己。

欧洲的艺术大多来自于人体,他们欣赏人体美,注重人文,所以欧洲历史上出了很多的艺术家。当然,还有科学家。著名的科学家伽利略便出生在意大利的比萨城,并在比萨斜塔上证实了万有引力定律。当我们站在神奇而古老的斜塔前注目时,不得不再次为欧洲的文化而平心静气。据说,这座塔最初计划建100米,当建到两米多的时候发生了偏离中轴线的状况,最后只建了五十多米,历时一百八十多年才建成。

每个国家都有自己的历史和文化,欧洲人传承历史已经成为一种生活方式。我以为,他们视历史为咖啡,习惯并喜欢把它放进如水的时光里慢慢煎煮,静静品香。

梦里不知身是客

不知是缘于什么,在海边,在水乡,我总会有梦。

摩纳哥,依山傍海,犹如一个五彩缤纷的滨海公园。这个"袖珍赌国"建在阿尔卑斯山山脉突出地中海的悬崖之上,仿佛一个世外桃源,我们的车似乎只是转过了一个弯,便望见了它迷人的景致。不说它国土面积1.95平方公里,只有450名警察,是世界第二小的国家,不说富丽堂皇的蒙特卡洛大赌场门前停满了令人咋舌的顶级轿车,也不说摩纳哥湾的豪华游艇闪着炫目的光泽,只是那蔚蓝色的海岸便足以让我们为之倾倒。一路上,看到很多房车,那是欧洲人举家到摩纳哥湾度假。

是的,走近大海就是心灵最美的释放。

沿着地中海的光与影一路前行，我们又来到了法国南部城市尼斯著名的天使湾。椰风拂面，海浪拍打着礁石，我的长发与长裙飘动着无以抵挡的浪漫。礁石上，有的人在钓鱼，有的人在晒太阳，有的人拥着恋人亲吻着，有的人静静地坐着发呆。在海湾，时光也会停下脚步。

　　一直喜欢海，去过很多地方看海，每次看见海都有一种久别重逢的欣喜。今天，在摩纳哥湾，在天使湾，我又一次在海天一色的绝美中沉醉。

　　大海，就是天使。她潮湿的深情，是我生命中不可或缺的蓝色精灵。面朝大海，诗人海子看到了春暖花开，他告诉自己，从现在起，做一个幸福的人。

　　幸福，在阳光里攀缘而上，沐浴在温和的天空，浓密而黏稠。世上少有这样的地方，可以让一个人的梦境永远是宝石蓝色的。在欧洲的日子里，蓝色的梦紧跟我的脚步，又漂流到了异域水乡，恣意地飞扬。

　　向往威尼斯很久了。一直觉得，这座离我很远的水城与我是有缘的。威尼斯的水与江南的水一样轻柔从容，不同的是水上建筑的风格里多了一份异域风情。尤其喜欢老房子窗前的栅栏缀有花朵恣意地伸展，偶见一个金发碧眼的姑娘推开窗和我们打招呼，她灿然的笑容令人怦然心动。就像江南水乡廊棚有很多的茶馆、酒肆一样，威尼斯的小巷水畔遍布优雅的咖啡馆，浓浓的咖啡香在清爽的夏风里推开水巷的一层又一层波浪。

　　著名的威尼斯小艇，叫"贡多拉"。贡多拉长长的船身是黑色的，船舷上雕有白色的骏马，透着意大利人的健朗。我们小船的船夫是一个帅气的意大利男人，穿着洁净，举止文雅，偶尔还会调皮地在水巷的拐角处故意让船身摇晃起来，引得女生大叫时，他会善意地笑。小船穿梭在水巷之中，被那些时代久远的老房子所环绕，我忽然有了一点点恍惚，恍如回到了乌镇窄窄的小巷,听到了似水年华在心间缓缓流过。循声望去,一只小船如小鸟掠过水面,船上几位意大利歌手,身着白色的礼服,在吉他和手风琴的伴奏下放声高歌,惹得几乎整条水域的游人都鼓起掌来。

美妙的音乐,愉快的笑声,还有人们热情的目光,使得这个水城愈发滋润、透彻。

走过小桥,绕过水巷,被拿破仑称为"世界上最美丽的客厅"的岸边广场上,人们悠闲的喝着咖啡,有只小鸽子竟然飞到咖啡桌的边角上漫步,而这,看起来是如此惬意。广场旁边的小巷里有很多精致的小店铺,那些美丽的面具和玲珑剔透的吹玻璃工艺深深地吸引着每一位过客。我轻轻地抚摸着,欣赏着,心生爱怜与不舍。我想,威尼斯的玻璃和它的水一样也是有灵性的,或许任它安然地摆放在水畔的小店里才是最好的滋养。

威尼斯地处湖海交汇处,所以小岛上会有潮汐。浪来浪去处,老房子的窗里住着现代人的情致,窗下的绿水青苔与船桨一起唱着悠扬的歌。我的梦在这一片水域里被陌生的建筑团团包围,竟没有丝毫的慌张。

在江南,我寻到了梦。

在异域的海边与水巷,我亦没有迷路。

英伦散记

一

晴空万里。

旅行不在于去哪里,在于和谁在一起。

十多个小时,似乎不长,待在飞机上,时间却走得很慢。而在这样的一种消磨间,从东向西,窗外没有黑夜,光阴还倒转了 7 个小时。

如果生命也能这般倒流,是不是会少了很多憾事?

记得几年前去法国和意大利,提起时我习惯说,去了一趟欧洲。儿子纠正说,不要这么老土,法国是法国,意大利是意大利。

嗯,好吧,当我再一次踏上欧洲的土地,我对身边的少年说,这一站,是英国。

与法国的浪漫和罗马的古老比起来,大不列颠又是怎样的风情?

二

昨晚入住的时候没有看见海,晨起却被海鸥的啾啾声叫醒。推开窗,晨辉初现,露珠微颤,满眼的葱翠令人欣喜。

苏格兰小镇的八月,清凉而深邃,仿若过往丰满的深秋。

英国是一个岛国,地理上包括苏格兰,英格兰和威尔士,但在当地人的意识里,只是苏格兰和英格兰两部分。

"我曾经被占领过,但从没屈服过。"这句话,似乎在苏格兰每个人的心底。走进它的首府爱丁堡,便会感觉到它的独立和与众不同。

苏格兰在英国的北端,相对温度较低,不便出行和劳作,于是人们有很多的赋闲时光用于阅读,因此,这个小城被称为"文学之城"。风靡全球的《哈利·波特》和我们所熟悉的《福尔摩斯》的作者都是爱丁堡人。我一直相信,一本文字的诞生与作者的心境息息相关。好比江南水乡注定会是茅盾、鲁迅、沈从文的故里,童话般的爱丁古堡也必会滋生神奇与神秘的故事。

爱丁古堡建于十二世纪,新城也有近三百年的历史,走在古老的街道上,那些灰褐色的建筑仿佛一位古稀老者,慈祥而温和。

据说平日里的爱丁堡很安静,适逢边缘性艺术节召开,全世界的文艺青年都汇聚到了这里，大街小巷才热闹起来。之所以说边缘性艺术节，因为它是非商业化的。的确，非商业化与艺术的本质才更贴近。

当风笛在身着苏格兰格裙的男人怀里悠扬响起，当街舞艺人尽情释放激昂的青春，当海鸥抚弄潮汐唤醒沉睡的过客，当坐在王子公园的绿地上惬意地仰望蓝天白云，原来，文艺不是矫情，是一种生活方式。文学，也不仅仅是文字，而是一场心灵的远行。

三

温德米尔湖区，是英国最美丽的国家公园。

无论是前往途中的牧场牛羊，还是湖畔顾盼生姿的天鹅；无论是与游船翩翩伴飞的海鸥，还是忽然弄湿了发梢的纷纷细雨。湖光山色间，大自然的错落有致与英国人的闲逸相得益彰。

忽然觉得，我们一直习惯了打拼、奋斗、付出，然后是得到、拥有、怀着感恩的心生活，似乎如此一路走来生命才有意义。那么，对于从降生那天起就享有教育、医疗等福利的英国人来说，他们的人生是不是也算是有精神缺憾？

那些居住在湖畔的浪漫派诗人，他们恬静的诗梦里是否也有别样的况味？

四

旅行，似乎是疲累的，在英国旅行，却会是舒缓的节奏。

在曼彻斯特，不管你是曼联队的球迷还是曼城队的粉丝，夕阳西下时，在球队主场门前散散步，拍拍照，也算是圆了一个追随者的梦想。

在伯明翰，沿着纵横交错的运河吹吹风，走进教堂坐在长椅上静静地沉思一会儿，在集市的小摊前与一个黑人交易一笔水果，鲜亮的心情会和天边的云朵一样如影随形。

其实，旅行完全可以是漫不经心的。

五

校园，是有气质的。在英国，牛津和剑桥的韵味不身临其境是无法体会的。

牛津是英国最负盛名的大学，许多著名的人物就读于此，包括4位英国国王，46位诺贝尔奖获得者，25位英国首相以及一批知名学者。走在那些古朴的建筑间，博物馆、书店、礼堂所散发的底蕴，仿若空气，轻轻环绕着。《哈利·波特》中的魔法学校也是在牛津取景，这又为古老的校园平添了一丝神秘。

剑桥，当然是徐志摩《再别康桥》的韵致。悠长的康河绿水脉脉，杨柳依依，乘一只小船缓缓穿行在那年那月的情怀里，不知道是康河的柔波滋养了心境，还是深情浸染了岁月的青葱。

在剑桥，恰逢一阵阳光雨，有如徐志摩和林徽因的恋情，明媚而忧伤。"轻轻地我走了，正如我轻轻地来，我轻轻地招手，作别西天的云彩……"想一想诗人的惆怅，望一望康桥边不同肤色的莘莘学子，不觉忽生感慨：人生多少事，有时放弃了，反而是另一种得到。

两座学府都是没有围墙的清雅小镇，校园里的众多学院皆是气韵古典。氤氲的书香里，你若想与大学的校门或牌匾合影，竟是寻不到的。

在这里，你可以流连，可以感怀，却带不走一片云彩。

人生，何尝不是如此？

六

在伦敦，住了三天。

大本钟、伦敦塔、伦敦眼，唐宁街 10 号、白金汉宫，还有汇集了世界文明遗迹的艺术殿堂大英博物馆，一路走过来，这些标志性建筑依傍着泰晤士河美不胜收。尤其是当皇家卫队的马蹄声与换岗仪式的乐曲徐徐而来，红色的队服，黑色的骏马，在人们仰望的眼神中愈发彰显了皇室的尊贵。

　　一直觉得中国人喜欢红色，殊不知伦敦人也是。走在大街小巷，红色的巴士，红色的电话亭，鲜亮的色调在古朴的街道上极其温馨。

　　其实，伦敦最美的景致是所有的景致都是以蓝天白云为背景的。

　　是的，这里不再是曾经的雾都。只不过，伦敦的八月雨很多，也很有特质。伦敦人似乎是不习惯带伞的，雨来时，就近避避雨，三五分钟后便又走在阳光里了。无雨的时候，晒晒太阳，与紫外线亲密接触，也是伦敦人的喜好。

　　在伦敦的三天里，一会儿飘雨一会儿艳阳天，怪不得当地人几乎不听天气预报。有时候伞还没撑开，天空又笑逐颜开了。伦敦的夏风很凉，阳光便有了秋阳的味道，阳伞，也就无法成为这个城市的宠儿。

　　很想融入这个城市，所以除了那些标志性景观，我刻意去了教堂、集市，并专门坐了地铁和人力车。

　　威斯敏斯特大教堂建于十世纪，是英国王室举行加冕礼的地方，也曾举办过葬礼，威廉王子的婚礼也在这里举行。或许，这里的肃穆和厚重我们无需懂得，只需静静地坐一会儿，任目光穿过高高的彩绘玻璃，享受片刻的安宁。

　　据说伦敦人很有优越感，认为其他地方都是乡下。身为"乡下人"，我们在拍摄《神探夏洛克》的贝克街排队两个小时，只为心中对福尔摩斯的崇拜；在美术馆，那些精雕细琢的随意和匠心独具的审美，在刹那间唤起我们对生活最本真的热爱；在 Apple 集市，一款手工披肩不是名牌却因一枚别致的胸针吸引了我的目光;在摄政公园,我仿若坐在原始森林里,细细品嚼着三明治,呼吸着清澈的美好。

我承认,我喜欢这里的人文景观,胃口却很"土"。英国人最爱的"炸鱼薯条"吃了两次后我便开始想念炸酱面,咖啡与水一个价,我却不能时时享用。所以,坐在街边的咖啡馆,闻着咖啡香我却喝着芒果汁。

然而,这些并不妨碍我的视野,伦敦、英国,在我眼里的模样是清晰的。

忽然想起那句话:"连这个世界都没有观过,哪儿来的世界观。"

七

温莎城堡,流传着爱德华八世"不爱江山爱美人"的生动史实,漫步在古香古色的城堡中,感受最多的却是伊丽莎白二世的人生。

这座王室行宫是她从小长大的地方,在那间精致的玩偶屋,在皇家骑士的威风前,在她无处不在的笑容里,我忽然想,一个女人从出生那天起就不惊不惧地活着,当优雅地活着成为她此生的责任,是不是做女人的极致?

八

英国不都是绅士,闯红灯、横穿马路、大声喧哗者,亦有之。

英国也堵车,不过伦敦的地铁即便是高峰期也没有挤成照片的时候。

英国的小镇静谧,美丽,也寂寞。

英国的山水清幽,却远不及我们的山川河流如此多姿与绵长。

在大不列颠,有一份骨子里的优雅,是高不可攀的。

九

英国的车道左行,我晕了三天才适应。在伦敦的地铁里,我担忧地一遍遍问捧着地图的儿子,你确定吗?

行走的路上,总有那么多的不确定,但是,当你一路走过来会知道,其实这个世界更多的是妙不可言,好比我们离开时天际的那一抹绚烂彩虹。

后记·知遇

文字，是记录语言的符号。

文学，是语言文字的艺术。

每一个文字都是鲜活的精灵，缠绵在回望的日子深处，氤氲着文学的气质。在经济时代，文学只是一蔓青藤，文字是青藤上的叶，当青藤爬过市场的栅栏，藤叶是美丽的，也是寂寞的。幸好，那些情意款款的辞章，始终翩若惊鸿。

一场夜雪过后，街道两旁的红灯笼上罩着薄薄的白，看上去，一点都不湿冷，透着春暖花将开的喜悦。

我的"风系列"散文随笔终于趋向完满：《风动情怀》《拈草·醉清风》《风住尘香梦如故》，仿佛，时光漫漫，一个人在迢迢尘世行走，走过春花秋月,走过诗情旧事,微笑相看时,心存感激与期许。

一直以来，相比于小说的绵长与跌宕，我更喜欢随笔的曼妙与温和。因此,尽管已出版了三部小说,我仍然偏爱散文随笔如初见,就像我坚信生活中很多相遇的美好和自然。比如,我和我的字,我的字与你,你与我。

此时,明媚的阳光正抚摸着墙角的凤梨花。有人说,凤梨花从发芽、成长到灿烂地盛开,是一意孤行地追求完美。

如此说来,循着文学的香气,文字便是行者无疆,一路芬芳。

你若懂得,是我的福分,亦是文字的善缘,更是文学天堂里云的诗、蝶的画。

遇见。低眉浅笑,相知向暖。

是为尘梦的慈悲。

婉约写于 2015 年春天